五十年代末的一个夜晚，维也纳城市公园发生了一起抢劫案。一个人正在公园散步，结果被几个人扭住了，他们分别是：赖纳·马利亚·维特科夫斯基，他的孪生妹妹安娜·维特科夫斯基，索菲·帕赫霍芬，曾用名冯·帕赫霍芬，还有一个叫汉斯·泽普。那个叫赖纳·马利亚·维特科夫斯基的，名字听上去像赖纳·马利亚·里尔克。四个人中，有三个人的年龄在十八岁上下，只有那个汉斯·泽普稍微大几岁，但是他也和其他三个人一样，一点没有长成熟。两个女孩子中，安娜的火气更大一些，这具体表现在，她几乎一直是正对着那个被袭击者的正面。面对面朝着一个人，把他的脸抓破，这是需要勇气的，因为受害者能看到袭击者（不过他其实看不见什么，因为当时天已经黑下来了）。如果袭击的目的就是冲着人的眼珠去的，那就更需要勇气了，因为眼睛是心灵的镜子，应当尽可能让它不受到伤害。否则的话人们会认为，这个心灵完蛋了。

　　其实安娜应当放过这个人，因为他的性格比安娜的好。说他的性格比安娜好，是因为他是受害者，而安娜是行凶者。受害者总是比凶手好，因为他是无辜的。但是，话又说回来，在当今的年代，不总是有许许多多形形色色无辜的凶手吗？他们身居要职，站在鲜花簇拥的窗前，慈祥地看着下面的人群，缅怀战争，对人群招手。过去的一切应当彻底宽恕，彻底忘记，只有这样才能重新开始。

事后，事情有了一些头绪，知道了那个受害者是一家中等企业的全权经理人，家境宽裕，家庭生活在方方面面都井井有条。而这一点恰恰是安娜非常鄙视的。干净整洁同安娜的天性完全相反，她里里外外全身上下非常的邋遢和肮脏。

几个年轻人其实已经把钱包抢到手了，但是他们还是没有放过他，把他痛殴了一顿。

安娜打得很凶。她心想，感觉太好了，终于可以把自己的一腔怨恨发泄一番，免得朝自己发泄了。再说了，还可以发一笔财，希望钱包里有不少钱（不过里面没多少）。汉斯挥舞着自己干惯手工活的拳头，也抡了不少下。作为一个男人，他的打法也是恪守男人的暴力方式：抡拳，而且拳拳都是击中头部的狠招（打夯）。用脚踹胫骨，这是索菲常用的手段，所以汉斯就把这招阴毒的脚法留给了索菲。两个人拳脚交替，你一拳我一脚，如同运转复杂的发动机的两个活塞，在不断朝前推进。赖纳事后把索菲温柔地抱在怀里,对她说,看你的架势,活儿全交给脚了,生怕弄脏了自己的手。突然,他的喉头发出了一声窒息般的古怪的声响,他松开手,是安娜顶了一下他的膝盖。她不喜欢他这样。

这个自称为索菲的唯一男友的赖纳(所以他把她抱在怀里)在受害者的衣服里翻找钱包,但是一下子没找到(不过后来还是找到了)。他用膝盖朝这个几乎已经没有反抗能力的男人的腹部猛顶了几下。受害者的喉咙发出了咕咕的声音,接着便有黏液从嘴里流出。有没有血没有看见,当时天已经很黑了。

对一个没有反抗能力的人施暴,没有任何必要。索菲边说边揪住蜷缩在地上的男人的头发,就像是在揪草。

正是因为没有必要,所以才最美好,赖纳说。他打得意犹未尽。我们不是这样约定的吗,我们的原则就是做没有必要的事情。我觉得做有必要的事更好一些,汉斯说。他在研究钱包,他出奇地爱钱。钱并不重要,赖纳说着朝钱包啐了一口,怎么,里面有百元大钞还是千元大钞?

钱不是我们的原则,索菲的眼睛忽闪忽闪的。她的父母有的是钱,她就是因为有钱才堕落的。

汉斯仍然在不停地殴打受害者,汗珠都飞溅了出来。看他打人的架势,就像一台机器,不仅自己没有思想,而且还非要把别人的思想也杀死不可。他的几个哥儿们和姐儿们都是这么看他的，都把他看成是一台机器。安娜一直认为这是一台非常出色的机器。索菲很快也会有这种看法。这很有可能会是一个祸根，给内部分裂埋下隐患。汉斯的拳头落下去的时候，就像是重重砸下的锤子，手臂挥上来，只是为了获取更大的力量。受害者发出嗷嗷叫唤声，他差不多已经没有力气喊叫了。他还喊了一声警察，但是根本没有人听他的。安娜和所有无政府主义者一样，向来讨厌警察，所以一听喊警察反而更来劲了，抬脚就朝受害者的睾丸踹了过去。受害者吓得顿时不出声了，身体蜷缩成一团，有点晃悠。终于，他躺在地上出不了声了。钱反正已经让他们几个年轻人抢到手了。

汉斯还在不停地挥舞拳头，安娜把他从受害者的身上推开，拽着他赶紧逃跑。周围已经传来了行人的声音。那么晚了，还有行人在这儿干什么。总有一天也要让他们尝尝这个滋味。

三个中学生和一个工人一路跑进约翰内斯小巷，嘴里吹着口哨。他们经过维也纳音乐学院门前，里面传出管弦乐的演奏声（安娜曾经在这儿学习过钢琴），音乐就这么从里面飘了出来，又从他们身边飘了过去。交响乐团这会儿正在排练，他们总是这么晚排练，这样有工作的人也能一块儿排练。索菲边跑边气喘吁吁地说，我们最好跑到凯特纳大街上去，那儿汽车多，晚上人也多，容易躲藏。我们在哪儿都躲藏不起来，因为不管我们在什么地方，我们都太显眼了（安娜语）。我们根本不应当躲藏，我们应当展示我们自己，只有这样我们才能让别人知道，我们信奉的原则就是不加选择地对任何人施加暴力（赖纳语）。你这个大白痴（汉斯语）。

安娜什么也不说了。她若有所思地舔着自己的右手，右手是她打人的手，上面既有受害者汗水的咸味，也有从受害者抓出的口子里淌出的鲜血。赖纳看着她的举动，目光很是赞赏，索菲则觉得有些恶心，汉斯情不自禁地拍打了一下她的手指，说，脏人一个！

安娜的肚子里充满了无穷无尽的火气，可能是因为代沟引起的。她恨不得朝维也纳商业大街五光十色的橱窗砸上几拳。橱窗里的东西都是她喜欢的，但是她没有那么多零花钱。正因为钱不够，才必须靠这种方法弄些钱来。每回看见女同学穿上新潮的白色时装，崭新的高跟鞋，她就嫉妒得翻江倒海，但是嘴上却说，看见这些妖里妖气的女生，我就要吐。身上披挂那么俗气的破布片，浅薄，头脑空空。她身上穿的永远是脏兮兮的牛仔裤和过分肥大的男式毛线套头衫，为的就是用外表来表现内心的观念。安娜常常因周期性的失语症（莫名其妙地发作，又会莫名其妙地消失）去看精神病医生。每次去，大夫总是对她讲，我说孩子，你为什么不能穿得漂亮一点，头发打个卷什么的，其实你是一个很漂亮的姑娘，按理说应当去舞蹈学校。看看你走路的样子，哪个男孩子见到你都会感到害怕。

其实真正害怕的是安娜。

算了，不管了。到了夜晚，心情好的人总是希望能找到一些安逸，但是大多数情况下，他们很难找到这种安逸，因为这座城市不适合于安逸。同这些人相比，这四个堕落的坏孩子太与众不同了。青春本应当充满朝气、活力和清新，但是他们的青春却没有这些特点。既然他们是有意识地拒绝这些特点，那人们拿他们还有什么办法呢。他们已经不再会去寻找安逸了，因为他们曾经拥有过安逸。为了不引起别人的注意，他们放慢脚步，跑步变成了走步，故作镇静。赖纳挽着索菲的胳膊，索菲则借着左右两侧黑漆漆的玻璃整理自己的发型。索菲看上去给人很有童贞之感，她也的确是这样，看上去总像是在戴着洁白的手套，这对某个男人非常刺激，但是他却永远得不到满足。由于得不到满足，他便会挖空心思地干一些暴力的事情。当然，这里面还有许多其他的原因。在他们的团伙里，赖纳可以算作是大脑，汉斯差不多是手，索菲可以用观淫癖来形容，而安娜呢，则是对天下所有的人都有一腔子怨气，这样很不好，因为这会蒙住一个人的目光，阻断和别人的沟通。不过安娜同美好的事物原本就没有什么沟通，在她看来，世上之所以有美好的东西，是因为人们必须用钱去买。她不知道，内在的价值是买不到的。可惜的是正因为这种价值是内在的，所以人们看不见它。安娜需要的是外在的，但是她不承认。我们不应当因为仇恨而去殴打一个人，我们殴打一个人应当是没有任何理由的，殴打本身就是目的，她的哥哥赖纳告诫她说。重要的是我在殴打一个人，至于是有仇还是没有仇，这并不重要（安娜语）。我看你什么也不懂，赖纳轻蔑地对妹妹说。

他妈的（汉斯语），他用这句骂人话是想说，他的衬衫给撕破了。这一下和老妈又有架要吵了。待会儿我找一条没有光线的小街，把钱分了，安娜说，这样你明天可以再买一件新的。

赖纳恨自己的爸爸妈妈，但是又怕他们。他们生育了他，现在还在养育他，而他则在诗歌中找寻乐趣。害怕和仇恨属于同一类（安娜语，安娜可以以仇恨为主题写一篇博士论文），如果人们没有什么害怕的，那么仇恨就可以免去了，到那时，平庸的无所谓就出现了，与其那样,不如马上就死。庸人从不知道什么是仇恨,如果我们没有强烈的感情,那么我们就是没有生命的物体,或者换句话说,我们就是死亡的,其实很多人早就应该死亡了。我热爱艺术,热爱它千变万化的形式。

我什么都不恨,索菲说,因为在我的生活中我没有发现什么值得去恨的东西。你只拥有一种情感,赖纳说,那就是你对我的爱。找一个人作牺牲品,把我们的手指戳进他的双眼,这能比婚姻更紧密地把我们结合在一起。我们反对婚姻。

我要走了,索菲说。她在一个地方总是待不住。

你不能把我一个人丢在这里,我现在需要有个人,把一切东西都解释一遍,赖纳说。你不是还有两个人吗,索菲丝毫不为赖纳的情感所动,你可以给他们解释,我现在要回家了。那么你的那一份呢?明天到学校给我。汉斯的手则已经伸向钱包,嘴角边垂挂的口水昭示了他的贪婪。别急别急,马上就给你,赖纳见状说。

你打人最在行,安娜讨好地对青工汉斯说。她轻轻地抚摸他胳膊上的肌肉,汉斯的妈妈从来没有这样抚摸过他的胳膊,肯定也从来没有想过要去这样做。安娜的这个动作有两层含义在里面,她想借这个动作表明,她可以比实际看上去的做得更多。

我喜欢你（安娜对汉斯说）。再见（汉斯对赖纳和安娜说），明天见。

紧张的心情慢慢平缓下来，孪生兄妹俩开始往家走。他们住在第八区，那儿的住房有很多是小市民的，大多是职员和退休之类的人。他们俩和这些小市民也属于同一类，就好比苹果核也属于苹果的一部分，正因为这个原因，他们在这个街区感到很自在。这会儿他们已经到家了。他们住的是出租公寓，楼里面黑漆漆的，他们顺着楼梯往上走，什么也不碰，免得弄脏了自己。他们到了四楼也是顶楼。终点站。兄妹俩重新回到他们的日常生活中，关上了房门。

这就是我们的住房。我们的爸爸妈妈就住在这里。家里有一种单调的一成不变的安静，每回犯案前和犯案后总是这样充斥在房间里。孩子不知不觉地从孩子的角色进入负有义务的成年人的角色，但是他们俩都没能履行这个义务。

他们住的房子已经年久失修了。房子的周围，昔日的皇城呈现的是无数低标准的住宅楼，很多住户都没有独立的卫生间。楼里的人丑陋、不起眼，而且多半上了年纪，他们在楼里踢踏来踢踏去，拎着便桶或水桶去过道的公厕或过道的水龙头，然后再拎回去。这种来来回回的动作一成不变，没有一点成效，没有一点创造性。

有的时候，里面会诞生出一个天才，孕育他的土壤通常是那里的肮脏，而他的极限则是疯狂。他无论如何也要从肮脏中摆脱出来，但是疯狂却不一定能逃脱。维特科夫斯基一家没有意识到，在他们浑浊的环境中，早已成长出了一个天才：赖纳。他通过自己的奋斗，已经从家乡的浊泥中摆脱到腰部了，他挣扎着拔出一条腿，试图站稳脚跟，但是仍然会不时往下沉，就像陷在淤泥里的犀牛。这个场面他曾经在《荒漠中的生命》中看见过。他的那颗蛰居着可恶的文学天才虫的头颅已经挣脱出来，目光在半空中越过杂乱无章的海洋，海洋的成分有破旧的散发着霉味的内裤，破旧不堪的家具，乱七八糟的报纸，破烂的书刊，一摞一摞的洗衣粉盒，底上结了一层、上面已经发霉的平底锅，底上结了一层、上面没有发霉的平底锅，结了一层说不清楚是什么皮的瓷杯子，面包屑，铅笔头，橡皮屑，做完的填字游戏，汗漉漉的袜子，目光越过这片海洋后，便情不自禁地进入了艺术的王国，这是唯一的一个在幸运的时候能向人们敞开的国度。

赖纳和安娜今天都去上学了，他们必须天天去学校，直到高中毕业，痛苦呀。

他们的爸爸，维特科夫斯基先生没有在战争中倒下，但是回来时仅剩下一条腿，在战争期间，他的肢体比战后要多，换句话说就是四肢健全，他那时在党卫队。如今他对业余爱好的执着丝毫不亚于当年对职业的执着，而且没有限制。他如今爱上了艺术摄影。他当年的敌人要么从奥斯维辛和特雷布林卡[1]的烟囱和火葬场飘了出去，要么就用自己的身躯覆盖了斯拉夫的土地。现在，

---

1 二战期间，纳粹德国在波兰设立的两座集中营。

如果赖纳的父亲想要拍艺术照，他每天都会一再跨越今天给德国设定的小里小气的界线。这种界线如同市井小人给自己的私生活设定的界限，在拍照时，这个界限由他们的衣服构成，老维特科夫斯基拍艺术照时就是要突破服装和道德的界限。做母亲的最明白儿子想要成为艺术家的冲动是从哪儿继承下来的：有其父必有其子。做父亲的长有一双艺术家式的业余爱好者的眼睛。玛格丽特，把衣服脱掉，我们现在拍一张或几张写真照。又要脱衣服了，每次我做清洁的时候，你总是会冒出这个念头。是谁在养活这个家庭，难道不是我吗？维特科夫斯基先生说。他白天是退休的伤残老兵，晚上则是看门人。我伤残以后，就留下了一个嗜好，拍色情照片。成熟的人不需要这类照片，我的照片专拍给那些需要引导的人。如果我的孩子不肯跟随我进入这个业余爱好的王国，那么至少你应当跟着我，格蕾特[1]。快，现在说脱就脱，我的照相机已经在等着了，快让它行使它的职责吧。

别人都穿着衣服拍照，你为什么不能也让我穿着衣服拍照呢？不行，穿衣拍照，那是业余选手。再说了，我拍照有两个收获，按下快门的时候，我有一个收获，观赏照片，用批评的眼光衡量照片，那又是一个收获。

---

[1] 玛格丽特的昵称。

两个收获之间是冲洗和放大，这也很能让人有快感。艺术就是要永远为结果而努力。格蕾特，拍照时你的自我超越不也一块儿进入画面了吗。艺术家的天才只能在艺术家的眼睛里发现，因为眼睛的最深处正是才华燃烧的地方。

现在开始，场景是这样的：一个家庭妇女正在厨房梳妆打扮，但是有一个陌生人在窥视她，她想遮住自己的身体，但是手上拿的家伙，比如说抹布什么的，不足以蔽体，不要说身体了，谢天谢地就连最关键的部位都遮不住，而我要的就是最关键的部位。再加上这个家庭妇女动作有些笨拙，遮掩的根本不是地方。来吧，格蕾特，来吧，格蕾特！

十足的笨蛋，你现在把最关键的部位弄到影子里了，最关键的部位是你的阴部。我这次的拍法和上次完全一样！不行，这样不行，每一次的动作要不一样，只有这样才能产生独特的艺术效果。在这一点上你一定得听我的，在这儿谁是摄影专家？是我还是你？是你，奥托。那不就是的了嘛。

维特科夫斯基太太曾经也有过风光的时候（党卫队军官的太太），不过现在做艺术家的太太实在谈不上风光。她时而扯扯这儿，时而拉拉那儿，结果姿势不仅没有变好，反而变得更糟。

你应当做出恐惧的表情，消灭别人的反抗是最刺激的。在战争期间，我消灭过很多次反抗，消灭过不知多少人。现在我不行了，只有一条腿了。那个时候，女人们争着抢我，都是军装的魅力呀。那个时候的军装多帅呀。我还记得很清楚，我们在波兰的村庄，那真是蹚着血前进，血都齐马靴的脚脖子深了。真是又肥又蠢的女人，臀部往前挺，又把你的阴部藏哪儿去啦？哦，在那儿。

维特科夫斯基太太哼着科沙特[1]忧伤的歌曲，心里想着一片麦浪滚滚的田野，自己正漫步在绿色的自然中，她此刻想的东西都是一个只剩一条腿的人很难做到，而且非常不情愿去做的事情，免得他一开始就把她的心情给搅乱了。维特科夫斯基先生此刻想的却是荣誉的战场，他没有把他的身躯永远留在那里。正因为这个原因，他非常看重家庭的荣誉战场，他绝不能容忍自己的老婆，这头母猪，和四肢健全的男人有染。但是怎么才能时时刻刻监视呢？她如果去小店铺那儿，谁知道会和店主干些什么勾当呢！

维特科夫斯基太太说，时常吸纳些新鲜的东西是有必要的。维特科夫斯基先生说，马上就给她吸纳些新鲜

---

[1] 托马斯·科沙特（1845—1914），奥地利作曲家。

的东西。说着就朝她的肩上扔了一个硬邦邦的东西，吓得她浑身一颤。这一下身上又要多一块青了。你这个臭婊子，我现在就想来一次，我的要求并不过分，你要是不答应，我就一拐杖把你打翻在地。换作从前，我早就扑上去，对你一通拳脚了，可惜我现在不行了，一个一条腿的人哪儿也扑不上去了（站起来太费劲）。这就好比一条鱼，鱼没有腿，但是游也好潜也好，动作都非常优雅。所以我拍的照片无可挑剔。现在把腿叉开！

我用我业余爱好者的眼睛断定，你又没有洗头，我不是吩咐过要你洗头吗，头发看上去要丝一般柔滑，绝不能乱蓬蓬的，看上去像乱草丛。一段时间以来，你一直站在我和我的自我实现之间。知道吗，写真摄影就是我的自我实现。你要是想阻挡我漫步摄影王国，看我不敲破你的脑壳子。

但是奥[1]，你想漫步摄影王国，我可从来没有阻挡过呀。

---

1 奥托的昵称。

安娜鄙视两种人，第一种是有房、有车、有家的人，第二种是所有其他的人。她总是处于一种快要爆炸的状态，是因为愤怒得快要爆炸。她如同一个赤红的池塘，充满了无语的沉默。但恰恰是这种沉默在不停地向她诉说。一般的少女要么在头上烫个长发波浪什么的，要么扎个晃悠悠的马尾辫，在唱片商店聚精会神地欣赏流行音乐，这类少女的特点她一概没有，她的两只脚会随着音乐不安地动来动去，热辣的音乐节奏还是会把她淹没。她觉得除了自己以外，所有的人都像是站在一块巨大的冰面上，冰面无边无际，她有时把这个人从身边踢开，有时把那个人从身边撞走，她要把所有的人从这个无边无际的边缘内踢出去，这个边缘虽然肉眼看不见，但是她希望它是存在的，因为这样就可以把所有的人踢到边缘以外的、冰冷得足以冻死人的水里。她和她哥哥说的，都是哲学的或文学的东西，但是她独自说的，却是钢琴才能发出来的音色语言。

一次学校组织郊游，班上的姑娘们一起照了张相。

照片上，姑娘们对着《喝彩》[1]上彼得·克劳斯[2]的双幅照片噘着嘴做热吻状。一共八张笑脸，都在噘着嘴喊布西布西，朝着照相机微笑。唯有安娜没有噘嘴，结果被讥笑了一番。不过接下来的才是真正的嘲讽，一个女同学对安娜说：快来呀，安娜，沃利策唱片店有巴赫的唱片，不正是你需要的吗？可怜的安娜，被太阳晒晕了头，被学音乐搞得昏头昏脑，再加上神经兮兮的妈妈把她弄得不知怎么和别人交往，一个冲刺就往音像店奔去，想买属于自己的、没有人能听懂的、只有她一个人能听懂的音乐，这样她就可以说给别人听了。但是听听看，音箱里在放谁的歌！是猫王的热门唱片，突提福鲁提！但凡有教养的人都应当将这种歌拒之门外。那边，姑娘们在饭馆的地上乐得直打滚，这边，傻乎乎的安娜还以为沃利策唱片店只会放巴赫的音乐，不会放年轻人喜爱的歌曲。

这就是安娜，一个被扭曲了的女学生，课余时间都扑在学钢琴上了。

在安娜看来，这好比是清扫道路，就像是一部扫路机。在赖纳看来，这更像是由活生生的人组成的阶梯，

---

[1] 流行于德、奥的青少年杂志。
[2] 彼得·克劳斯（1939—），德国演员。

站在最上一层台阶的是年轻的作家,他站在聚光灯的中央,朗诵自己的原创诗。诗包容了整个人生,因此必须有些神秘感。

文学是凡是会说话的人都能掌握的东西,而且不能说哪个人掌握得多一些,哪个人掌握得少一些,但是有一些人,他们做不到用更好的方法超越自己的环境,于是便把文学占为己有。除了文学,没有任何一样东西能让赖纳折服,毕竟文学能在很大程度上帮助他实现他想实现的愿望。

如果有人出乎意料地邀请他们参加一个帅哥靓妹的聚会,他们会当即回绝,我们从来不和这些人凑在一起,这种娱乐毫无意义,无聊透顶。其实他们这么说的原因是因为他们不会跳舞,他们忍受不了一样事情别人比自己做得好,而自己又超过不了别人。让年轻人选择放弃是很难的,上了年纪的人要容易一些,因为在他们的一生中,他们已经历过许多放弃了。

赖纳说,人也是可以把某个人占为己有的。首先,知道的东西要比他多,这样的话他会把你奉为某一领域的权威。汉斯就是一个例子,汉斯是个小青工,赖纳和他是在爵士酒吧认识的。要等到汉斯变成一个丧失了个人意志的工具，赖纳还要费不少口舌。这个过程比改编一篇文学体裁的文章要困难得多，人还是有能力做出惊人的抵抗的。这是一个累人的过程，但同时也是充满挑战的过程。

艺术是可塑的，而且也是非常宽容的，人有的时候非常固执，非常执拗，但是如果解释，还是能听进去的。他们以为自己知道得很多，但赖纳的确比他们知道的还要多。

他的男同学们是一群灰色的小羊羔，无知、不成熟，就知道讲给别人听，他们周末在爸爸妈妈家专门为聚会修砌的地下室里、在希琴格大街舒适的住房里、在森林中采蘑菇的时候、在游泳池的更衣室里和姑娘们都干了些什么。女同学们则讲给旁人听，她们都让别人和自己干了什么，自己是怎么拒绝干这种事的，而别人又是怎么死乞白赖的，但是为了保持自己的处女之身，她们是如何始终没有松口的。大家就这样你一言我一语的。赖纳，你就从来没有过女朋友吗？大家平常都喊赖纳"教授先生"，但是谈论这类个人隐私的事时，就不这么叫了。赖纳立刻接上说道：所谓肉欲就是一种迷醉状态，告诉你们，在这种状态下，人的意识仅是肉体的意识，因此只是对肉体的反射性感知。和身体感知疼痛一样，性的满足会产生一种反射，使得人会非常强烈地关注自己得到的性满足。（什……什么，我一个字都没听懂。）

安娜说：之所以说性满足是性欲的终结，是因为它不仅是性欲的实现，而且也是性欲的目的和终点。人一直在追求性的满足，但是它始终没有任何意义。

班上的同学扭头不再看他们的表演，说，我们的教授先生和教授女士根本不知道自己在说什么，他们甚至都没有碰过男人或女人下面的那个东西。

索菲·帕赫霍芬一摇一摆地穿过房间，房间里弥漫着石灰粉的气味。她在钱包里摸钱，想买一瓶可乐和一块名声一向不大好的课间小面包。安娜羡慕地把自己的面包藏了起来，她的面包切得很厚，妈妈在上面不仅抹了厚厚的黄油，而且还用了很多的心，因为两个孩子中她最喜欢安娜（安娜是一个像她一样的女人），赖纳属于像他爸爸那样的男孩子。对赖纳来讲，他对索菲的爱如同一击砍在他脖子上。赖纳对自己暗恋的姑娘说：意识渐渐地意识不到别人的肉身，而是把自己的肉身全部吸纳了进去，因为自己的肉身才是最终的目标。索菲，你现在明白这个道理了。那就该有所行动了。

赖纳把一根指头抠进另一只手的掌心里，他太想得到索菲了，同样，索菲也有相同的愿望，只是不愿意承认罢了。

赖纳对索菲说，他是一匹狼，而她则是狼的猎物。索菲说，我不知道你是什么意思。想和我去打一次网球吗？赖纳说，我只在自己的场子上打球。索菲的目光滑过赖纳掠向别处。赖纳说：她必须牢记，想亲热的欲望会转变成被亲热的欲望。人想感受自己的身体旺盛起来，一直旺盛到令人厌恶的地步。索菲以前是不是有过这种感受？如果还没有，他愿意给她示范一次。

索菲走出房间。

我对一切都感到非常厌恶，特别是今天，安娜说。
一会儿等索菲从食品店买了色拉米香肠面包回来，赖纳会命令她把面包交出来。这事关个人意志。索菲回来了，赖纳试探地一边嘴里说着粗鲁的话，一边用几个手指压在索菲的颈动脉上。哎呀，你疯了！脖子上神经最丰富，稍不留意就把神经给弄死了。不会不留意的，赖纳说，我在一部法国电影里看过。

就因为你在电影里看过，所以你也就不会杀人。
谁知道我有什么特长，赖纳说。我只知道，我有能力做残酷得无法想象的事，我也知道我有能力控制自己不做这种事。

安娜躲在背后，眼睛瞄上了另一半面包。我给你也买了一块，索菲主动说，里面夹的是鱼和洋葱，这是你最喜欢吃的。太好了！

安娜一吃完那半块面包，立即跑到卫生间，把手指伸进喉咙。吃下去的东西又全都出来了，不过是以相反的顺序，有成肉糜状的鱼肉，还有洋葱。安娜饶有兴致地观察着自己的呕吐物，然后拉下放水阀。她有一种感觉，好像自己整个人都是由肮脏组成的，难怪像一块磁铁，每次离开家，都吸满了肮脏。

有一次，那时她还是一个孩子，她观察过妈妈在浴缸里洗澡。妈妈一反平常洗澡的习惯，洗澡的时候还穿着一件白色的旧内裤，在水里一鼓胀，像一张船帆。内裤上面有红色的斑点，看上去挺恶心的。这样的身体只是人的一个容易堕落变质的附属物，不再是主体。尽管现在能买到很多东西弄到身体里面，或者挂在身体上面，但仍然没有用。结果弄得安娜每次看见白颜色的东西，就想在上面整点斑块出来。

安娜总是会强迫性地想一些不愉快的事情，这些事情会进入她的大脑的一侧。如同铁路道口的栏杆总是从一个方向上升，不愉快的事情进入了她的大脑，就再也不出来，于是所有不愉快的事情便在大脑里堆积起来，而紧急出口被钉死了。不愉快的事情中有一段难堪的回忆，那是几年前的事情了。几个同学的妈妈向班主任抱怨，说安娜老是讲下流黄色笑话，而且讲的都是她自己的性事（赖纳也老是只从嘴里冒自己的性事），说什么她把同学幼小的心灵都毒化了。就是在那个时候，安娜第一次出现了语言障碍，嘴巴说"不"字越来越频繁。今天我不工作。

这会儿安娜又要在什么地方弄斑点了，此刻她最想在索菲的外表上弄些斑点之类的脏东西，但是索菲的外表用的是不沾脏的材料，这种材料可以自动除脏。

还有一个小例子。安娜那会儿十四岁。她全身一丝不挂，叉开双腿，坐在地上，拿着一面刮胡子用的破镜子和一把刮胡子刀，想给自己破处，听说下面的那个地方长有一层膜，她想摆脱掉这层膜。但是她不懂解剖学，刀子划错了地方，割破了会阴，结果出了不少血。

安娜从学校臭烘烘的厕所里走出来，索菲立即第一个一片雪白地扑在她的身上，把她压在身下。索菲等于雪崩。你下午到我那儿去，好吗？OK！

安娜大口大口地喘，但是这次没有血出来（不像上一次），没有墨水出来，没有草莓汁出来，也没有呕吐物出来。

索菲轻轻地从她的身边走过,朝外面走去,朝明亮的地方走去。外面太亮了,亮得都衬托不出索菲的身影。她消失在明亮中。

汉斯·泽普的爸爸是工人运动的产物,在毛特豪森的死亡台阶上被人杀死。落日的余晖似乎没有目睹过这类事情,照射在科赫街的窗户上,折射出来的光线甚至比太阳直接照射出来的光线还要强。人在自然的力量面前必须闭上眼,被强光刺的。面对一些事情把眼睛闭上,这里的老百姓已经很习惯了。

对面是一间小商店,专卖针头线脑之类的杂货。钩针钩出来的台布上摆放着各种颜色的缝衣线和毛线,还有各种针。汉斯怀着一个生灵对日常万物的崇敬,走进他和妈妈住的由镇里盖的房子。他的目光直直地穿过那个老妇女和她的女儿(两人都穿着黑色的工作大褂),她们俩正在给做家庭手工活儿的妇女们提供服务。汉斯的妈妈也做家庭手工活儿。在这个凌乱的家里,她负责给信封标上地址,当然是有报酬的。

蔬果店的土豆、橙子和香蕉自然也有它们的自然之处。汉斯得意扬扬地想,安娜和赖纳看见这些东西,肯定会拿它们和他们做作的诗歌艺术中的那些东西相比较。

我和自然更贴近，我随时代的脉搏跳动。我主宰事物，可以让它们来，也可以让它们去，可以让它们进入我的心中，也可以让它们从我的心中出去。在劳顿街，5路车发出刺耳的吱吱声靠站了，停在面包店的前面。5路车要是不发出吱吱声，那真是难得。我还没有因为艺术和文学而堕落。汉斯心想。

汉斯的妈妈也在望着奕奕闪光的落日。尽管社会民主党已经让她失望很多次了，她这次还是真心实意地投了社会民主党的票。不能再继续失望下去了，否则下次就要改选共产党了。汉斯，你的毛线衣是哪儿来的？这种毛线（羊绒）超出我们家的经济条件好几级。妈妈用火烧了一根线头，从味道上就闻出来了：是纯羊毛！汉斯眼下在埃林联合股份公司学习强电电工技术，他刚从公司回家，马上就告诉妈妈，毛衣是他的女朋友索菲送的，索菲的爸爸妈妈很有钱，但是尽管如此，他仍然是一个堂堂男子汉，而她仍然是一个妇道人家，他可以保证不让这种性质发生变化。如果你再这样下去，就会不知不觉地变成工人事业的叛徒，这是妈妈的话。汉斯走进厨房，这是家里唯一可取暖的地方，他给自己倒了一杯牛奶，好让自己能继续从事体育活动。他睡的房间非常小，妈妈睡在冰冷的客厅。打倒工人阶级，摇滚音乐万岁！这是你的阶级。但愿要不了多长时间我就不属于这个阶级了，因为我想当体育老师，说不定我还有更大的出息。

在同一时刻，劳动的人群从刚刚到站的 5 路车蜂拥而下，拥进两旁的街道。空气浑浊的楼梯间顿时活跃了，母亲们纷纷走到门口，迎接养活家庭的支柱。从身上取下破旧的公文包、破饭盒、热水壶；景况稍好一些的从身上取下手提公文包、报纸、没吃完的公务员鳟鱼、油腻腻的纸头等等之类的东西。把脚套进专门在家穿的千疮百孔的短袜，这些袜子可能前一段时间还是穿去上班的。大家都知道应当怎么节约，尽管并不是每个人都必须这么做。第一批挨了耳光的孩子发出尖厉的嘶喊声，挨揍了。卡尔今天不准下楼！不准下楼！在街拐角的桦树公园，几只狗轻松地在草丛里蹿来蹿去，一会儿在这撒泡尿，一会儿在那儿拉泡屎。战争伤残人员，当时他们还是街头一景，饶有兴趣地看着狗跑来跑去，回想往昔的时光。想当年，他们在被占领国多么风光，可现在，他们什么都不是。他们把绳子一甩，发出响亮的鞭声，但是那些狗并不在意。再也没有人必须听从这些昔日的士兵了，同样，他们对任何人也不必言听计从了。威信就这样遗憾地消失了。

汉斯一连吃了好几个涂人造黄油的面包,他对着刮胡子用的破旧镜子观察自己额头上的那缕鬈发,据说这面镜子曾经属于他被打死的爸爸。又要给我说集中营的故事了,我的耳朵都要听出老茧了。

对面卖针头线脑的老板娘把卷帘放下了一半,里面一个女顾客正俯身说着一种新的样式。喜欢刺绣壁画的人很多,这预示一个新的时代正在开始,而且很快将流行开来。人们开始想那些多余的没有必要的东西,却不去想,生活所必需的东西他们才刚刚得到。最好不要去想那些生活所必要的东西。如果生活不宽松,那只有多余的东西会给生活带来阳光。否则生活将一片灰色。

晚上的小组会议你已经连续四个星期没有参加了,他们现在需要你出去贴海报(妈妈对汉斯语)。去他的(汉斯对妈妈语)!妈妈紧接着干巴巴地引用了一本书上的一段话。

一直到五十年代,工人阶级的境况甚至比1937年的世界性经济危机时还要糟糕。这就是臭名昭著的战后年代,生产效率虽然提高了,但是剥削也加剧了,而食品却大幅度减少了。不过我们的故事发生的时候,所有人的情况都好多了,经济奇迹(德国人的说法,具体的表现形式是无数有腰形小桌和别墅酒吧的电影和无数肥硕的、用金属丝撑起巨大的奶子的金发女郎）即将出现，前进的步伐已经势不可挡。人们欢呼着欢迎经济奇迹的到来。但是仍然有一些人，在他们身上没有任何东西会势不可挡地发生，甚至连奇迹也不曾出现。不论他们怎么开门，都不会有任何东西进来，进来的只有外面的寒冷。泽普太太就属于这类非常吃亏的人。

她结结巴巴地、不住地用关键的1950年烦她的儿子。那一年，她的倒数第二批希望破灭了（今天唠叨的重点：欧拉卫队开着拖拉机，醉醺醺地、敲敲打打、拳打脚踢、挥舞着棍棒冲进工厂，逼迫罢工的工人复工。欧拉是奥地利社会党的国民议会议员，工贼帮的头头，等等等等）。在向儿子唠叨的时候，她忽视了一点，一段时间以来，在她儿子的心中正在萌生虚假的希望，而他自己则认为这种希望是很现实的。汉斯很年轻，身体健康，遇事总是相信自己的拳头，这点同社会民主党的干部普罗布斯特、库齐和维巴一模一样，他们在镇压罢工运动的时候，也总是相信自己的拳头。汉斯学到了一样知识，要想把什么东西打趴下来，不一定非要成为那个深受喜爱的工人党的干部，完全可以走自己的路，有更加直接的途径，而且不为他人，只为自己。这样，到了一定的时候，财产就能集聚起来，而且还会不断增加。

电流流进了街上的路灯，第一批路灯亮了。电是汉斯独自搞出来的，不是可爱的上帝。你一向很喜欢你的工作，母亲告诫说。但是有更好的东西，而且我已经知道是什么，汉斯信誓旦旦地说。

你的爸爸就是为了这个死的。依我看，他不一定非要死，不过我无所谓（汉斯语）。

妈妈，你想想看，我们如果再多一个人，在这里连转身都转不过来。但是我儿汉斯，有一些人，他们拥有很多空间，自己根本用不了。在黑伦塔尔，那儿有给游人休息的长凳，在维也纳的希琴格，那儿有年代悠久的私家别墅。索菲家就住在那里，我总有一天也会住到那里，不管以什么方式，汉斯立下誓言。他小心翼翼地把贵重的羊绒衫叠整齐，穿上儿童时代补了又补的棉外套。他为了将来而爱惜一样东西（一定要趁早学，因为年轻的时候还有将来，到了老的时候，就只有终结了），而到了将来他又要为将来的将来节省，以备闹不测，但愿不测不会出现。

仿佛是谁一声令下，整栋楼一下子都开始忙乎晚饭了。好闻的、不好闻的、舒服的、不舒服的味道弥漫了整个楼梯间，渗透进正在剥落的墙灰里，和它的老相好白菜、包菜、土豆、豆角等混在一起聊上了天。又是一阵孩子的号叫声穿透房门，这是第二批挨耳光的孩子。当爸爸的都很累了，因此情绪很不好。嘘，轻点，否则他们的神经要崩了。

汉斯幻想有闪闪发光的瓷器和银制餐具,但是在言语和工作上却倾向于低调。对自己的声音和态度,人绝对不会弄错。汉斯有理想,因为他正在成长。正在成长的人总是和理想相伴为伍。结果就是下定决心。在下决心的过程中,爱情会起到非常重要的作用,爱情总是无私的,因此想拿什么就能得到什么。

汉斯说,赖纳曾经讲过,在大自然中,总是强者消灭弱者。二者之中我想成为哪一个,这是不言而喻的。这个赖纳是谁?(妈妈忧心忡忡的问题)。你总是提这种荒唐的问题,烦死我了,儿子顶撞了妈妈一句,走了。他还没有好好吃饭呢,这是年轻人的又一种需要。今天的菜单和平常一样,有土豆烧牛肉。

妈妈站在黑暗的房间里。不停地抄写使腰部都作痛了。在她的周围,黑漆漆的破旧家具在往下沉,这是一个迹象,表明她一事无成,这当然是她自己的责任。只有罪犯才有责任,因此有责任的都是罪犯。在她的头上往下沉的,是由人组成的茶灯,里面有被打死的人、被绞死的人、被毒气毒死的人、被枪毙的人、金牙被扳掉的人。再见,小汉斯,晚安(她就是这么叫她的丈夫的,现在她也这么叫她的儿子)。她的汉斯刚刚出去,他已经长大，不再是小汉斯了。可惜汉斯的爸爸没有看见儿子长大。但是他关心其他人胜过关心自己的家人，现在做妈妈的必须独自养育儿子。儿子没有父亲是很困难的，这种说法经常可以看到，但是如果是女儿，父亲就没有那么重要了。说这话的都是比汉斯妈妈聪明的人，因此肯定有道理。太阳此时不再笑脸相迎，因为它刚才已经彻底告别了。在黑洞洞的房屋的衬托下，科赫街上只剩下路灯亮晃晃的光圈，但是这并不意味着看不见的东西就不存在了。只要还没消失，只要没有被宽恕和被遗忘，就是存在的。只要还存在，里面就会有许多没什么意思的人生。为了避免步入这种没什么意思的人生，汉斯开始投入一个比较有意思的人生，并且完全融化在里面。

当人，特别是还没有完全长大的年轻人感受到秋天的时候，秋天在良心上总是会感到有些说不过去。上了年纪的人会不分季节地想到死亡，而年轻人只是在秋天想到死亡，因为在秋天，自然界普遍在衰落，树叶是这样，动物也是这样。赖纳说，在秋夜，他魔幻的翅膀会展翅翱翔。拴着链子的猫在流血——谷仓里的叫声——在舔自己淌血的皮毛。这是一首诗。每当想到秋天的凋零，赖纳就会情不自禁地想到女人，比如他的妈妈，现在正在全力全速地凋零。女人总是希望能有什么东西进入自己的身体，或者她们生一个孩子，让这个东西从自己的身体里出来。这就是赖纳对女人的感性认识。空气中洋溢着光线的臭味。这是赖纳对秋天写下的诗句。还没有完全终结，但是已经差不多了，就像他的妈妈。爸爸依旧潇洒，妈妈却不再如花。他和妹妹，妈妈更喜欢妹妹。妈妈说妹妹更需要她的爱，因为妹妹的心灵受到伤害的程度比他大。爸爸则更喜欢他，因为他能传宗接代，能把族姓延续下去。

他用写诗所不需要的感官留神着电话，索菲可以毫不费力地把她的声音通过电话送到他家里来。如果有人问他，你在等什么，他会说，我什么也不等，我干吗要等，其实他在等那个可爱的声音。但是这个声音很少来。为了自身的尊严，第一步绝对不能由自己迈出。为什么她的声音不能通过无线电波传到他这儿来，为什么无线电波通过收音机传来的总是那些荒唐的点歌节目，一些荒唐的人为了什么生日呀或者起名字呀发出更为荒唐的问候。这些人根本就不应当生出来，这个世界上有他们还是没有他们，其实根本没有任何区别。

索菲很少考虑爱情，她想得更多的是体育。运动少女考虑的东西自然不一样。

赖纳的身上有很多不好的东西，还是孩子的时候就已经背上了沉重的包袱，到了青少年时期，想抖掉就没那么容易了。小的时候，他不知看过多少次，妈妈就像一匹老马的骨架，被爸爸打弯了腰。爸爸打妈妈经常用的是家里的破拖鞋，用完了就可以扔掉。据说爸爸打妈妈就是在战争失败那一天开始的，在这之前，爸爸是以不同的形式殴打不同形象的不认识的人，但是从战争结束那一天起，在爸爸面前就只有老婆和孩子的形象了。爸爸曾经把人赶进过沼泽地，结果那些人很快都死了，这些都是经过公证的。爸爸要比那些干过同样勾当的人倒霉得多，那些人现在都发了，唯独他没有。这就是命，人各有命。在原先的精英群体中，也有像他爸爸这样没有成大器的人，一生一世都是令人讨厌的小人物。精英的性质消失了，没有了精英性质的群体却残留了下来。只要老老实实把工作干好就可以了，没有必要感到耻辱。这是爸爸的话。他试过很多工作，但是都没有成功。他去过一次法国，工作是用气球为法国的一个产品做宣传，但是他们却把活儿给了另外一个人，说是那人比他聪明。就这样，又少了一个工作的机会。而爸爸呢，由于自然的老化进程，慢慢萎缩了。

　　妈妈对爸爸说，孩子的教育是头等大事，是父母的义务，应当让孩子上中学，这是他们必须履行的义务。爸爸却说，他们应当出去挣钱。两个受过教育的孩子听爸爸这么说，非常吃惊。不能这样过分要求他们，他们心想。

杀伤力十足的贫穷从堆满杂物的屋角友好地露出嘴脸，挤眉弄眼，它在那儿已经很长时间了。兄妹俩穿着配有护带的缝边牛仔裤，就像专在地板上爬行的两栖动物，把地面拉出了沟壑。妈妈必须在别人家做清洁工，自己的家反而顾不上了。别人家里还有别人家的男人，正因为这个原因，爸爸经常大声咆哮，活像被活生生下了油锅的公牛。而母亲呢，既没有人爱护她，也没有护带保护她，只能任人践踏。还有一样东西她没有在家里营造出来，而由家庭妇女主家的家庭一般都有这样东西，这就是一种舒适和温馨。这种事情要做只能由她来做，因为她的丈夫，昔日的军官，是绝对不会营造温馨的，只要发现家里有舒适和温馨，他就一定要把它破坏掉。

在原本就很小的熟人圈子里，爸爸是一个怪僻的人，经常做一些古怪的事情，不愿意让别人接济，口口声声说不愿意揩别人的油。

爸爸经常想那些被他杀死的人和他们留下的幽暗的髑髅，当时杀得波兰的雪地不再洁白，而是遍地血迹，不再大雪无痕，而是遍地痕迹。然而下雪天每年会再来，大雪每年会重新落下，现在的雪地上已经没有了当年的痕迹。

母亲则想方设法教导孩子们什么是人性，这是母亲的工作。但是没多久，母亲不得不放弃这项工作，因为孩子们宁愿自己非人性，而且不惜采取一切措施让自己看上去是非人性的。人们所做的一切都是徒劳的，恶心的。所有的一切如果不把它们清除掉，都会让人感到恶心，在她孩子身上却相反，窝得皱巴巴的纸头，地上的烟头、奶酪皮、香肠皮，咖啡的斑迹，还有苹果核、橘子核，虽然让人恶心，虽然很糟糕，但是却不把它们清除掉，是因为当胃翻上来的时候，那种感觉实在是好极了。房间所有的角落，过道，到处都堆满了东西，都是成堆成堆的垃圾，小市民总是有东西要藏起来，于是房间的角落便派上了用场。凡是小市民家庭需要藏起来的东西，在维特科夫斯基家统统都能看到，因为他们什么都不扔掉。小市民们站在这些角落面前，随时准备好闪电般地在里面躲藏起来，做龌龊的事情，而又不会被别人看见。

孪生兄妹俩在不幸之中却感到优越，因为他们摆脱了一切，可以为所欲为。赖纳说，人总是受到这样或那样的制约，但是我不是，因为我胜他们一筹，因为我有我的意志。一个人只要愿意，就可以是自由的。那份公证给他带来了这种自由，他笑纳了这份自由。在他的内心中有一种英雄主义，这是一种孤独的英雄主义，之所以说孤独，是因为没有人能觉察到它，因此这种最美妙的英雄主义差不多只有一半多一些的价值。但是每当他独自一人面对镜子，他总是敢于朝着镜子直视自己的面孔。

　　有的时候只是很普通的一天，爸爸随意拎出去一个孩子，咆哮地痛打一顿，就因为孩子要的和他要的不一样。孩子被拎在半空中，无助地挥舞胳膊，乱蹬双腿。但是他们身躯内却有东西脱离了他们的躯体，飞升到略为高一点的地方，这样可以更清楚地俯瞰整个恐怖的事件。这是安娜和赖纳这两个孩子从小养成的习惯。到了现在，他们仍然还以为自己高高在上，可以俯瞰下面的人。他们的身体发育得很艰难，而且很迟缓，但是对高高在上的追求却完好地保留了下来。在他们的头脑里，有一样东西在不断地聚集，它在将来会导致一场发出橙色火光的大爆炸。

　　现在，单纯看知识，兄妹俩已经把爸爸抛在了身后。但是做父亲的仍然坚信自己知道的比孩子多，这都是年纪带来的。这些知识主要都是经验。在新的时代，知识就是自由，劳动不会带来自由，我们不要劳动，特别是不要凭双手干活这样的劳动，不，我们不要这样的劳动。这些成天只知道跳舞听爵士乐的年轻人太不成熟了，还不知道该拿自由怎么办，所以干脆不如剥夺他们的自由。

妈妈的娘家是一个挺不错的家庭，那都是很久以前的事了。妈妈当过老师。不知怎么地，这个婚姻的这一半和另外一半相识了。安娜和赖纳恨爸爸妈妈，因为他们的青少年过得太仓促，而且没有任何商量的余地。对恨之入骨的爸爸，兄妹俩经常弄一些恶作剧，例如跟在爸爸的身后，用厌恶的神情模仿爸爸的每一个动作，拿走他的拐杖，绊他的腿（他仅剩的那条腿），往他的饭里吐唾沫，他要什么，偏不给他什么。每回遇到这样的事情，日渐衰老的爸爸就会大骂这是刁难。但是他永远没法确证孩子们这么做是不是故意的。尽管如此，他仍然让他们继续上高级中学，其实不过是为了能对别人吹嘘，自己的孩子在上高级中学。这样做的后果明眼人都能看出来，是价值的贬值：权威的价值，父亲强权的价值。

但是他还有一个女人，既是他的女人，又是孩子们的妈妈。在她的身上，他可以对这一切进行报复。或者对她说，她的肉体越来越像一块正在腐烂的奶酪；或者从她通常放钱的瓷夜壶里，把用于家用的钱偷出来，藏起来，然后指责她把钱花在了自己的身上。例如今天就发生了这么一件事，遇到这种事，她只能在孩子身上找安慰。他竟然故意把一件崭新的围裙给剪了，围裙用的是换季的余料，上面有鲜花图案，非常漂亮。这是她用分期付款买的缝纫机亲自一针一线缝起来的，虽然她没有什么缝纫的天赋，但确是倾注了不少心血。自己的劳动带来了喜悦。自己亲手做的通常都比较讲究，而且质量要好一些，因为在做的过程中，自己知道什么地方应当怎么做，用什么做，如果是买现成的，就什么都不知道了。当然还是可以大体猜出来，质量肯定不好，活儿糙，例如买来没多久扣子就会掉，还有就是自己做也可以便宜许多。妈妈就这样动动手指头，就节省下来了很多钱。而爸爸却纯粹出于故意，把围裙剪了，原因竟然是不愿意看见有缝纫机进她的家门。如果妈妈给自己做新的行头，那些根本不认识的男人就会产生邪念，对这个体形已经膨胀、但是仍然是女性的身体多看上几眼。她会选什么布料？对了，煽情的，图案鲜艳的，或者她认为是图案鲜艳的（小蘑、甲虫、鲜花等等）。她会选什么式样？对了，乳房、腰部、屁股，只要那些东西还在，她就要把它们统统突出来。不能突出来的地方，那是留给爸爸一个人的，不能为其他的男人而突出。你肯定是想讨谁的欢心，但是告诉你，我即便是一个残废人也比那些有两条腿却不是男人的男人还要男人。要我现在就证明给你看吗？请便，是在床前的拼花地毯上，还是在床上，我随便，反正我们的床已经历尽了磨难，看够了经血，现在散发的都是这种臭味。人总不能一直不停地洗吧，总要抽出一点时间看上一本好书，散散心。

这就是你的本性，不买洗衣机，却买了一台缝纫机。本来我们是可以干干净净做人的，看看我们的样子，龌龊不堪！可你竟然穿了一条新的红围裙。咔嚓咔嚓就把它给剪了。那么多心血，一下子就给你毁了！你真卑鄙！

你应当感到高兴，我没有给你的身上弄点伤出来，我曾经学过这一行。人要首先学会克服自我，然后事情就容易顺理成章了。关于我的摄影系列，我现在有了新的灵感，我可以给你的皮肤上弄些口子、裂口和小洞，用孩子们的水彩画颜料就可以。

我给你们烤了一个杏仁蛋糕，做母亲的想讨好孩子们，她希望孩子能理解自己，但是却得不到他们的理解。她以为孩子受过教育，具有了理解的基础，她希望孩子们的心是正常的，但是他们早就已经不正常了。大人在安娜和赖纳身上投入了很多，但是得到的却只是：没有温暖，没有激情。蛋糕在那儿，玻璃盘在那儿，到处都是书，想放新烤好的蛋糕都没地方，把这些乱七八糟的东西都收拾了！

不，书不能收拾，书比蛋糕重要。我们正在看一本书，书上讲我们的存在没有任何价值。妈妈，你赶快出去吧。兄妹俩把老妈轰了出去。妈妈到处都不受欢迎，可怜的人。这对她的身心是灾难性的。

一通大喊大叫，把老妈赶出去后，他们立即转身大吃蛋糕。对此他们决不做好人。

　　他们一块也没有留给妈妈，尽管她也非常想吃上一块。

赖纳认为，女人如果容忍别人在自己肉体上为所欲为，就等于女人品质的退化，这一点在妈妈身上可以看得很清楚，她经常在睡觉的房间大喊救命。她大喊大叫，很有可能有不正常的事情在她身上发生。亲戚们在赖纳的眼中也经常能发现一种不正常的眼神，之所以会有这种眼神，估计是因为他在睡觉的房间看见过这类事情，而且次数还非常频繁。但是他从来没有正眼看过，而是一头扎进被窝。在被窝里什么也看不见，只能闻到自己的气味。赖纳有的时候只喝汤，拒绝吃固体的食物，尽管男人都喜欢大快朵颐。安娜有的时候什么都不吃，而且可以连续几天什么都不吃。如果兄妹俩什么都不吃后站起身，他们会立即一块儿躺到他们俩的一张床上，中间特意拉了一道分隔墙，因为他是男孩，她是女孩，他们的床不仅相互分隔，而且还和外面的世界隔离。赖纳写诗，和外界的隔离更加彻底。他经常会在树丛中看见人影，激励他写诗，整个一个胡思乱想者。他没有朋友，只有伙伴，但是他们常常以非伙伴的方式联合起来反对他，所以他看不起人和人之间的伙伴关系。他写诗的时候没有优雅的姿态，不像一只正在高高跃起的鱼，作家穆齐尔在写诗的时候，就经常有鱼高高跃起，发出清脆的声响。他写诗更像是在刨洞，在撕咬。

赖纳和安娜每一秒钟都知道，由于爸爸妈妈迁进了城，所以他们逃脱掉了像伊布西茨、塔亚河畔的拉镇、皮拉赫河畔的拉镇和各种各样的圣米歇尔市或镇这样的地方。那些地方太精神化，太恐怖，他们在奶奶家的农舍见识过，因此他们感到很高兴，自己不必生活在那些地方。什么都可以，就是不能在那些地方生活。那都是些什么地方呀，到了冬天，树上站的全是阿尔卑斯山的乌鸦、寒鸦等乱七八糟的动物，嘎嘎乱叫，各种形状的云团嘶嘶地掠过阴霾的天空，鹿发出啾啾的叫声。臭烘烘的小学生们，说痴不痴的中学生们，一个个都挤在邮政公共汽车上，挤压身上的肉，在拥挤的人群中，还拥挤着一贫如洗的细菌，拥挤的孩子们如同一锅粥，身上穿的新老大旧老二毛衣因为潮湿而散发出腾腾的热气。

赖纳说，这些人谈不上有什么命，早在出生前就已经被宣判了死刑，因此头脑里的想法都一样，这个人头脑里的想法和那个人头脑里的想法一模一样，想的是一幅图画，画面内容是一片自由自在的田野，但是却没有一丝一毫自由的迹象。单调的风景一直绵延到远方的雨中，无边无际，看不见界线，但是界线还是有的，它存在于当地每个居民的头脑中。这种狭隘他们兄妹俩在大城市也发现了,他们欢呼,因为他们在一段时间以前就已经克服了这个界线。他们用尖尖的牙齿扑向前世注定生存空间的微微泛着青光的脐带,然后一口咬断,血水顺着下巴滴下,两片苍白的舌头,一片是赖纳的,一片是安娜的,伸出来把血舔掉。出生的自然界线很快便片骨不剩,无垠的宽广展现开来,一轮冰冷的太阳,看上去就像牛奶中没有打破的蛋黄。

如果有谁要打破什么,那只有安娜和赖纳,只有他们喜欢打破。

再也没有乡村街道上凛冽的严寒,再也没有周末穿的薄底低帮拖鞋,这种鞋什么天穿都不合适,而且穿在脚上也不舒服。没有人迈着一弹一弹的脚步走进牛仔影院,自然就没有人出来的时候变成牛仔,在那只能发现不少傻瓜头戴大礼帽,擦着满头满脑的发乳。不用再害怕回家晚,不用再害怕被硬邦邦的东西揍一顿。不过还是要把装满热乎乎的猪饲料的大木桶抬进猪圈,去之前千万不能忘记把运动鞋脱掉,否则鞋子就会屈尊成猪圈鞋了。

兄妹俩不是跑龙套的,他们是主要演员,他们是中心,但是这个中心不是由一个点构成的,而是一个广大的阶层。

兄妹俩的内心中从来没有流露过想拥有像他们这样的年轻人所拥有的生活和乐趣，如听听收音机什么的，他们的内心流露出的只有愤怒和厌恶。大人把爱给了孩子，但是他们爱也好，不爱也好，其实都是一回事。孩子们总是会认为，每个人的身上都有不受制约的地方、不能事先预见的地方、不落社会俗套的地方，换句话说就是非常自由的地方。只有下人才喜欢吃蛋糕，喜欢听猫王、彼得和康尼。

赖纳喝了一碗没有鸡肉的鸡汤，汤很混浊，里面有一些说不清道不明的东西漂浮在上面。

新潮的康尼裙，最时尚的款式，用牙齿咬咬这种新款裙子，未尝不是一件可以做的事情。最近一段时间，无数少女都喜欢穿这种款式的裙子，一来因为价格便宜，二来因为产量高，而且红色的裙子可以带来欢快，蓝色的裙子可以带来悬念。

奇丑无比的姑娘，把她们高耸的正方形发型（乌鸦巢）弄乱，拔掉发卡，把她们的头发弄散，把绒毛毛衣放在嘴里让牙齿咀嚼，一直嚼到绒毛无影无踪，剩下来的只是一件很普通的毛衣，平平的，软塌塌的。赖纳咬着嘴唇，嘴唇出血了。她们从赖纳的身边走过，对他说，要我吧，不，最好要我吧。她们在上眼睑描画黑色的眼线，唇膏是白色的，粉底霜是浅玫瑰色的。她们是一个灰色基调的群体，但是有一部分仍然穿着鲜艳。妈妈上过浆的衬裙下面有一股下身的味道。应当弄条衬裙来，但是她自己从来不洗。

赖纳现在还不想和某一个姑娘建立密切的关系，他想从远处审视她们。将来总归有时间交女朋友，这点他知道。

妈妈进来了一下，结果被自己翅下的雏儿给吓了一跳，不过她还是对孩子们说，年轻人不论在思想上，语言上，还是在行为上都应当是美好的。正因为这个原因，才让他们去上高级中学，在那里他们可以学到这些美好的东西，他们应当学习造桥，而不是拆桥，桥可以通向其他人，然后再从其他人通向自己。但是她的一儿一女不愿意造桥。

安娜：不错，我们的确有自由，可以选择，但是我们不选择自由。因为我们注定是自由的。妈妈，看着你，我就知道，我说的是对的，在自由中孤独，这非常符合你的情况。这种孤独只有一种根源，那就是自由的存在，别的根源一概没有。这在你的身上能看出来。

妈妈不懂这话的意思，但是她明白，如果世界多听听哲学家和艺术家的话，少听信自己狭隘自私的不能纵览天下的观念，那么世界将会好得多。他们应当相信贝多芬和苏格拉底。

孪生兄妹俩向妈妈解释，在这个世界上，妈妈的不存在不仅是可以设想的，而且也是有可能的。我亲自生出了你们，一个接一个地生出了你们，所以你们存在了，所以我也是存在的。说的什么蠢话！这个世界是这样的美好，这样的宽广，这样的多姿多彩，这样的年轻，特别是如果人自己也年轻的话。你们现在可以把猫王的海报剪下来了，她终于允许这么做了，而以前这是严格禁止的。

母亲像个苍蝇一样遭人厌恶，孩子们的脸上又浮现出刚才那种不正常的目光。

母亲走出房间，走到门口时，对孩子们说，孩子在妈妈的眼里永远是孩子，她永远都要为孩子操心，孩子们应当知道，小事情也能带来大喜悦。世界上有这么一些人，他们看不上形状怪异的树和路边的花草，甚至还会摧残它们。还是这些人，他们虐待动物。他们都是些没有头脑的平庸之人，但是他们的孩子不应当这样，应当尊重不容易被发现的处于边缘的小东西。她就是这样教育孩子,为此和丈夫进行了无数次的斗争。她的丈夫当过兵,是个粗鲁的人,喜欢看廉价的娱乐片。如果他不那么粗鲁,他就不会去杀人。作为士兵,他需要粗鲁。温柔绝对行不通,温柔有悖于这种职业的特点。

每当放海因茨·吕曼[1]的娱乐片,她就会看见丈夫张着大嘴。片子叫《火钳酒》,他非常喜欢看,所有片子中最喜欢这一部,看了不知多少遍,而且是不知疲倦地看,只有他一个人看出了这部片子的内在噱头,而其他人只会被那些肤浅的笑话引得哈哈大笑。这部片子在拍的时候就已经指出了未来,做父亲的预先看出了这一点,经常是没人问他他就主动把电影的内容讲给别人听。遗憾的是孩子们没有经历过这些。在这部电影里,新时代早在那个时候就已经探出了它真实的头颅,用的形象是一个满怀民族抱负的年轻教师。年轻教师在电影中有句台词:旧时代的消逝是不可阻挡的。爸爸有相同的见解。他的一对孪生子女已经开始朝新时代奔去,而且他们追求的时代比影片中的新时代还要新。

你们究竟想要什么?我一向反对超越传统。我看过几部玛丽娅·洛克[2]演的歌舞片,她一直在跳,这说明她

---

1 海因茨·吕曼(1902—1994),德国舞台和电影演员。
2 玛丽娅·洛克(1913—2004),话剧、舞蹈和歌唱演员。

身体条件非常好，而且还有非常坚强的意志力。还有安徒生的片子，也非常感人，男主角后来带着妻子和孩子全家自杀，因为妻子是犹太人。在临死前，他还有一次机会能够展示自己充满深刻人性的、没有任何伤害性的幽默。这种幽默必须发自内心，否则不会有任何效果。但是他的内心被迅速发作的毒药撕碎了。有些人悄无声息地死去，而且可能遭受的痛苦更大。内脏被撕碎了，而这位丹麦童话作家只是作为一段电影胶片留传给了后世。终究还是有一样东西超越了他，延续了下来。

那个时代太美好了，太美好了，太美好了。沙漠上的沙火一般地热。

春天。柔和的光线透过莱俪[1]玻璃门照射进来。这些玻璃门曾在二十年代光顾过巴黎的世博会,然后到了维也纳。根据索菲的个人想象,她自己也是由类似于玻璃、擦得锃亮的瓷器等东西制成的,如果是不锈钢,那最好。体育活动把她的周身打磨得通体亮滑,她可以轻巧地朝任何一个方向运动。凡是体育活动所不及的地方,由爸爸的图书馆来进行补充,它负责提供背景知识和提高水平。但是索菲是一个运动型的姑娘,不是学习的高手,不是智慧的结晶。在她的身上,所有的棱角都是滚圆的,经受过磨炼,闪闪发光。肮脏对她是完全陌生的,就如同在若干年前,一切非德国的东西对德国人都是陌生的。但是旅游业现在出现了愈演愈烈的势头,它把世界带进了德国的家门,同时也把德国人带出家门,带进世界。

在这个光滑的外表上,没有任何可以攻击的点,尽管很容易挑动人们进行攻击,但是在这么光滑的平面上,人们永远只会滑倒。索菲一身网球服,走进来对心中爱

---

[1] 莱俪,法国的水晶和玻璃品牌。

她但是不愿意示爱因为不想失去地位的赖纳说，快，借我二十块打车，我现在偏巧身上没钱，妈妈出去喝茶了。赖纳哭丧着脸，在自己的小钱包里翻钱。索菲拿到了钱，这对赖纳来讲可不是一笔小数目，他再也别指望看到这二十块钱了。对索菲来讲，钱根本不是什么，因为钱的存在是理所当然的。赖纳长时间地目送自己那珍贵的二十块钱，直到钱都已经离开了房间，他仍然在望着。赖纳的父亲认为乘出租车是好出风头的表现，儿子必须克服这种欲望。而他自己把钱付给出租车，意思就完全不一样了。在索菲的眼中，出租车只是一种代步工具。

索菲肯定不会把钱还回去，她会把这事给忘掉，因为钱对她来讲没有实际的价值。

赖纳会不由自主地想到这笔钱，还有其他的钱，但是他没有勇气把钱要回来。

地毯又大又软，是波斯产的。索菲是一个人人都想进去的尤物，但是没有人知道该怎么进，因为没有把手。从上面插入她的嘴巴，把她的舌头捣成肉酱，免得她老是漫不经心地冒出一些伤人的话，或者从下面进入，但是都很困难，因为她压根儿就不让人接近入口处。想上的人会滑下来，但是这和社会堕落相比又算得了什么。小巫见大巫。但是两者的原因有可能是相通的。

到处都是现代绘画和现代艺术品，透射出来的却是古老的文化和艺术。要想分享这些艺术，首先必须拥有这些艺术品。最好是通过拥有索菲的途径。但是刚才已经说过，索菲的身上没有把手，很难找到地方入手。虽然赖纳学过艺术法则，而且成绩很好，对法则非常熟悉，但是他一件艺术品也没有。此外艺术本身也不存在什么法则，因为艺术之所以是艺术，就是因为它不听命于任何法则。这个结论是赖纳自己得出的。而人必须接受法则的制约，否则会出现窝里斗，无政府状态。这是赖纳妈妈讲给赖纳爸爸的话，也是赖纳爸爸讲给赖纳妈妈的话。可赖纳偏偏对无政府主义尤为偏好，因为他知道有规则的人生组合的规则，因此他鄙视这种规则。应当摧毁一切，而且在上面什么都不建。

赖纳的一个爪子忽地伸到前面，想在索菲的身上抓到一个把手，她从他的身边滑过去，说，她要换衣服。又要换衣服了。我跟你一块儿去。不。不要你去。

说不要他去，他马上就不去了。中产阶级所犯的无数个错误中，其中有一个就是在笨手笨脚发动进攻时，士气很容易被迅速瓦解。机会还没有真正抓到手，就已经放弃了，哪怕装模作样一下也好。这儿有威士忌，想喝自己倒。

索菲从他的身边滑过去后，赖纳拼命扯自己又肥又大不值几个钱的毛线衣,这已经好几次了。看上去有些吓人。

他可怜的大脑想到了其他的东西,新耻旧辱一下子涌上了心头。在他本来就不健全的头脑里,有一些片段,电影放到那儿准会卡住,没有美好的东西,只有不美好的东西。星期天和母亲外出郊游的场景浮现了,有轨电车上弥漫着湿袜子的味道,挤满了可怜的人群,如同一场漫长的战争造就了他们,而又不能一下子根除他们。上山,去维也纳森林,用拆散后又重新搓起来的战争羊毛编织的帽子,肥大的滑雪裤,粗革的厚底皮靴,还有更糟糕的:名声不好的点心盒,散发着奶酪味,引得人口渴。途中不会找客栈投宿,因为这样要花钱。孩子要喝水,但是找不到水喝。奶酪面包很快将在妈妈的廉价钢牙下一命呜呼,然后再从她的胃往上翻臭味,因为她的牙齿嚼不好,再说了,嚼得太多反而会把不好的味道传播到四面八方。

讨厌的车站,至少要站二十分钟才能等到下一班兜了一个圈子转回来的43路车。终点站。诺依沃德埃格。总是和最没钱没财的人群挤在一起。经常为了省下几个车钱,宁愿沿着阿尔斯蔡勒步行。这样可以用省下的车钱坐天旋地转（妈妈万岁！妈妈万岁！），这种经历当然更加彰显人的儿童身份，不管人们如何想摆脱它。赖纳和小安娜欢呼雀跃，把疾驰而过的汽车排放的毒气牢牢地刻录在脑里，铭记在心中，不过不是因为环境而受到了毒害，当时即使没有汽车，战争已经把环境糟蹋得不像样了，而是因为缺乏购买汽车的资本。再看看小安娜，在狗屎堆里跌爬，在废纸堆里打滚，目的是要引起人们注意她的心灵危机。心灵危机是一种奢侈，不会引起人们的注意。她希望独自一人坐在一辆漂亮的小轿车里，而不愿意和许多人，甚至于不愿意和家人同挤一辆该死的有轨电车，因为车上的人相互都一样，没办法表现与众不同的特别之处。坐在奔驰车里，绝对不会有人过来问你，小鬼或者小丫头叫什么名字呀。在有轨电车上，会有人用手抚摸你的头。单看手就知道，这些人肯定属于工人阶级一类。他们抚摸的时候，绝对不会发现手下抚摸的这个孩子，她的内心早已充满了个人主义的毒气，而且时刻准备着要把毒气喷射出去。

一只戴着手套的手在抚摸小安娜的头，头顶上的那个人满嘴冲天的大蒜臭味，一边喘着气，一边用手抚摸她，而且说话用的腔调，好像她是一个寻常的小孩子。其实这些她都不是，她既不寻常，也不是小孩子。热乎乎的小便顺着她的大腿滴了下来，她愤怒地用牙齿紧紧咬住家里面自己编织的羊毛套头衫，拼命要在有轨电车的地板槽中寻找出路，逃出这场星期日的悲剧。妈妈的手臂像个摇柄一样挥舞下来，揍人的动作，挥舞上去，再挥舞下来。上上下下成了做妈妈的平衡运动，她反正在刚才的郊游漫步中已经休息得很好了。小女孩发了疯似的哭号。在第一掌挥下来的时候，赖纳早已爬到两个老爷爷中间，死死抓住其中一个的维也纳森林鞋。小家伙是不是已经上学了？叫什么名字？去你妈的蛋！

电车外面，欧宝车和大众车像鲨鱼一样，从秋日的雾气中蹿出来，一辆接一辆，紧接着又带着几分野性，迅速地、目标明确地将势不可挡的身躯隐入秋雾之中。而43路电车则使着劲儿，迈着沉重的步子，慢腾腾地往前挪着。安娜躺在自己尿的一泡尿里，浑身弄得脏兮兮的。妈妈在一旁向其他母亲取经，这个丫头怎么办呀，都那么大了，还尿裤子。出门前应当让孩子先小便，这样就没问题了，对吧？！下次出门一定要记着。等着瞧吧，要是让爸爸知道，又要挨揍了。爸爸虽然只有一条腿，但是膀子上的力气却丝毫没有损失，他膀子上的力气以前是出了名的，这种膀子一下子有两个，干出来的活儿都是双份。别吵，再吵看我不给你几下。

兄妹俩把四只手绞在一起，旁边的人没有看见。他们龇出乳牙，模样活像吸血鬼。等着瞧吧，妈妈，等我们长大了，你怎么对我们，我们就怎么对你，而且比你还要厉害。

座位下面扔了一个苹果核，两块奶酪皮，几块香肠皮，扔的人认为这就是自己的家，可以随便糟蹋，其实他是在乘坐公共交通工具，既然是公共，就应当属于公共。有轨电车也有属于她的一份，但是这并没有给安娜带来安慰，因为它也同时属于其他人。有很多人可以把任何地方当作自己的家，这个人在家肯定也是这样。呸，什么样的人都有！

小男孩儿赖纳一口咬穿奶酪的皮，差点噎住，他像吸血虫一样吸里面的内容，湿乎乎的沙子在还没有长满牙齿的上下颌之间发出嘎吱嘎吱的声音。哇，胃已经开始翻了，早已被消化掉一半的奶油面包一起挤向出口处，而且是紧急出口。如果家庭郊游总是以这种不快的方式结束，那么长此以往，人们对家庭郊游就会失去兴致。一个尿裤子，一个呕吐。能坐在自己柔软的真皮垫上那该多好，嘴巴动动想到什么地方，就可以到那个地方，不费一点力气。

索菲轻巧地走进门，因为要和妈妈进城，所以这次换了一件下午穿的连衣裙。明亮的光线从后面穿过晒台的门，它不是漫无目标地落入房间，而是很快把目标锁定为索菲的头，把她金黄色的头发当成了落脚点，就连地板也都有些微微泛红了。

自然什么都不是，但是任何东西天生就注定了是它该是的样子。

赖纳身上儿童的成分开始大声哭闹起来。乘坐有轨电车最糟糕的莫过于在最后一刻上车后，车上没有座位，只能站着，任你怎么哭怎么闹，怎么号啕都不管用。大人不会站起来让座，而孩子却必须随时做好准备，站起来给大人让座。人们会发现自己仿佛进入了一个既丑陋又黑暗的由一个个同样丑陋的身体组成的森林，看不见入口，看不见出口，既然进来了，就只能跟着车走了。挤在其他人中间，挤在人群中。人群中，有的身穿散发着萘味的冬大衣，有的身穿战前款式的滑雪衫。不知什么地方冒出两个相貌姣好的年轻人——偏偏碰到这种事，肯定是两个大学生，他们的爸爸肯定有私家车，不过今天没有时间带上自己的儿子女儿出去兜风，哦不，他们的车就在那儿，肯定是他们的车，他们在谈论滑雪，谈论团队旅游，好像对他们来讲这些都是天经地义的。必须追上他们，但是靠这样子的老爸，这样子的老妈，一辈子也赶不上，到了一定年龄一定要追赶，但是还要过上一段时间。他们的穿着多么具有流线型，就像是未来之人，看看他们多有朝气。他们腿上的紧身滑雪裤，多么时髦！他们两人的生活不会受到任何人的左右，他们可以为所欲为！可刚才还有一个做母亲的，挥手把某个人打在地上，让他用牙齿去叼掉地上的香蕉皮。

索菲，她的外表不大容易让人看出来她的身体具有那一类功能，特别是那种深入的、位于下方的功能，但是这些功能都能起作用，而且性能非常出色，只是人们不知道它是通过什么途径、以什么方式起作用，于是便坚持不懈地朝禁止入内的地方努力。每一次我们碰到她，她差不多都在赶时间，必须十万火急地赶到某个地方，但是每次都迟到。在她身上，什么都无所谓。留下来苦恼的只有像赖纳这样的人。

他们始终待在偏僻的地方，不是因为他们见不得光线，而是光线善解人意地见不得他们，在校园是这样，在教室也是这样。狼群总是喜欢聚集在角落。他们要显示自己无可争议的超人地位，其他人也想显示自己的这种地位，但是他们最终得到的却是下人地位。世上肯定会有下人，只有这样才能衬托出超人的品质。他们会冷不丁从黑暗中伸出一条腿，于是总会有一个妈妈的宝贝儿子或者爸爸的身穿方格百褶裙的宝贝女儿扑倒在地。乖学生们说，他们和男朋友或者女朋友出去买冰激凌的时候，总是会有说不完的话题。他们谈论业余时间过得是不是有意义，学校里都发生了什么事，谁和专科大学的大学生或者综合性大学的大学生谈朋友了，谁最后得到了一个英俊潇洒活泼的商务职员。其他谈论的话题还有音乐会、话剧、展览会、朋友聚会或者唱片。安娜、索菲和赖纳组成的小团伙对这些话题予以坚决的拒绝。他们的成长已经摆脱了听唱片的阶段，如果要听的话，也只是听酷爵士或热摇滚。索菲虽然也拒绝一切，但态度不那么极端，因为她没有必要制造极端。事情都是主动上门找她，有的时候她会说，今天我不干，有的时候她也会接受，看情绪，看兴致。赖纳则说，她如果表现得毫不留情，这是好事，她只能在他的怀里撒娇，表现得柔弱一些。

要让索菲去做几件犯罪的事情，必须把她好好地激励一番，因为就她自己而言，她会认为没有必要去费这个劲，而且深更半夜不睡觉，去干见不得阳光的事情，毕竟不是什么光彩的事。再说了，本来这个时间完全可以躺在床上抱着一本扣人心弦的侦探小说看，如果不这么做，还真要下点狠心。

自杀者施蒂夫特[1]提高嗓门，声音盖过了吵吵闹闹的语文课，作为失败人生和破裂婚姻的牺牲品，他除了在圣灵降临节上涂抹圣油，没有更好的事情可做。在这一天，他会走出去，走到静静的树林边，不，不是在小鹿发出欢快叫声的地方，而是在他认为风景无限的地方。其实他哪里知道什么是无限啊，就他的头脑，他根本把握不住无限。赖纳在自己的内心中可以感受到一个作家的无限，他能挣脱所有束缚，能感受到这种无限的是他，而不是施蒂夫特，施蒂夫特用自己一事无成的人生已经

---

[1] 阿达尔贝特·施蒂夫特（1805—1868），奥地利诗人、作家。

证明了这一点，他的人生是缩手缩脚的人生。他喜欢检阅美丽，有生命的美丽和无生命的美丽他都喜欢检阅。自然的发展趋势是逐渐沦为无生命的自然，这是赖纳心里想的，我们不过是在帮助自然加快这个进程。他把自己想的东西记在一张便条上，待会儿要告诉索菲。索菲此刻正在练习簿上画一匹马。她看不上没有生命的东西，非常看重体育带来的生命活力。当自己的马由小跑变成疾驰的时候，一定要熟悉自己的身体，或者要熟悉胯下坐骑的身体。风吹拂着马和骑手，清新的空气驱散了心头的不快和烦恼。在这样的空气中，人不应当停下来，否则便会生锈。

坏事最好留在能遮风避雨的地方干，这些弱不禁风的小白脸们更愿意找封闭的小酒馆，在外面，在有光线的地方，人们想干的是牵着盲人过马路，或者去抚摸一条小狗。

你们两个维特科夫斯基，吵吵嚷嚷干什么呢？请你们闭嘴好不好？要不然我把你们两个记在班级记录本上。我说教授女士，您什么也不要记，还是记记您自己的错误吧。您难道每个星期不会犯点错误吗？您有口臭，脸上的颜色灰灰的，小腿粗得像什么似的。（安娜语）

施蒂夫特惬意地看着流光溢彩的空气，四月充满阳光的奇异的云团和一行行越冬植物嫩绿的秧苗，赖纳说。他从侧面看着索菲，扑哧扑哧地吐着粗气。

安娜建议，把不久前在爵士酒吧认识的那个汉斯·泽普也一块儿拉上干几件不法的事情。这个人是一块好料，一定要让他离开工人阶级的队伍。在公众场合总是这样，弱势的人总是这样或那样受到其他人的支配，在工厂是这样，办公室也是这样。埃林联合股份公司要汉斯去摆弄强电流电器，干这种活儿时时刻刻都有生命危险，电能杀人，而且干净利落，防不胜防，事先没有任何警告，来自虚无之中。这个受尽凌辱的人在办公室能看见许多和他境遇差不多的人，他一定得和他们团结起来。团结才能给他力量，但是这种力量在赖纳的团伙里他是得不到的，因为赖纳永远是首领。不管这个汉斯往哪儿看，他的周围也没能出现第二个像他这样的工人，不管他在什么地方，他的眼里应当只有我们。他应当成为这样的人：消息、告诫、命令和鼓励的接收者。

安娜说，偷钱包，做这种事太孩子气了，我要做的是制造爆炸，这样才能引起社会的注意，社会就不会再用温柔的漫不经心对待我们，而是对我们报以敬重。

赖纳开始吹牛，他说，他爸爸坐飞机到纽约的时候，他幸福得胸脯都要炸开了，因为能从天空俯瞰下方，因为只有在云层的上方才有自由存在。但是他爸爸在战争结束后根本没有离开过茨韦特尔林区，这点他就不吹了。安娜想到了小时候，她曾经在爸爸过生日的时候给爸爸送了一束铃兰花，但是爸爸把花扔在抽水马桶里给冲掉了。她怎么突然想到这个了？

应当认识到这一点，如果只是为了自己而无政府主义一次，那已经足够了，总算解脱了一次。不应当靠无政府主义达到某种目的，特别是不能靠无政府主义为某些人的团体达到某种目的，不管这些人是谁。

萨德说过，人必须犯罪。在这里用犯罪这个字眼，是为了和普遍的约定俗成保持一致。但是我们不会这样形容我们的作为（安娜语）。我们需要普遍适用的标准，目的是要通过我们自身的极端主义来激发我们的激情。不管我们经过伪装看上去多么像普通市民，我们都是畸形的。我们是普通市民的孩子，但是我们不会永远是市民的孩子。表面上看，我们是高级中学的学生，在内心里，我们早已被邪恶的行径给吞噬了。

赖纳正在看加缪的《局外人》，他说，他要留给这个世界的是对世界的敌视，只有让一个人对美好的事物不再憧憬，他才真正地把现实掌控在了手中，他自己就是现实,其他的人都是陪衬。当赖纳看见一个夜晚,他会说,这个夜晚是一次忧伤的停火,在这个夜晚,生命之火熄灭了。

语文课的女教师说,你们两个维特科夫斯基没完没了地叽叽喳喳,影响了整个班集体。

施蒂夫特说,接下来是惨红的树林,顺着山势绵延向上,笼罩在一片柔和的、有些发蓝的云气之中。你能真真切切看到树林绵延吗?希望他们已经把车票买了。没有,别开玩笑(赖纳语),一个人如果去犯罪,必须要有心爱的人做后盾。就他而言,这个心爱的人是一个女人(索菲)。这里所说的支持,不是庸人和市侩通常所理解的那种女人,而是年轻的艺术家所理解的那种女人。当一个人深深地陷入违法之中时,他的伴侣,也就是你,索菲,必须在违法的门前等候。实际上,我对我自己的欲望也感到厌恨,但是我的欲望比我强大,我对你的爱也比我强大,它不含有任何弃也不是存也不是的肉体上的欲望。

少他妈废话,安娜说,爱情不过是两个人的皮肤在相互摩擦。

有一点非常明确,这个阿达尔贝特·施蒂夫特我一分钟也受不了,安娜说。谁如果有本事在上课的时候,用全身的力气,我说用全身的力气,那就是用全身的力气，用我编织毛线的针扎自己的手指甲，而且一声不吭，我马上就和他进你们男生的厕所，而且是左边的那个小隔间。赖纳觉得这种做法非常具有革命精神。安娜说，关键并不在于什么革命不革命的，我的目标不是世上万物的相互类同，因为这是违反自然法则和遗传学的。我的目标完全相反。我的目标是完全的异化，完全的分离。只有不愿意进入强者队伍的人才会喜欢人与人之间的类同。他们用把强者拉下来的方法来补偿自己，以为这样一来，强者也是软弱的。毛线针的事情怎么说了？那个格哈德·施魏格，晚熟的平庸之辈，浑身长满疱疹，至少眼睛能看见的地方都长满了疱疹，动不动就脸红，觉得终于有了一个一展身手的机会，这是一个零的起点，说干就干，举手就用编织针扎自己左手的食指指甲。哎呀！安娜露出纯羊毛般的微笑，她的脸上扑了一些超细洗衣粉。这回轮到赖纳惊讶了，怎么偏偏是这个平常只知道吃巧克力的施魏格。施魏格脸色惨白如同一块手帕，说了一句哎哟好疼。安娜兴趣索然地打量着他。女教授说，施魏格像个孩子，如果他憋不住，可以现在就走，但是下次一定要在课间休息解手。施魏格朝门口走去，到门口之前，朝安娜看了一眼，这是一种密谋者的眼神，按理说应当是意味深长的。但是他投过去的并不是意味深长的目光，而是悲凄的目光。行行好安娜，我爱慕你已经很长时间了，现在我只需要一点点的友好和好感，否则我裤裆里的东西就硬不起来，就插不进你的身体。哪怕一点微薄的爱情对我都是天大的奖赏，我的宝贝！

怎么偏偏是他？赖纳对妹妹说。但愿不需要我跟你一块儿去，带把起子，把你从他的一身肥肉中给拽出来。带巴黎人[1]了吗，安娜？

我还有一个。不过我了解这家伙，他兜里揣着套子已经好几个月了，一直在等这么一个时刻。那么长时间了，橡胶肯定已经很薄了，很容易破，肯定起不到作用了。

安娜·维特科夫斯基，请你从我们停的地方继续念下去。遵命，教授。施蒂夫特教诲我们，人是不自由的，是自然规律的奴隶，因此，人必须投身于那种激烈的、被平庸之人称为罪行的行动中，我们把这种行动看作是标准，当然，这是我们的标准，不是他们的标准。

安娜冲出教室，这事她非做不可。那边，阿达尔贝特·施蒂夫特继续在教室大谈特谈年轻人脸上的潮红，如果突然盯着年轻人看，他们的脸上会浮现出这种颜色，这个好男色的老家伙满嘴流涎地说，年轻人的这种羞怯最能让他如痴如醉。这边，安娜若无其事地朝厕所走去，

---

1 俚语，指避孕套。

朝满脸潮红、正在急切等待着的格哈德走去。快，安娜，快来，快点，我等不及了，我忍不住了。他白白的屁股又肥又大，站都站不稳，差点掉进池子里，一看就知道，干这种事没经验。安娜脱下内裤，简短地说了一下应当采用什么姿势。现在他肯定不行，这一点早就预料到了，害怕和激动能把一个不成熟的人搞得更加不成熟。我是不是也要这样，啊？伴随着红一阵白一阵的激动的脸色，终于，格哈德的身上有东西动了起来，活动了起来。他一开始像纸牌搭的房子一样，瘫软了几次。安娜一边饶有兴致地站在一旁观看格哈德搓揉自己的阴茎，一边摆弄手上的避孕套。行了，又不行了，现在终于行了，来，干吧。安娜瞄着格哈德的龟头，尖尖的，红红的，心想，不，最好别干了，实在是有些恶心，我受得了吗？这是一个非常重要的问题，但是这个问题很快就得到了肯定的答案，因为经过这个无能的家伙一阵绝望而又猛烈的搓揉，那个玩意儿竟然像根柱子一样直立了起来，向四周窥探，但是它看到的只是一个充满臭味的厕所隔间，墙上的绿漆已经开始剥落，在这么一个环境里从来没有演绎过爱情，这次也同样不可能演绎爱情。虽然他热恋安娜已经很久了，但这同样无助于事。

但是诺言就是诺言。于是她在这个兴奋得又是哭又是嚎的家伙面前弯下身。格哈德激动得不能自持，终于到手了，这一天终于到了，乌拉，乌拉，完事后一定要把事情原原本本讲给几个哥儿们听。将来回忆起来，这段经历肯定会比它实际的要伟大得多，啊，太爽了，每天干一回都不成问题，可惜不是每天都能得到。必须要等到自己成熟起来，但是我现在觉得自己已经很成熟了，安娜我的小白兔，人必须干这种事，而我比任何人更加需要，因为我天生性欲非常旺盛，安娜，我爱你，我爱你，啊，安娜，安娜，我控制不住了，我控制不住了！别走，安娜，不要走，最好你永远不要离开我，我将来一定要，而且越快越好，去学医。闭上你的狗嘴，叽里呱啦乱嚷什么，想让别人听见是吧！你高潮的时候声音能不能轻点？噢，安娜，继续，不要停，感觉太伟大了，没有人像我有这样的感受，别人的感受肯定没有我那么强烈，因为我比任何人都强烈。你太美丽了，身材那么好，那么苗条，我从现在起也要减肥，你会发现，我减肥，只是为了你，只有这样我们俩才般配，这样的经历以前从来没有过，安娜我的小老鼠。告诉你，这样的事每天有无数次，你这个大白痴，大笨蛋，赶快射吧，要不然他们就发现了，我们在外面待了这么长的时间。安娜，我的安娜，我觉得我的五脏六腑都要翻出来了，我爱你，我爱你，我真真切切地得到了你。你是我的全部身心。我说你射还是不射，再不射我要不干了。但是格哈德这时已经来了劲，他像活烤猪一样大喊大叫。就是要让别人听见。

安娜的眼睛打量着格哈德扭曲的脸，又是一阵恶心翻胃，直到最后一刻才压了下去。要是吐出来才好呢，让这个满嘴甜言蜜语的家伙也恶心一回。

从现在起，我们永远不分离，安娜，说定了，从现在起，在全班面前，你是我的女朋友，只是我一个人的女朋友。

去你妈的！你完没完？你怎么要那么长时间？离开厕所后，格哈德又用了足足半个小时的时间，哀求安娜给他一点爱，给他一点情，但是什么也没得到。有的时候，年轻人不得不忍受巨大的煎熬，而成年人对此却一无所知，但是如果他们真的知道了，对此却会嗤之以鼻。

索菲的风格属于毕德麦耶尔[1]风格，但是她的同学中没有人能看出来，因为他们都是当代的年轻人，对他们来讲，过去是不存在的，是消亡的。但是同毕德麦耶尔风格截然不同的是，索菲希望成为一个强硬的女人，作数的不是感情，作数的应当是数字。她想到瑞士学习专门的经济学课程，将来可以做股票和外汇方面的交易。凡是和股票或者外汇不沾边的东西，她也都不会去沾边。在这一点上，她和赖纳可谓是一个天一个地，赖纳需要的是对文学创作的情和对她，也就是索菲的情。赖纳对索菲的感情是骨子里的感情。有的时候就是这样，一个男人和一个女人一生中有了一回那个意思，一定要抓住，不能错过，否则后果就是不幸的。赖纳有意识地让这种感情充满自己的全部身心，再让对这种感情的厌恶在自己的内心膨胀，最终化为一首诗。他觉得自己对过去、现实和这个世界已经有了足够的思考，现在唯一需要的就是能让自己安安静静地把想要写的书写完。他内心中

---

[1] 十九世纪上半叶德国符合市民口味、具有庸俗化倾向的文化艺术流派。

的男人成分对他说，一定要得到索菲，他内心中的艺术家成分却对他说，应当保持自己的本色：一匹孤独的狼。赖纳的全身披挂着一层坚冰组成的铠甲，但是要知道，这层铠甲是可以融化的，而能让它融化的是索菲。

索菲上下一身网球服，她待会儿要去打网球。赖纳的下颌和上颌在咀嚼着，从外面看，他的上下颌是白花花的，此刻上下颌咀嚼的是一块巧克力蛋糕，是女佣刚刚送进来的，赖纳不仅有咀嚼的欲望，而且也有咀嚼的理由。就在人们按下快门的那一瞬间，索菲总是会逃离画面，她就像鬼火，飘忽不定。女佣还送进来了喝威士忌用的杯子。他们一伙是从电影上知道这种饮料的，电影上的人就是靠这种饮料为生。除此以外，从当代电影中还可以知道，如果不悉心呵护，社会结构会垮塌，婚姻和家庭结构也同样会垮塌。既然战争能破坏掉几乎所有的秩序，那么阶级结构也是可以分崩离析的，只要有头脑，一个人甚至都可以跻身社会的领导阶层（当时统治阶级这个词还没有发明）。当代德国电影告诉人们，一个个体的人，他在经济上是一个变数，而在幕后操纵这个变数的是资本。这一点是当代德国电影从战胜国美国全盘照搬过来的。在美国，破坏界线永远都是可以办到的，比如有很多牧场的得克萨斯。康采恩可以联合组建成康采恩集团，并在联合的过程中发出冰山碰撞般的咔嚓巨响，激起冲天的浪潮。离婚也成了一个话题，因为现在的人终于有时间去破裂伴侣的关系了，资本积累作为一个话题正在消失，因为积累不能立竿见影。

汉斯在上班的时候必须跳来跳去，因此当女佣进来收拾桌子的时候，他第一个急急忙忙跳起来，要为她在桌子上腾出地方。妈妈曾经教育过他，对女人要有礼貌，以前的人都是这样。这种教育对他是完全多余的。索菲在最后一刻按住汉斯，于是女佣只好一个人忙乎了。汉斯，只当这个人不存在，这个你一定要学会。但是每一个我们看见的人，他都是存在的，难道不是吗？不是的。

奥地利无政府主义者（如果有这种人存在的话）所犯的许许多多的错误中，有一个主要的错误，就是要想方设法从他们所处的可怕的社会地位中摆脱出来。这种思想其实非常荒唐，如果人人都想得到相同的东西，那么大家岂不是无差别了。这太无聊了。人们必须要做的事情是将老一代流传下来的东西基本上清除干净。

赖纳说，夏天的时候他要去开帆船，他还说，他的哥哥在美国认识好几个电影演员，他还说，他的妈妈明天要去瓦穆温泉疗养浴场（妈妈旧时的梦想）。其实他根本没有哥哥。赖纳还说，由于战争，德国的超现实主义传统丢失殆尽了，非常可惜。他对美学问题感兴趣，将来要担任领导角色。在索菲的嘴上猛击几下，让它流血，说不定就能得到领导的角色。不，这样不行。索菲正在打开一包饼干，这是赖纳最喜欢吃的那种，外面浇了一层巧克力。赖纳呆呆地吃着。人内心中最强烈的欲望是从手工劳动中解脱出来。只要能达到这个目的，什么工具都可以。有些人错误地认为，人的本性是得到非手工劳动的工作，赖纳认为汉斯就是这么认为的。汉斯会时不时地说，自然唯一的意义在于看它具有什么样的休闲价值，只有这个意义才是积极可取的。因此他会投身进这样的自然之中。我赞成你的观点（索菲语），我在闲暇的时候总是在自然之中，如果谁需要我，只能在自然中找到我。

我打算将来换职业，现在的职业满足不了我的要求，我想当体育老师。索菲，来，摸摸我的肌肉，它只是为你一个人长出来的，而且每天还在不断地强壮。可惜在大自然中我必须按照划分出来的公共线路去走，将来我会成为一名勇敢的登山者，去探索没划分出来的小径，经常去采摘火绒草。像这样的自然，赖纳只要遇到，会尽量避开，如同他因为体弱和疾病要逃避体育课一样。他如果逃课，绝对不能让爸爸知道，而写请假条的事总是让妈妈去做。索菲说，可惜的是，那些平庸之人进入公共的大自然时，总是会控制不住自己，乱扔脏东西，结果大自然让废纸和其他乱七八糟的东西给糟蹋了。破坏大自然，这是一个全新的问题。在以前，人们没有时间去破坏自然，因为那时的人们干的是自己破坏自己的事情，比如说战争。

赖纳：索菲，告诉你，我又写了一首诗，说的是你。

索菲：这是你唯一和大众不同的地方。你不具备物质条件，否则的话，你肯定更愿意借助于物质条件让自己从大众中脱颖而出。赖纳：你今天真的让我恶心，钱是什么，呸，魔鬼。人的头脑和他的柴米之忧没有联系，比如说担任领导的人，他们不一定具有必要的智慧，而小人物有时却具有很高的智商。总而言之，二者是没有联系的。

汉斯认为，看人要看本质，人必须要让自己的性格有涵养。汉斯憋足了劲，想说明一下，因为他自己在内心上有这方面的问题，可偏偏在这个时候索菲指派他去修电唱机，因为唱机不知什么原因不转了。她以为电和电没有什么区别。汉斯很想说上几句，显摆一下自己。将来当了体育老师说不定这些东西还能派上用场呢，谁都说不定。想想看未来，当然不是强电行业的未来。赖纳在绘声绘色地说着暴力的美妙之处，把一个人的大骨头和小骨头敲得粉碎，把一个人的筋腱扯断，把一个人折腾得皮开肉绽，感受一下，或者亲身体验一下，太美妙了。他还说，他们最近准备把家里重新布置一下，用清一色的法国新潮家具。

你这个人，永远摆脱不了交往恐惧症，连手都不敢和别人握，也不敢大大方方地正眼看人，索菲说。见赖纳要毫无顾忌地把手伸过来，想要抚摸自己或者以其他什么方式触摸自己，她闪身躲过。闪身躲赖纳，索菲已经很有经验了。别烦我，你为什么老是要对我动手动脚？君子动口不动手。但是亲嘴总是要用嘴巴的吧，索菲，我的情人。

汉斯马上接上话茬，称自己更加强壮，不信可以打赌。这个头脑简单的家伙说着果真伸出膀子，想用扳手腕来证明。赖纳，膀子细得像麻秆，用反感的眼神瞧着他。汉斯用眼神告诉大家，可惜不能比力气，我就喜欢比力气。汉斯有的是力气，而且比几个人都不在话下。一锻炼就是几个小时，为的是什么？什么也不为，因为没人瞧得起。

索菲没说话，不过安娜不高兴了。

她若有所思地从汉斯的衣服上摘掉一根头发。这是想要亲近的表示，表明安娜觉得汉斯很吸引人。如果汉斯有什么动作的话，会和赖纳或者索菲不一样，整个事情就会出现完全不同的关系。如果主动去触摸汉斯，会有什么感觉？她说做就做。顿时感受到了一种前所未有的感觉，一种肉体要蠢蠢欲动的感觉。

赖纳说，他觉得打网球很荒唐，或许他会尝试去打高尔夫球。他有一个叔叔（他根本没有叔叔）在英国打高尔夫球。汉斯不知道高尔夫球是什么东西。赖纳说，他没有必要知道，因为他不需要高尔夫球。

索菲说，她认为过分强调自由意志和个性会使人重新回到基督教。

赖纳在内心中并未真正摆脱基督教，他喜欢和神甫探讨，而且经常探讨。他说，索菲不应当以轻蔑的语气谈论上帝，因为上帝是不是真的不存在，他还没有得出结论。他小的时候一直辅助神甫做弥撒，到了半大小子的时候还在干。

赖纳接着开始阐述他对人所拥有的自由意志的看法。索菲说，哲人即便在没有东西果腹的时候，仍然会强调人的自由意志。

赖纳说，我就是你所说的这种哲人。索菲说，一个人如果热衷于追求哲人的职业，那么最终必将会接受哲人的意识形态。忽然之间，摆脱物质财富所导致的各种问题变得异乎寻常地重要起来。于是世界开始倾斜，倾斜的世界开始抵御其他的各种世界。

赖纳对汉斯开导说，如果一个人是工人，他没有必要进行文学家才进行的思考。

汉斯对赖纳开导说，他原本就没打算进行文学家才进行的思考，他想要进行的是体育老师进行的思考。

汉斯，唱机的故障找到了吗？我压根没找，因为我要和你们一块儿讨论。赖纳说，汉斯最重要的事情是学会倾听。

索菲渐渐地对这个未来的体育教师感兴趣了，于是问，他穿的是什么坚信礼礼服，裤子短得不像样，袖子也短得不像样，不好意思，怎么没袖口？衣服上没有袖口，这点是肯定的。

还有衣服的面料，不行，实在不行，你的样子我实在看不下去，实在是有碍观瞻。为了索菲，汉斯特意挑选了一件他最好的周末礼服，这件衣服从未有碍过他的观瞻，也从未有碍过他妈妈的观瞻（妈妈曾经亲自将这件衣服挑选出来两次），给这么一说，他顿时像泄了气似的，缩成了一粒豌豆。原本是要特意向索菲显耀一下自己穿礼服的模样，好胜过赖纳和他的牛仔裤，但是没想到却遭到了好一顿奚落。他拼命想用手捂住礼服不够长遮不住的地方，但是却没那么多手。这件衣服在洗衣店缩水了，我敢发誓，以前是很长的，洗衣店的那些又肥又蠢的女人硬是把衣服弄得缩了水，她们毁了我的衣服，我可以去告她们。

别急，我给你拿点我哥哥穿的，大小合适，你可以试一下。赖纳嫉妒得眼珠都要从眼窝里掉出来。这可是鸡心领的羊绒毛衣，裤子是全毛的，就连衬里也都是全毛的。看见汉斯得到那么好的东西，而自己什么也没有得到，赖纳的感觉如同打翻了五味瓶。索菲一向反复无常变化莫测，如同飘逸不定的鬼火，这不过是她一时兴起的举动，她一旦稳定下来，情况就会好转，她不过是在和汉斯玩玩，汉斯是初涉情场的新手，当然发现不了。

索菲说，汉斯应当当着大家的面换衣服。汉斯不肯，因为他的内衣不干净。他必须当着大家的面换衣服，否则就得不到裤子和毛衣。安娜的两眼冒着欲火，恨不得在汉斯身上盯出洞来。索菲则在一旁擦拭她网球裙上只有她自己才能看见的一块污渍。赖纳冲着他置身其中的真空的房间嚷道，必须行动，行动，行动，还是行动！行动的后果以后再来承担。当然，就一般意义来讲，这些行动都是不好的行动，因为对我们来讲，不存在什么道德的范畴。等到我十八岁了，我爸爸要给我买一辆跑车。

有意思，平常这个时候不是在看书就是在写诗，怎么今天突然想干事了，索菲说，她觉得这不符合赖纳的性格。

赖纳说，索菲你根本想象不出来，在我的内心积蕴了多么丰富的愤怒和仇恨，思维是有界线的，我早已突破了这个界线，因为多少年来，我从来没有中断过思考，现在我已经完成了思考，界线必须摧毁。到我十八岁的时候，我爸爸还会出钱让我到美国旅游。萨德和巴塔耶的区别在于：萨德和精神病人关在一起，在粪坑上剥掉了最美好的玫瑰的每一片花瓣，为了理想，他在监狱度过了二十七年的光阴。巴塔耶则相反，他的屁股从来没有挪开过国家图书馆。萨德的理想是追求社会解放和道德解放，敢于质疑诗歌的偶像，强迫思维向束缚思维的枷锁提出抗议。巴塔耶的社会和道德解放理想很值得怀疑。我和萨德的区别在于，我不是道德主义者，除此以外，他是什么我就是什么，我甚至是的比他还多！

你们说的这些人都是谁呀，汉斯套上羊绒毛衣，问道，于是在他们都是什么人上得到了一番教诲。

我们策划的袭击应当有高高在上的动机，甚至要高过我们。我马上给你们解释一下这个动机，赖纳说。

千万不要解释，我求你了，今天如果再来一个什么解释，我就受不了了，索菲说。但是我必须给你们解释一下我们为什么要这么做，否则你们做这事就没有任何目的，这样不行。

汉斯说，他要提高自己的修养。

安娜说，提高修养必须多看书。

赖纳说，他不应当看书，而应当多听他说，也就是多听赖纳说。是哲人的是他，不是汉斯。如果哲人的世界和他所崇尚的世界没有相近的地方，换句话说就是他实际上做的是肮脏的手工活儿（就像汉斯那样），那么他所捍卫的就不是他自己的世界，而是一个错误的世界。我说汉斯，你最好去捍卫你的那个小世界。不要去想成为你不可能成为的人，因为你眼前就有一个你不可能成为的人，这就是我！

见赖纳严词反对自己提高修养，汉斯很失望。不过有了知识就会为自己的处境感到痛苦，而没有知识反而不会有那么多痛苦，因此无知是宽容的，从这个角度讲，赖纳也还是有他的道理的。

可是这会儿索菲可没那么宽容，听见外面传来施瓦岑费斯的跑车的声音，她立刻便要赶大家走，那个叫施瓦岑费斯的人要拐她去看职业网球赛。赖纳过生日的时候，也会得到一辆这样的跑车，而且和这辆一模一样。

可不可以让他试开一次，这样生日一过，车子马上就能开起来了。不行，不允许他试开。赖纳没法，只好试图去抓索菲身上还有空的地方，但是他的手指并不是很有胆量，索菲像沙子一样，而且是很细的沙子，从他的指缝中滑了过去。

在通向穷人区的有轨电车站，他们几个人在商量打劫的事情。打劫当然不是为了鼓腰包，而是为了能彻底发泄一下，一劳永逸地发泄。汉斯不以为然，觉得自己没有必要发泄。他更愿意现在去看一场网球赛，在体育方面学点东西。他惋惜地四处张望，但是什么也没看见，因为跑车比一站一站艰难爬行的有轨电车要快很多。

站住，别那么快下车，在这儿再待一会儿。有轨电车上的人群只有一种颜色，一眼看上去不容易分清究竟是什么东西，是动物呢，还是人。整个群体之中没有什么特殊的东西，显眼的只有一个丑陋无比的女人的帽子，式样新潮，颜色令人瞠目，这种显眼实在让人不舒服。一群牛，或者一群羊，安娜说，正在等着进屠宰场，进去了之后，还会把屠刀架好，告诉人们应当从哪儿下手。

电车上的男人清一色的一抹灰，劳动在他们缺少阳刚气的、看不出性别的脸上拉出了深深的沟壑。可以想象出来他们在家里和自己的女人都会干些什么：什么也不干。没有什么好事可以干。也没有什么特别不好的事可以干，他们连干坏事的本事都没有。讨厌的工作耗掉一部分人的头发，另一部分人的牙齿，还有一部分人的指甲里藏满了污垢。汉斯在内心努力同这些人保持距离，而在外表上，则恨不得找一个黑暗的角落钻进去，免得别人发现自己，把自己和他们联系在一起。这可是天大的错误。

但一旦眼前出现一个漂亮的女郎，他就会挑逗性地眨巴眨巴双眼，人们称这种动作叫调情，做这种事的人从不知什么是烦恼。

赖纳和安娜很随意地站在那里，任由从敞开的平台上吹进来的风拂弄他们充满野性的脸庞，他们看上去不像上班的人，因此没人会把他们俩同车上的其他人联系在一起。他们很快就会把有轨电车抛在身后，在他们身下行驶的将会是一辆崭新的轿车。

在电车上，汉斯同双胞胎兄妹俩之间的鸿沟表现得更加明显。安娜和赖纳高高在上，汉斯（目前还是）低低在下，但是这种局面不会维持太长时间了。

有什么东西抵住了安娜的乳房，如果不是行驶的风，那会是什么呢？是谁突然把身体抵在了安娜的乳房上？原来是一个微微发福的、一眼看上去就知道是职员的男人，他正在回家的路上，显然想顺便揩点油，但是他想要揩的是安娜的油，一个水灵灵的让他心动的小姑娘，这个油可会让他受用不起。

一个软乎乎的东西靠在安娜的屁股上，还是这个人，他抓住这个机会（因为对他这类人来讲，这种机会是很难得的），想揩这个年纪轻轻、显然还没有经验的小姑娘的油，以达到自己的某种目的。从外表上看，看不出有监护人在旁边，因此不仅可以，而且也能够教这个小姑娘几招。陪着这个小骚货的那两个半大小子，一眼就能看出来，他们在权威人士面前是不敢吱声的。而他，有希望晋升分理部经理的银行官员，就是这个权威人士。

如果双方真的吵起来，完全可以摆出无辜的样子厉声否认，然后怒斥对方不讲理。

有一样东西插进了安娜的大腿之间，是一根尖尖的棍子，还是别的什么讨厌的东西？是一样倒胃口的东西，准确地讲，是银行职员大腿根的那个家伙。东西不大，呈尖尖的隆起状，肉乎乎的，容易受伤，说硬但不是非常硬（像他这种人不可能硬如磐石，除非给他来狠的，给他那家伙搓上几个小时）。就是这个人，他靠在安娜的身上，想在她身上乞得一点点的爱情和宽容，这些东西他不可能在他的老婆身上得到，因为她总会找出各种荒诞不经的理由拒绝他的要求。这个小骚货的屁股肯定还没人摸过，这才最让人心动！我看我是遇上鬼了，安娜向同伴示意。

银行职员全身的重量逐渐沉重地压了上来，而且胆色一发不可收拾，那东西又往深处钻了一些。市中心在一点点接近，车上变得越来越挤。拥挤促进了成年人和年轻人之间的交流，上面和下面的交流，尤其是下面的交流。女人应当采用躺在下面的姿势，不过今天在车上，她不是躺在下面，而是站在前面。

接着是一只手抖索地探了上来，没有人请它，但是它自己上来了，看它的样子，好像它伸去的正是它应该伸去的地方，这个地方就是安娜的乳房。安娜发出信号，时机就要到了。汉斯反应迟钝，还在忙乎着那个小个子金发女郎（红花，红唇，红酒），但赖纳反应过来了。

安娜像是得到指令，微笑地露出修磨得尖尖的虎牙，双唇分开，里面显露出湿润的舌头，最好能假装有点发育不全，这样不仅可以引起人们对陌生人的信任，而且还可以让他们放下戒心。这个我好想我好想的花杆儿用食指做了一个下流动作，想向安娜传达一个模棱两可的意思，我想从这儿插进去，但是怎么插才最好呢？可惜我们大家都像罐头里的沙丁鱼，挤在一辆公共交通工具上，要是我们现在躺在一张宽敞的大床上该有多好，我要好好地让你感受一下上帝究竟住在什么地方，它不在天上，而是在我的身体的这个地方，我要把它捅进你的身体里，再让它从你的嘴里出来，它非常长，长得足以进去再出来，它是那么的强壮，充满旺盛的生殖能力，这种能力我从年轻时候起一直保存至今，谢天谢地，我的青春保存得非常完好，这么说并不意味着我已经老了，应当说我成熟了，年长到完全可以欣赏一个十七岁的处女，夫人已经变得有些丰满了，不是吗，她的腰围已经变得十分突出了。在不同的年龄段之间，不同的颜色之间，不同的形状和规格之间，我们当然可以挑选挑选了，男人这样想，但是女人不这样想，因为女人的性别是被动的。我是一个独来独往的勇士，这在我的性格中已经是先天注定的，但是并不是每个男人都先天注定有这种性格。愿意献身让我尝鲜的女人多得让我没法受用。摸摸看，我的那个东西已经翘起，多么坚硬，我的睾丸多么结实，已经充盈地鼓胀起来，来摸吧，我的小姑娘，这个机会非常难得，你不是已经盼望了很长时间了吗。

（见对方一直没有反抗的迹象）那个数钱数惯了的手抓住安娜的手，将它慢慢地引向银行职员身体上最神圣的部位，这是一只从来没有干过脏活的手。从这只手上可以感觉出某种细腻的灵活，而且这只手知道该怎么灵活，只要天还亮，这只手就特别擅长数别人的钱，但是现在在谁也看不见谁谁也不知道谁的黑暗中，这只手把一个素不相识的小姑娘的手引向了生命的核心，这就是生命的核心，对，就是这儿，我的阴茎。在肉抖抖的腹部下侧，它雄赳赳地勃起，宛如一座伟大事件的纪念碑。怎么样，你不觉得它非常漂亮吗？

动手！安娜说了声，然后装模作样地在油腻腻的裤子外面抓了几下，咦，没有摸到，它在哪儿，它在哪儿，是不是缩回去了？怎么可能呢，这是什么东西，如果这个不是的话，那会是什么呢，肯定是它了，他不可能随身带把小刀，也难说，说不定是为了削苹果或者切香肠。不，不是刀，是他的阴茎，肯定是阴茎，因为刀不是这种形状，乌拉，是它，我摸到了。

汉斯还是没有反应过来，但是赖纳完全明白安娜刚才喊动手的含义，趁着这个倒霉的银行职员注意力被引开的瞬间，赖纳轻巧娴熟地从后面把手伸进他前胸的衣袋，抽出里面的皮夹子，它肯定在左侧的衣袋里，因为右撇子习惯于把皮夹子放在左面的衣袋里。即便是在他的口袋里放一个炸弹，他都发现不了。钱包里没多少钱，但是能买几本小书看看，也该心满意足了。

我说姑娘，稍微用点劲，搓一搓，按一按，揉一揉，要有感情，这样就对了，我衷心地感谢你，我的老婆在家里早就不给我做这事了，即便不是这样我也要感谢你。能和您再见面吗？我的美丽的小姐？稍微往上一点，这就对了，你怎么这么有经验。不过经过我的指点，你可以做得更好。明天有时间到我的办公室去吗？可惜。但愿这个时候检票员不会来查票。这样你就不得不松开手，但是握住的感觉和被握住的感觉是多么美好。不行，事情不做完我不走，她的手在检查内裤，在检查内裤上的痕迹，还检查需要填满的那些洞。哈哈，我要是能把她的洞填满……

但是检票员偏偏来了。刚才时间仓促，兄妹俩没有想到这个下流的银行职员竟然没有买车票，他肯定会把手伸进口袋去掏钱。谢天谢地，电车这时经过了一个转弯处，速度放慢了下来，见这个银行傻瓜很不情愿地把手伸进口袋掏钱包，兄妹俩几个大步从电车上跳了下去，汉斯不明白是怎么回事，一时慌了神，紧跟着跳了下去，差点就来不及。他们差点在路上翻跟头，好不容易才保持住身体的平衡。他们下去了，却把那个倒霉的下流鬼留在电车上绝望地翻找自己的钱包，里面的钱原本打算给某个见了就心烦的家人买生日礼物的，我会把钱包丢在什么地方呢？几个少年罪犯像狗一样机灵地跑进某个陌生街区的黑暗中，在没有橱窗的住宅楼之间，他们气喘吁吁的呼吸渐渐平息下来，各家正在准备各种各样的晚饭，吞噬报纸上的新闻。

鲜活的白色身影消失在灰色的水泥建筑群之间。飞速旋转的玻璃球划出一道白光，水面出现了一道道涟漪，石子沉底了。

随着打字机噼里啪啦地发出勤奋的响声，信封上出现了黑色的字母。汉斯的妈妈边打字，边大声念着字母。经济奇迹和她擦肩而过，所以她没有找到好工作。就连儿子也不把她放在眼里地从她身边擦肩而过，把衣服随手扔在地上。汉斯，你实在应当让爸爸的手多给你来几下。好在我只有你的手，不过你的手我很快就要甩掉了，因为我有了另外一个女人的手，一个我爱着的女人的手。这个女人是索菲。

我有一种感觉，你会把很多在一片黑暗的经济状况中向你伸过来的手给甩掉，把手伸给你的都是你的兄弟姐妹，他们和你出自同一个阶级，而且会永远保持自己的阶级本色。

说得对，我想尽快摆脱他们，但是他们却像黏糊糊的浇汁，粘在我的身上。在维也纳工人体育俱乐部，我要尽量多训练一些体育项目，这样就可以有一个全面的了解，然后挑选，看看哪一个项目我可以选来做职业。说到手，我满脑子只有网球的反手击球，我的女朋友索菲要教我打网球。

妈妈累得像一条随时都可以下葬的死狗。她做的活儿非常单调，算不上是职业，只能说是几乎没什么收益的活儿。尽管如此，她仍然喋喋不休地鼓动自己的儿子，应当像以前的人一样，加入党的青年组织，张贴海报标语，向人们宣传他自己不愿意接受的东西。我的路是我自己走出来的，别人也应当这样做。

谈到组织，他要么不加入，要加入就要当领导。在一个组织里，最要紧的事情是首先把女孩子剔除出去，组织是不应当有女人的，因为政治是肮脏的，女人不应当对政治感兴趣，女人应当对时尚、男人和洁净感兴趣。作为一个男子汉，他应当是外向型的，应当会调情，会嬉笑，会跳舞，会享受自己的青春，最好能和索菲一块享受青春。当然，安娜也是不容忽视的，不过就是干瘪了些。汉斯是运动型的，理所当然是头。

母亲渐渐沉入由沉默组成的黑色漏斗之中，起伏但却光滑的漏斗壁上不时闪现她被打死的丈夫的照片。要坚强，如果我必须死，我会为社会民主党的事业而死，为工人阶级的事业而死，社会民主党的事业和工人阶级的事业是同一个事业，他们有朝一日会因此而感谢我。人们永远不会忘记我，我会通过我的儿子继续存在下去。不要激动，从某种意义上讲，我甚至是为整个奥地利而献身，对奥地利而言，你只是一个微小的但却是可爱的一分子，在奥地利，没有人有生存的资格（除了共产党人）。往事像慢镜头一点点闪现出来，妈妈看见他们用毛特豪森[1]地上的大石块，砸已经被折磨得不像样的犯人，即便已经收工了，犯人还必须把大块大块的岩石从梯子上拖下来。毛特豪森的母亲大地对此没有丝毫的反抗，因为母亲总是任劳任怨的。虽然汉斯的母亲总是敢于反抗，但是结果却只有一个：在她面前堆满了一摞摞的信封。一堆堆的纸头在眼前甚至都变得模糊起来。

今天我还要去爵士酒吧，汉斯兴高采烈地大呼小叫。他把五十年代流行的一件衣服围在身上，这既是一种保护也是一种伪装。五十年代的时装在样式上同以往的时代进行了彻底的决裂，既然是年轻人，就应当同一切决裂，只有这样才能彻底摆脱各种束缚，有生活上的束缚，也有工作上的束缚。

工作不是束缚，人可以通过工作实现自我，妈妈轻声说。一个人只有不再是别人的奴隶，才有可能真正实现自我。

我早已不是别人的奴隶，我是一个独立的人，而且能让其他独立的人，特别是女人，顺从我的意志，我只

---

[1] 位于奥地利的纳粹集中营，主要关押共产党人和苏联战俘。

对我自己负责，我所爱的女人也只能对我负责。

汉斯的妈妈，这位姓泽普的女人不愿意听这种话。她的儿子拒绝站起来反对他的压迫者。1934年2月的场景又出现在了她的眼前，那时她还是一个半大的孩子。她看见无数为了改善生活而奋斗的同志们躺在街上的血泊之中，法西斯用他们掌握的榴弹炮和重炮轰击，拉炮栓的人和被打死的人一样，都是工人阶级的儿子，但是他们却被法西斯所控制。双方阵营都是被剥夺了财产者的儿子（他们在垃圾中寻找自己的财产，但是一无所获，因为很明显，他们的财产被别人拿走了），他们像潮水一样相互冲锋。一方——其中有很多受人操纵的失业者，他们被逼保卫自己的家园——得到了国家的全副武装，他们有军队、大炮、装甲车；另一方，凭借的是根本不是对手的机关枪，在公共建筑物的窗户里、工人的宿舍里构筑带刺的不堪一击的鸟巢，机关枪的鸟巢。历史的幕布被扯开了，像熟透了的西瓜，分成了两半，但是两半用的是完全相同的材料，这边是被剥夺了权利的人，那边是根本没有权利的人，决定权利的人则远远地躲开枪林弹雨，操纵失业率，控制全民财产，让它们在不明不白之中消失，然后再以世界大战的形式登场亮相。他们拽着投机、武器交易、操纵物价和工资、通货膨胀、种族主义和鼓吹战争的绳子，随心所欲地操纵由人组成的幕布，想拉开就拉开，想关上就关上。

汉斯此时最想做的事情是在原本已经非常光亮的头发上抹发乳，满头的油腻，给妈妈带来了一个非常可怕的额外的工作：洗枕头。油腻腻的污渍和人的各种毛病一样，很难去除掉。但是他这样做了，目的是要靠漂亮一点的外表，创造一个机会，让自己的生活更加美好一些。这个女孩子要多棒有多棒，而且和他一样，也收藏猫王的唱片。人必须要有点投资，这是经济学的一个基本原则，但是汉斯并不知道什么是经济学，按照他的说法，他这么做只是好玩。

1934年的2月12日，汉斯的妈妈那时还小，她的妈妈，也就是汉斯的外婆，一手牵着汉斯的妈妈，另一只手夹着她的小妹妹，拼命往前奔跑。她喘着粗气对孩子们说，快跑呀，孩子，什么东西都比不上生命，一点也比不上，既然他们把我们的家当全抢走了，那么我们剩下的就只有我们的命了。不管发生了什么事，我们的这条命是最重要的，除此以外我们一无所有，听见了吗？一栋房子的墙上有一个洗涤剂的广告，上面画了一个巨大的黄灿灿的太阳,是瑞登[1]品牌的太阳,那一天天空非常阴郁,只有这个太阳金光闪闪,它一下子就牢牢地刻在了小姑娘的记忆中。不过把她看过的所有的太阳加在一起,也不比这一个太阳多多少。歌德宫。根据政府的说法,政府只有动用武力才能给歌德宫带来和平。那些再也不会闹事的死者应当为歌德宫的和平做出积极的贡献,用他们与世长辞的和平为战前所有蠢蠢欲动的不安定分子做出表率。死者睡得非常踏实。在第二层台阶上,一个人被子弹打了一个正着,孩子们亲眼看到了子弹带来的结果,惊恐之下,就像是有人下了命令,两个孩子一起尿了一裤子,一个是艾米,一个是她的小妹妹(小妹妹后来在一次空袭中被炸死,虽然死的时候稍微大了点,但仍然是一个孩子)。军车拉来了一车车的宪兵,陶尔斐斯总理[2]把上上下下视察了个遍,心里十二万分地满意。他头戴鸡尾帽,上面插的是保卫家乡者的鸡尾毛,保卫家乡,就是不让有些人进入自己可爱的家乡。地上的尸体横七竖八,都是头部中弹,尸体的头上盖着报纸。一阵徐徐的清风,就是通常所说的二月清风,吹得报纸

---

1 二十世纪三十年代瑞士等国家常用的一种洗涤剂品牌。
2 陶尔斐斯(1892—1934),奥地利政治家,1932—1934 年任奥地利总理,1934 年 2 月下令镇压奥地利社会民主党,同年 6 月被德国唆使的奥地利纳粹分子刺杀。

沙拉沙拉的，上面赫然几个大字：暴乱。报纸下，死者营养不良的脸上满是疑惑的目光：我和杀我的人都是无产者的儿子，是谁把我弄成这样，为什么要把我弄成这样。死者嘴角淌血，两耳冒血，像线似的。编织历史的，就是这种线，而不是奥地利国王或匈牙利国王大衣上的金线。我想我是不是在做梦呀，怎么注定会让我碰到这种事呢，让看上去和我一样干重活儿的手给毙了，这种手握的不应当是枪，而应当是钻子锉子，或者类似什么的，收割的不应当是我的命，而应当是他们的工资。他不知道，把我像一棵树一样撂倒的他其实也被人收割了，而且他还不知道是谁收割了他，因为收割他的人常年不是待在里维埃拉[1]就是待在高山猎场。现在我算完了，我死了，再也看不到家人了，而对我的家人来讲，如果世道还这样下去，没人出来扭转乾坤，那更糟糕的还在后头。总罢工看来也没法支持下去了，我的天呀。如果说杀我的人在四十年代的时候会战死前线，落得个和我一样命丧黄泉的下场，恐怕也算不上是什么慰藉吧。

---

[1] 里维埃拉是地中海沿海地区旅游度假胜地，全年阳光充足，气候宜人。

你带谁回来啦？安娜的妈妈问。看样子是你的同学。能上高一级的学校，有前途，将来还能上大学，应当感到高兴。在学校的时光是最美好的，可惜人们总是在最美好的时光已成身后之事时，才会认识到这一点。再往后还要找一份工作，你嘛，当然是要找一个研究性的工作，生活是严肃的，生活的严肃你将来会体会到的。

汉斯回答说，非常遗憾，他已经不是最美好的时光的成员了，因为他没有上高级中学。但是我有这个志向，这就足够了，因为真正作数的是人的意志，俗话说心中有志脚下有路，比如说我有志，我的路就能通向体育教师的职业，这当然会很辛苦，不过辛苦的方式和我在埃林联合股份公司学的强电技师不一样。现在，就是在此时此刻，我的女朋友索菲正在心中默默地，在我已经掌握的体育项目的基础上，如篮球、跑步、跳跃，教我一些其他的体育项目，如网球、骑术。世上还有比这更美的吗。

听了那么多，安娜的妈妈只弄明白了一样东西，这个叫汉斯的年轻人不过是一个普通的工人，她不赞成女儿和这样的人交往。这就是说您没有上普及高中，您仅有志向是不够的，有所作为强于仅有志向，但是不是有所作为就万事大吉，还要看有什么样的作为，最好的是掌握。请您离开我们家，不要再来找我们，和您交往，对我的两个孩子没有好处。

汉斯说，他要通过自修继续深造，这需要精力，精力他有的是。

我们不是为了学校而学习，而是为了生活而学习，学得多，生活的内容也就多。我学习就是为了生活，学校跟我他妈有个屁关系。但是这样会半途而废，结果会非常悲惨，学校学校一事无成，生活生活一事无成。

安娜听着妈妈和汉斯的对话，而且是出奇地有耐心。她同时也在想，待会儿在她一个人住的房间里，她应当怎么用各种各样的本事来让汉斯钦佩自己，熟练地弹奏钢琴，这当然是一个手段。这可是一颗重磅炮弹：汉斯开始欣赏艺术，但是却不知道艺术的意义是什么。他们俩待会儿会一块儿上床，这是毫无疑问的。索菲不会做这种事，但是安娜会做，她要给汉斯翻译上一段巴塔耶的色情描写，等到他嘴里淌口水了，那么后面的就交给上帝和力比多了。她会做出几部法国新片中的各种体位，汉斯肯定看不出是从电影上学来的，因为他不看这类电影，他只看动作片和枪战片。安娜要来那种冷酷型的，但是温柔也不能少，免得汉斯害怕。她看着汉斯毛线衣下面的肌肉，结实，而且还一动一动的。肌肉在安娜的自然环境里并不多，它们都长到别处了。她感到最惬意的是，脱光了衣服的汉斯只是一尊活生生的肉体，除此以外什么都不是。这是一种全新的感觉，不像以前，理智总会凑个热闹，不合时宜地发出点火花。从他抓握东西的样子就能看出来，他的手知道该如何把东西把握在手心中，他是用手把握东西的行家，就连用锤子、钉子或锉子他也非常在行。他生活在完全不同的圈子里，这让安娜感到很刺激，趁着年轻，应当多了解了解别处的事情，自己的事情反正自己是知道的。

安娜的妈妈说，刚才她说的那句话，也就是学习不是为了学校，而是为了生活，她马上就要想起来拉丁语是怎么说的了。她的肚子里存了不少成语谚语。他弄不明白这些道理，肯定会直不起腰来，这样就不会再纠缠女儿了。在她的家庭，教育是传统，教育绝对不能靠自修，因为它太珍贵了。自身的能力不管怎么着都是最珍贵的，占有的东西总是靠不住的，最好把它抛弃掉。另外，她也不愿意看见他们两个不受任何看管就到安娜的闺房里，房间是她亲手布置的，花里胡哨的帘布，和安娜根本不相称。闺房闺房，顾名思义，里面住的应当是闺女，不应当是女人，安娜还算不上是大人。汉斯觉得安娜的妈妈令人敬畏，因此身不由己地要听她的话，但是安娜却说，他们俩的事关她妈屁事，汉斯说什么也得和安娜进她的房间。为了缓和一下安娜的粗鲁，他表示下次来的时候一定带鲜花来，而且是一大束鲜花。这话的意思很明白了，安娜的妈妈说，至少这个穷小子还懂点礼貌。花有花的语言，她以前学过，玫瑰代表爱情，当然，必须是红玫瑰，丁香花代表社会主义党，当然，也必须是红色的，除此以外，还有花代表坚贞、忠诚、信赖和其他什么乱七八糟的东西，各种不同的意思千万不能混淆了，否则即便是好人也会捅大娄子。整个自然界都有自己的语言，我们人只有完全静下心来才能听到。它可能在一个人的心中，也有可能不在一个人的内心，但是只有当它在一个人的心中，人才能听到它。虽然听到这种声音需要前提，但是它也和枯燥的书本知识一样重要。路边造型奇特的树根、形状怪异的奇石和树枝，我们都应当细心留意，甚至去收集，而不应当有意去破坏。我将来会更多地注重自然的语言，维特科夫斯基太太。

安娜：你来是不来？难道你想在这儿敲打造型奇特的树根？不想？那就来吧。从这儿进。

妈妈威胁说要告诉爸爸。结果却是安娜的一阵哈哈大笑，不过不是愉快的大笑。她说，但愿爸爸也能跟我干,但是谅他也不敢。

妈妈只好对自己说,他们两人在房间里只是听音乐,偷偷抽烟,悄悄谈论艺术,以此安慰自己。但是和这个小子怎么可能谈论艺术呢!

汉斯有点怪怪的感觉,第一次和一个姑娘单独在一起,感觉很不适应,这种场面比和一帮同事在一起要难掌控得多。

安娜瞄了一眼自己在镜子中的冷冷的面孔,心想,现在来真的了,自己能像索菲那么甜,能像她那样有一头金发该有多好,冷面孔会让人感到难以交往,一般人很难适应。最好要温柔,要依偎,但是绝对不能做出这种样子,否则别人会以为可以对她为所欲为。冷酷无情就是她的武器,就像让·泽贝格一样。她非常渴望得到汉斯,想象着他现在有什么感觉,他马上会变成什么样。她早在体育俱乐部和足球赛上看过他穿短裤的样子。什么都不穿会更好。他就像头野生动物,他可对付不了文学话题。这太让安娜兴奋了。尽管她受过教育,但这一刻她什么都不是,只有肉体,她得把她的肉体放下来,放得和其他肉体一样低,她是其中的一个,但不是最好的那个,其他地方她更好些,因为她有理智。理智现在是不作数的,理智中安娜察觉到了一场悲剧。没有头脑,人是赤裸裸的,在这种情形下一个女人一定得失去她的头脑。安娜把脑袋埋进书柜里，打量着汉斯，他看上去好像以为自己是个野性十足、身材不错的动物，比如说狼。颌骨（他的旧武器）使劲地嚼来嚼去，诱发出激情和兴奋，同时还有孤独。约翰·韦恩、布莱恩·凯斯、理查德·韦德马克和亨利·方达也总能重新诱发出这些感觉。同样的手段，只是更自然。汉斯牙齿的珐琅质发出嚓嚓的声音，抗议受到粗暴的对待，汉斯对它的要求总是太过分。应该在肌肉外面涂上白色，照镜子总能达到很好的效果，在女孩子那永远都管用，她们会对此有深刻印象。但是人们常常不敢这样，女孩子更不敢。安娜明白这是哪部电影里的。她的眼前浮现出草原、马匹、小木屋、仙人掌，还有手持武器的孤独的男人。尽管她很清楚，但她还是非常想要。真滑稽。即使人们完全搞明白了某件事，还是想看看背后是不是还隐藏着什么。如果只是肌腱、肌肉、皮肤，那也够了。不要愚蠢的废话。她自己有头脑，但她现在把它搁在一边，只想把肉体交给汉斯，他也只是具肉体而已。

安娜在巴塔耶那找到了这一段，翻译道：西蒙的妈妈突然来到医院。他脱下裤子，因为妈妈带来了刚煮好的嫩鸡蛋。书上就是这么写的。没有书她可不行。他完全裸露（在书中），是为了表达让妈妈离开的渴望，他也喜欢逾越界限。幸好妈妈现在不在安娜的房间里。我们也是这样,安娜继续说道。我们现在马上也要越界了,这是一种美好的感觉,书上是这么写的。就是这样,只是做这事罢了。没有目标,人们没有必要一定要取得什么结果。

汉斯现在什么也不想,只想得到安娜。安娜的头脑里产生了无限的感觉,无限性已经被无数次描写。安娜竭力想抓住这种感觉,想要完全感受到书中描写的那样。没有头脑的话,安娜现在根本不可能知道,她现在只有肉体,其他什么也没有。

安娜解开汉斯衬衫的纽扣,气喘吁吁,动作发抖,听说这时候应该发抖。汉斯也在发抖,只是因为他下面穿得不太干净,本来应该干净点,不过兴奋中是不会注意到的。我不会这样爱上你,他急促地说。我也不会爱上你的,根本不需要爱情,安娜说。汉斯想,这说法够新鲜的。爱情让人变成奴隶,人一直得想,所爱的对方在哪儿,或者他为什么不在。爱情让人丧失了独立。太可怕。汉斯在想怎样做最好,下一步该怎么做。他刚刚像狼一样扑向安娜的嘴唇,亲吻它,犹如一只贪婪的食肉动物。他的牙齿故意在里面啃来啃去,舌头也不歇着。动作不太娴熟,但至少野性十足,符合男人的身份。安娜紧紧抓住他,抚摸着他的身体,哼哼唧唧,牙齿和指甲嵌入他的身体。指甲不长，自从学了钢琴指甲一定得剪短，这可是个缺陷，为此需要双倍的速度。既然不用受苦，速度上就得补回来。应该会疼的，反常的性行为不错，不是所有的人都做得来。她这么做弄痛了汉斯，他疼得脸都扭曲变形了，他马上想到加里·库珀演激情戏时，内心受到折磨，痛苦得脸都走形了。外表一定要表现出这样做违背他的意愿。接着还得撂倒在床上，一种欲望抓住了他，就要将他吞没，红色的波浪、白色的炭火和忘却一切的黑暗一道迅速向他袭来。

  我现在该怎么做，汉斯问自己。总是要发生的，不会白忙活，总得继续下去，否则很难弥补，完全乱了套。现在我得把她的裙子扯下来，如果她说不，我也不在意。安娜根本用不着他帮忙，自己就把衣服脱了，因为汉斯笨手笨脚。我为此已经在业余时间苦读了萨特的全部著作，全部的存在，全部的虚无，在她的脑海里闪现，而手上正忙着脱内裤。我现在无法开始了，我本来会和那些除了《喝彩》杂志从未读过任何书的女孩一样好。这里也不需要其他的。她看清了这点，又有别于其他成千上万的女孩子，汉斯看到的外表和其他任何一个女孩子没有两样。他也是这样对待她的。皮肤、肉、肌腱、肌肉，还有骨骼，这些其他人也有。认识到这里可能会躺着另一个女孩，也许比她还漂亮，根本不可能只有她，她，安娜，这种认识对安娜来说太可怕了。她的内心看上去搞明白这点让她感到很不幸，痛苦万分，而其他人感觉就跟喝了甜酒一样。

哦，汉斯，汉斯，她违心地说。他却很受用。他说，是的，要的。这里。就来。马上就干你。

安娜终于安静下来，她平时话太多，和她哥哥几乎一样，令人厌恶。汉斯认为，索菲慢慢也会受不了唠叨。她会更喜欢汉斯的沉默寡言，他爱独来独往，而不是赖纳的废话连篇，他总爱找上一群人显摆自己。这个鸟人的确太做作了。

来我这，来吧，来，快点，安娜喃喃耳语，好像他还没有尽全力去进攻。但是他一再疲软，这是面对重大事件太过兴奋的缘故。他这是第一次，也许等待了太长时间。她还在抚摸着他，说着情话，相当乏味，她已经尽力了，她完全变了个人，会这样完全是因为她此刻只是个女人，一点也不奇怪。她说，她是多么喜欢他，他多么帅气，对她来说他很帅，也许别人不这么认为。眼睛充满爱意地望着他，常常感到迷惑，那又怎么样呢。她对他产生了一点感情，他插入她的内心，不走了。而他觉得只要能插入就心满意足了，他不是很挺，进去很困难，真是辛苦。汗都淌了下来。和他喜欢的情形不一样，他粗暴起来，不，当然不是对自己，是对安娜。

他让她的腰往后仰，死掐着她，把她的脖子拼命往后掰，嘎吱作响，哎哟，疼啊，你弄疼我了。啊，是啊，我弄疼你了，那是因为我力气大，没有感觉到我让你疼了。你力气真大。总算好了，僵局被打破了。好像受到暗语的刺激，终于成功了，干吧。安娜在同样的场合下可不是这么说的，她会说：总算好了！终于到了！她没有说下去，人们称为爱情的事件是多么伟大，就这么降临了，就像刚刚，不管是降临在田野上还是在混凝土跑道上，然后又就地枯萎，必须扔掉了。她自己并不清楚，为什么会发生这样的事。她只是喋喋不休，刚才太棒了，她一定要经常这样干，她太喜欢了，他也一定喜欢，以后会越来越棒。这才是开始，已经这么棒了，结局只会更棒。亲爱的，亲爱的，她紧紧地搂着汉斯，几乎使他喘不过气来，重要的是射出来了，顺利地出来了，在开始遇到困难之后，总算还说得过去。

安娜只感到一股暖流。而汉斯想到了索菲，明天一定要强迫她上第一次训练课。他很快又随意吻了吻安娜，大鼻子无目的地、心不在焉地一会儿蹭蹭这，一会儿蹭蹭那。安娜误以为是性交后的爱抚。当然不是，也不会是这样。汉斯的注意力已经转移了，他压根没有对她温存的意思，尽管他很高兴，总算顺利地完成了。索菲肯定不想找个没有经验的男人，行了，这下如果有谁没有经验的话，那就是她。这样的事情对一个运动员甚至是有害的，会影响到他的身体状态，在索菲那儿他需要状态，这样就能像在体育运动中那样征服她。安娜肯定经常要这样，他会告诉她，她打错算盘了。她没有考虑竞技体育的需要。

汉斯，汉斯，汉斯，安娜轻声地喊道。

在这，我就是。汉斯回答道，为自己的幽默放声大笑。

为了让自然也能加入进来，衬托出人的另类身份，小组成员来到著名的维也纳森林，那儿到处都是自然，本来就是这样。只有些郊游的人，他们是来寻找自然的生活方式。工业化并没有停止前进的步伐，郊游者也在前行。

最后的晨雾弥漫在茂密树林覆盖的山坡上，年轻人也来到了山顶。山顶上有一个观景台和一家咖啡馆，自然也在那儿迅速停下脚步。人们吃着蛋糕，喝着东西。阳光斜射下来，形成一缕缕光芒，人们在里面穿行。阔叶树的树叶和腐烂物形成了一块地毯，簌簌作响。郊游者通常都穿着旅行装，这个小组与众不同，他们没有穿旅行装，而是提着一个篮子，篮子里有一只扎紧的口袋。口袋里有东西在刮抓，发出哀鸣的声音。原来里面是只猫。这只猫是被抓来的。在让-保尔·萨特思想成熟的时期，有一位要淹死他的猫。所以今天他们同样要淹死这只猫，尽管这只猫也有存在的权利。赖纳说，他自己同样也有权不存在，和这只猫完全一样，他要把它在开窍前就送上不存在之路。这只猫有所预感，在口袋里不安地骚动着。

索菲穿着毛料运动装，由阿德勒米勒品牌制造。安娜的春秋大衣是妈妈用缝纫机自己做的，看一眼就知道了。索菲在树根上，冷杉果子上，小树枝上还有山毛榉果子上跳来跳去。索菲就是那个应当去淹死小猫的人，在维也纳森林的一条小溪里，还要去找一条。她是唯一还需要锻炼勇气的，否则她不属于这个小组。真的要实施袭击的话，她就不能哭，也不能像个小女孩似的大喊大叫，必须冷酷，还得冷静。赖纳对索菲的加入特别感兴趣，这样他们就联成一体了。

维也纳森林众所周知（没人知道，谁知道呢）由无数小山坡组成。在山坡之间还有一些小山丘，山丘之间是山谷，山谷中流淌着涓涓细流，这是清澈的泉水，郊游者可以在这里解渴。可惜这里的水流通常不大。除了在春季，现在就是这样的季节。不时蹿出一只小动物，它们忙着寻找食物。

这个小组想找一个水多的小溪，否则淹死的行动会没完没了，谁知道猫会不会合作。索菲留着长长的、金黄色的头发，一束阳光照在上面闪闪发光，在暗处就会发出没有光泽的黄色，黄铜色。赖纳甚至必须忍受，他在这里没有在爵士酒吧形象好，汉斯在绿色的地方看来比他好，其他时候汉斯可从来没有超过他。索菲总算做好了淹死行动的准备。安娜待在一旁，强忍着，不表现出她和汉斯之间连着一根无法扯断的纽带。脸上无所谓的表情可是她长时间训练的成果。刚才汉斯还想吻她，没有得逞。没有温存，他们在青春期。

尽管如此，汉斯的一瞥仍然让她心头一抖，对性欲的回忆让她打了个冷战。在回忆的时候就会发抖，行动的时候更是这样。是什么在叫，是动物吗？不，是郊游者在欢呼。喂！喂！他们把动物吓了一跳。这些男人们、女人们养得白白胖胖，拥有一定的社会地位，终于可以做点没有意义和目的的事情，也就是去索菲阿尔普、舍普夫、萨茨贝尔格[1]爬山。他们把自己打扮得像运动员，常常会和施蒂里亚[2]同性恋混淆。但他们都是城里人，乡村特色意味着丰盈，因为现在不必再住在乡村了，也不再生活在贫困中。蒂罗尔帽子戴在他们头上挺合适的。

他们把吃剩的垃圾丢在四周，破坏自然生长的环境，形成人工的环境，安娜和赖纳对这个问题并不熟悉，但他们想对此进行艺术加工，尽可能到处宣扬。他们脸色苍白，熬夜的疲惫写在脸上，廉价的太阳镜遮住了疲态。赖纳被尼古丁染成黄色的手指上燃着香烟，会引发一场森林火灾。鸟儿发出尖厉的叫声。树叶唰唰落下。远处

---

[1] 这三处山均位于维也纳市区西郊。
[2] 奥地利南部一个州。

传来火车的鸣笛声。这是个星期天。

安娜谈起勋伯格的"升华之夜"。

错误的地方，错误的时间。

在白天明媚的阳光下，你却在说黑夜，还不是真正的黑夜，而是音乐加工过的黑夜，索菲露出惊讶的笑容。汉斯一直在打拳，在打着一场想象里的拳击赛，或是踢着足球，他可不爱浮想联翩，想想胳膊能前伸多远还差不多。他完全躲在现世，是个现时人。袋子里的小猫咪对他来说也不在场，而是未来。只要不想这些。他在学一场足球练习赛中对手的假动作带球，很快他也加入到比赛中。索菲肯定会觉得他很棒。索菲享受着阳光和清新的空气，尽管她每天都可以待在马背上几个小时，享受着这些。要享受什么就必须先认识它，孪生兄妹在这些事上不占优势。他们的肺呼哧呼哧地响，要说身体素质，汉斯要强得多。太多的酒精，太多的香烟，赖纳一个劲地吹嘘，想要辩论加缪，尽量显示自己的强项。而索菲想的是真正的日光浴，好让自己晒成古铜色。汉斯想向索菲显摆一些柔道技巧，一个朋友曾经展示给他看过。他们很快就在地上扭打嬉戏，很是开心。看到这，赖纳和安娜好像被灌了毒药。安娜马上就声称，现在她在学习贝尔格奏鸣曲，这个目标她早已为自己确定，现在成了。她需要付出很多，但是她最终还是会掌握它。

有什么吃的吗，汉斯问，发出利皮赞牡马的嘶鸣声。你知道这张或是那张唱片吗，安娜？不，这些都不是严肃音乐。汉斯，你得学习，否则你就待在原地，你目前的状况根本不允许这样。你平时待着的地方压根儿什么也没有。索菲的父母订了音乐会的年票，索菲常常和母亲一起去。索菲的母亲是位著名的社会名媛，每个人都认识她，跟她打招呼，当然只在那些人们互相认识的地方。她肯定没有价值标准，赖纳看一眼就知道了，在他看来，她根本没有标准，也不需要。她正在一堆无菌透明的明胶中漂流。什么也无法固定她，但是这一大团明晃晃的东西一直托着她悬在空中不落地。索菲将来也会这样，如果现在不及时制止的话。爱情会阻止的。

交响乐团只会演奏这些反动的家伙，什么舒伯特、莫扎特、贝多芬，安娜愤愤地骂道。他们上个星期天听了韦伯恩的音乐会，跟傻瓜一样鼓掌，虽然他们看不起这样的音乐。听交响乐的观众都太有教养了，不会朝着韦伯恩喝倒彩，他们知道，这个作曲家属于哪个等级的，很高的地位，索菲答道。他当然不会讨好他们，韦伯恩的作品具有独一无二的诙谐。

汉斯兴奋地指着一只小松鼠，一只红色的，通红的，真的。太可爱了。它在树干上蹿上蹿下，眼睛很灵活。阳光艰难地穿透天空，中午的云彩遮住它的光芒，但愿不要乌云遮天。这儿终于有了一条较大的溪流,可能合适淹死小猫,不,完全合适。

那就开始吧,索菲。到泥地里去,走近一点,无论如何得靠近些。我不想干,索菲说,我爱动物。我每天都自己刷马。你必须干,你现在还不在我们中间,否则的话就会被开除。我觉得你们玩这种印第安人游戏极端幼稚。可怜的猫咪,它并没有错,还是要淹死它。快点,我们还得赶车呢。那好吧,我只好做了。上帝保佑,我带了创可贴。我一定会想起我亲爱的小牝马特尔驰。它也是动物。将来我们是不需要软弱的,索菲,你知道这一点。

索菲把小猫从袋子里抓出来,小猫又抓又挠,异常气愤,尖厉地叫喊,一下就把她的手抓破出血。嗷,你们就不能抓一个不会弄疼人的畜生吗?只有猫正合适。快点吧。

索菲穿着她漂亮的裙子跪到污泥里,她浑身已经肮脏不堪。她抓住这只忠诚的家养动物放进水里,它已经习惯人类。很费力,也很累人。在水里骂骂咧咧,扑哧扑哧;拼命蹬踏,汩汩汩汩。

她几乎得用整个身子按着这个畜生。我全身都湿了,要得肺炎的。

在这个动物的死亡到来之前,汉斯如猫一般敏捷地把索菲拽回来，他刚才还在耍弄小松鼠呢。完全湿透的动物艰难地从水里爬出来，一边吐一边飞跑。它肯定也会被狐狸抓住，也是不得好死。

汉斯抽了索菲一记耳光，血从她的嘴角里滴出。嗷。这个小组就像一个神圣的家庭待在那儿，自家的顶棚被拆走，雨下了进来。

索菲目瞪口呆感到有什么事发生，但是她还不清楚。但愿索菲的心里别有什么事，赖纳想，他吓呆了。

汉斯很了解那些真正令人感动的电影，不是那些假模假样、只会让人觉得乏味的。他一把拽过索菲，亲吻着她，鲜血弄脏了他的嘴。甜甜的。索菲是甜蜜的。就像是用羊毛专用洗涤剂洗过的，不，就像根本不需要洗涤，因为从未弄脏过。安哥拉羊毛。

不用问什么，只需亲吻着女孩甜甜的嘴，民歌里这样唱道，它很快就吃惊得闭上嘴，因为这已经变成了事实。

这个小插曲把他们分成了两个满足的人和两个不满足的人。生活总是这样，一半对一半，这样也就公平了。

你应该像见到魔鬼一样害怕地从我面前逃跑。眼睛显露出害怕，体格显露出饥饿，皮肤显露出受到虐待，常常渗透得很深，直到灵魂，这也得从目光中表现出来。一个女人站在强奸犯面前想逃走，她知道在这种情形下他是她的主人。在目光中一定已经出现了屈服，静态的，逐渐转换脸部表情是没有意义的。这不是电影胶片，是照片。思想集中点，格蕾特。一个房客走了进来，你得想象一下下面的情景：他出乎意料地看见他的还很年轻的房东（当然你已经不年轻了）正独自一人在打扮，盯着她看，她很快就明白会是怎样的结局，上帝也帮不了她了。他毫不犹豫就动起手。格蕾特，你现在包着打扫卫生的头巾想干什么？扔掉它，表现一下你的才能。你得慢慢脱下晨服，试着把手放在那边。但是这只手就像所说的这个女人一样，总是放错地方，让人家看到了一切。

维特科夫斯基先生又开始口若悬河，而维特科夫斯基太太保持沉默，可惜啊，讲话是银，沉默才是金。这个谚语维特科夫斯基先生从小就知道，在奥斯维辛集中营的牢房里又加深了理解，还有一句，诚实最持久。自从历史宽恕了他，他就一直很诚实，而且持续了很长时间。历史在1945年后决定，再次从头开始，童贞也决定重新降临。维特科夫斯基先生在历史中从底层重新开始，本来只有年轻人这样，在他们的面前还有希望。拖着一条腿往上爬就更难，用一条腿走路通常就很难了。还有很多金子是沉默的（也许永远）：齿桥、镜架、短项链、手链、硬币、戒指、钟表，沉默的是金子，因为它来自于沉默，又重新回归于沉默。从沉默中也只有得到沉默。

不要让我像拔了毛的鸟这么长时间闲站着，冻死人了，都是要节约什么暖气，玛格丽特·维特科夫斯基说。我得想一想，怎样拍下来，没有控制是不行的。想好怎么痛苦，好比说你被人打了。这样挺好，你也慢慢在学习。要是我能知道该取什么角度可以把一切都拍下来就好了。你的内裤要在脚那晃动。现在慢慢脱下！你就像动物，好比蛇蜕下没用的外皮，脱下内裤，同样尽可能像蛇一样，带着极不情愿但又饶有兴趣的感觉慢慢起来。

维特科夫斯基太太按照自己想象的蛇的样子做，现在她爬出来，但是并没有兴趣盎然，鼻子闻到了一股臭气，她不得不马上去厨房，炉子上正烧着奶粥呢。她把她丈夫刻意营造的柔和的艺术气氛破坏了。恰在这时，他找到了感觉，天才艺术家，乏味的夫人让这一切完全破灭了。我必须马上去忙厨房里的事，马上就得去，现在都太晚了。这时她的丈夫正沉浸在他的思绪中，飘向波兰的平原，还有俄罗斯，它们正不断将共产主义传播到这儿来。那儿的人们曾经是人物，现在是什么呢，什么也不是，是个门房。让维特科夫斯基先生很开心的是，五十年代一场政变被制止住了。他本人也是制止队伍中的一个小齿轮，即使这次因为缺只脚不再好用，他也一直坚持关注共产主义的传播问题。得小心再小心。当时是这样的，共产主义突击队从俄国人那儿每人每次行动得到二百先令，报纸上写的。西方占领势力阻挠了政变，制止了它。很遗憾一些报纸由于散布不实谣言在销售方面受到限制，不是那些报道二百先令的报纸。在这件事上检察官受到排挤，一个叫海尔默的社会党内务部长轻而易举地对付了言论自由。这样很好，不知道的事情也就不会让人激动，所有的人都要保持冷静，避免冲突。一张报纸如果不真实就让它滚蛋。社会党并不是维特科夫斯基们侍奉的政党，因为他们不是工人，但是这次他们听话了，他让他们明白了这一点。也许他们从历史中真正学会一开始就该支持正确的力量，也就是资本雄厚的。这个残疾人在想，他们是独一无二的力量，金钱万能。他没有什么财产，所以按理他也无法统治，而众所周知，金钱本身能自然而然地驾驭一切。结果就是那些一无所有的人还是一无所有。已经拥有的人得到的更多，现代的垄断就这样诞生了。资金从西方外国伸出援助之手，对我们的家园过多地施加影响，他们和国内的力量联合，如坦克履带般坚固。维特科夫斯基先生向资本忏悔，这是他没有的，他自觉地摆脱过去，展望未来。自觉是因为他早先曾亲自保护过它，现在它又完全掌权，向他表示谢意。所以，他除了拿到伤残保险金外，还被允许在一家资产阶级的酒店值夜更，在那里他看到了中产阶级的著名代表，他们现在已经是工业领袖。一个人代表另一个人，即使他并不知道他都代表了谁。维特科夫斯基先生还和从前一样代表着国社党，他很清楚这个政党都有谁，这些人又代表着什么，这是不言自明的，这个政党让他长大，他超越了自我。也没有其他什么人可以让他成长，现在他把他那些美丽的相片放大。他眼里不仅仅只有个人幸福，还有集体幸福，他在调和这两种幸福。他一直在想，在业余时间他也代表着整个集体，而不仅仅是他个人，他也是照此准则行事。他总是在做榜样，为的是引导年轻人。就像其他人在他们的业余时间体现他们各自公司的尊严。

要是他观察自己的孩子，他就会对他的教育成果产生怀疑。旁人都受到正确的教育，他的孩子却没有。生孩子的时候他还是个军官呢,怎么会这样?这两个孩子让他害怕,以前可看不到这样的孩子,现在听说很多。太太正在搅拌粥,可也没让他感觉好些。

他去拿他的手枪,给它清洁和上油,尽管它已经不需要再派用场了,但是还得这么做。人时刻都得准备着。手枪摸上去冰凉凉的。在枪套子里放着他心爱的格蕾特的照片。那张妇科医生的照片必须马上翻新了,因摄影师的阅历已经更加丰富,还有妓院的照片,这张女学生系着围裙拿着枝条的照片。枪套子就放在厨房的秘密夹层里,没有人知道,也没有人感兴趣,可惜儿子只对文学感兴趣。

前军官突然做出了个决定(做军官的一定得懂得的快乐!),他走进厨房,想要强暴他的太太。他突然有了兴致,但是他的老母牛又像往常那样做了个笨动作,使得他在瓷砖上滑了一跤,轰的一声摔在地上。他试图蹦起来,用那条仅存的腿摇来晃去。但他起不来,他非常想起来。而且他再也无法挺起来了,本来他一定可以挺起来的,他有了性欲。现在又泡汤了。他认为原因在于当年他还是个小伙子时,在被占领的东部地区,强烈的诱惑力让他过分透支。这几年常常阳痿。谁看到过光着身子的尸体堆成山,里面也有女人,他就很少再会对家里熟悉的太太感兴趣了。曾经握有权力和地位的人,现在最大的权力就是在酒店握握别的手。欲望迅速衰退。饭店的常客握握他的手，拍拍他的肩，跟他打个招呼。还有这些家伙的趣闻轶事。回到家要是他的命根子不管用的话，他就把这些事儿转述给玛格丽特听，激起她的性欲。他常常非常想要，但挺不起来。

这样的时光变得萎靡和乏味，重新开始的青春就是如此。他不知道会有什么样的结果，即使不是太糟糕，显然也是不好不坏。儿子也对这种不好不坏的状况担心。

爸爸还一直甩动双臂，无望地画着圈，他错误地一直只朝一边划拉，而不朝另一边。偏偏最近坐骨神经痛和风湿病又折磨他，本来缺条腿已经够给他添麻烦的了，除了麻烦其他什么都不多。他在绕着自己的轴转，试着用脚撑起来，然而只有用玛格丽特发明的专利支撑把手才能成功。哎嗨——他站了起来，马上用胳肢窝夹住拐杖。他曾经相信，在对玛格丽特进行体罚时可以放弃拐杖，早先是不需要这样的辅助工具的。

嘿，小东西，宝贝，上床去，那儿活动起来舒服得多。床会松塌下去，我就想在坚硬、不会弯曲的地上插进你的身体里。但是，在床上又柔软又暖和又舒适，甜心宝贝，我还有一点朗姆酒，来吧，小可爱。

奥托用拐杖撑起身体时，身体的各个部位都很疼，剩余的那条腿直打滑，向前、向后，向前、向后，他不想让人察觉到。他早先的威信今天还对他太太具有威慑力，她跟在他的后面。我现在总是很累，我得去检查一下。可怜的人儿，是的，来吧！他并没有去折腾格蕾特，她现在就在他的身边，而是把灰白了的头埋在她的胸口，他一定在哭。格蕾特被打动了，她不知道原因，误以为是为了她。可怜的男人，已经都这样了，她小声安慰他，并没有起到作用。这个粗壮的男人在抽泣。他已经对付了许多事情，他也完成了许多事，现在他却对付不了自己的事。真倒霉。

我现在一定得这么哭，但愿孩子们不要看到我这个样子。他们不会这么快回家的。最近他们总是不在家，我不知道他们在哪儿。他们需要铁腕，我正好有，而且是双倍的，即使我的腿只剩单份的好用。

我可怜的小奥托。摸吧，摸吧，抓吧，抓吧，啪哧。

没关系的，嘘……

现在我们喝一口吧，等会我们去弄一杯好喝的咖啡，晚上我们听马克斯·伯姆的智力游戏。可以通过场外答题获得高额的奖励，我们什么时候一定也可以获奖。如果我不知道答案，我们就去问赖纳和安娜，孩子们现在学了很多东西。但是我们必须自己搞懂，谁让我们是父母呢。太好了，我的小奥托又笑了，真乖。

他说，她应该去倒咖啡，别像上次那样小里小气，毕竟我拿的小费也还算像样吧。尽管这样其实让人受辱，但是情形已经发生了转变，无能成为最重要的事。喝点东西把它忘记，对胃液也有好处，桌上很少能见到肉。维特科夫斯基先生得到了安慰，他闻了闻他的香咖啡，很高兴，他要加很多糖来喝。生活也可以给予美好的东西，如果人们的要求不过分的话，但是他却提出了，这是他应该得到的。

他今天甚至多得了一份，因为他哭了。

下一个舞台在体育咖啡馆里。这是因为人们都坐在那儿，看哪些艺术家或是知识分子坐在这个或那个位子上。重要的是在场，不是输赢，就像体育，这个咖啡馆也因此得名。许多人也许对艺术已经失去了信任，尽管只有他们而不是其他人命中注定搞艺术。他们从事艺术，是因为它不会带给他们任何收益，用钱玷污他们。如果艺术可以赢利的话，他们也是愿意被钱污染的。他们从未想过转向市民阶层的职业，不是因为他们没有掌握职业技术，而是因为一旦这些职业控制住他们，他们也就没有时间留给艺术了。如果有位老板先生以所谓的艺术家为代价，实现跑车和别墅的梦想，那么就不再可能在美学形式上有所实现。如果一个人有比"三级"好一些的香烟，就会有人向他讨要。

在神圣四人组合坐的桌子上还有另外两个人，他们正忙着用纯图解来证明毕达哥拉斯定理，这四个人没法参与。对赖纳来说，数学属于现实主义，所以他不感兴趣。要是和文学有关系，他早就掺和进去，把人大骂一顿了，要是他有理的话。

希腊人聚在其他地方，深色的脑袋几乎头碰头，寻女人开心，偶然找上一个搭讪。人们常常会在女厕所附近这么做，她们必须经过那儿。

有什么话不合赖纳的心意了，但和这个也没什么关系，他突然站起身，若有所思地来到一个角落，在黑暗中呆望着，直到索菲和安娜隆重地把他迎回去。你在干什么呢？告诉我们吧，说嘛。你们真烦人，愚蠢的母牛。我有其他的烦恼，属于另一个层次，我也在那儿行动。你们真是捣乱。请你回去坐，赖纳，回去坐吧。你们的确什么也不明白。和这样的人真是无法干大事业，他们会先退缩，因为他们总是表现得有些胆小。赖纳希望其他人为了他弄脏他们的手，那样他的就可以保持清洁。其他人应该为他行动，他就可以从行动中脱身，其他人陷进去。他的那部分钱是要拿的，他需要钱买书。他想他会成为他们这张网背后的那只蜘蛛。他行动起来无须理会市民的狭隘的安全网，但是他要赶快把其他人从这张网中拖走，让他们完全投奔自己、投奔他。

赖纳呆呆地看着地上的烟头、纸、红葡萄酒渍、揉成一团的纸巾（还有一些更糟糕的），等待着无法回避的厌倦，有时会来，有时又不来。现在这个时候，他终于感到恶心，他落笔把他的诗行记在笔记本里。墨水徒劳地溅洒。现在是恶心抑或不是？不，他刚才不是。整个地方还是像往常一样充满小市民习气。他刚才几乎没有感到这个地方更燥热、更稠密，甚至密不透气。但是他和萨特一样认为过去不存在。被杀死的和已故的，还有在床上去世的人的骨头，这些人完全为自己存在，具有最大的独立性，他们的骨头也就是一些磷酸盐、石灰、盐和水。他们的脸在赖纳看来只是自己的映像，虚构。就在现在他强烈地感受到这是一种缺失。他没有对其他人说，在他之前让-保尔·萨特同样也感受到了这种缺失，他把它当成他自己的缺失。

汉斯，他失去了父亲，但是不会去想念磷酸盐、石灰、盐或类似的东西，他的父亲现在就变成了这些。他哼着猫王的流行歌曲，没有歌词，因为这是英文的，汉斯不懂英文，其他的东西他也懂得很少。也许拥有索菲对他已经够多了。

另一个舞台在爵士酒吧。赖纳要其他人实施犯罪。乐队的人休息的时候，他信步走向萨克斯管，在上面摁了几个键，他想这几个键应该是对的，他要是吹的话，也许根本发不出什么声音。已经可以了，所有看见他的人都相信他会演奏萨克斯管。乐队的人回来了，他迅速将那些个吹吹打打的东西放回去，这样就不会因为搞坏乐器挨嘴巴。他给自己叫了杯覆盆子苏打水，最便宜的（还没有偷到钱包！），今天要写一首诗的开头（明天结尾），没有什么环境可以转移他写诗的注意力，不管是什么样的。索菲也必须接受，尽管不该对她太严厉，因为她是他所爱的女人。爱情只是赖纳生活中的一小部分，他知道，爱情永远只能是一小部分，而艺术占据了剩余部分。在诗歌里赖纳鄙视所有肥胖的人，他们箍着个粗大的戒指，除了挣钱外啥也不想。可是这样的人他从来没有在近前看过。索菲的爸爸身材颀长，肌肉发达。他也是位爱好运动的人士。赖纳可不想轻视他爱的女人的父亲，况且他也不必这么做。粗大的戒指箍在白白的手指上，这幅图画是他从表现主义那得来的，表现主义已经过时，被遗忘了。他鄙视所有这一切，郊游者大腹便便，穿着燕尾服的女像柱。他妈妈对他的写作和强烈的感受不敢苟同，但是也不想让他成为体育咖啡馆和哈维卡咖啡馆里的这些废物。她要他规规矩矩地读书，可他现在对此不屑一顾。

赖纳即使在这里面，在永恒的黑暗里也总是戴着他那副时髦漂亮的菱形活动玻璃太阳镜，把头发一直梳到脸上。他塑造的恺撒发型看上去不像是来自古罗马，而是出自新维也纳。这一直提醒着他，他也该参与家乡的建设，把它塑造得越来越美丽，更美丽。他压根没有这样打算过。花团锦簇的维也纳是每年举行的学生作文比赛的主题，很受欢迎。赖纳已经赢了两场，一次得了棵橡皮树，还有一次是棵漂亮的蕨类植物。已经不在了，被亲爱的妈妈给浇死了。蕨类植物需要干燥，这是花匠悄悄告诉这位年轻的作文比赛得主的（他必须和其他九个中学生一道分享第三名）。这个建议没有得到重视。学校总是参加这些事，然后就好炫耀。许多五颜六色的春花和其他花朵在各个广场和角落里开放。这个城市的确因此显得丰富多彩。新鲜的绿色替代了外国军装，签订了国家协议后他们消失了。终于消失了。还有俄国人也消失了，他们是最糟糕的。尽管他们一般没有自愿做过其他事情，主要是强迫其他人，特别是女人做那些说不出口的可怕的事情，这样做令他们很开心。现在他们走了，新纳粹还有那些好的老纳粹又能够像小花一样在它们灰色的巢箱里现身了。热烈欢迎。

　　顺便提一下，因为我们在这说到花啊草啊的，赖纳在维也纳市教育管理委员会的颁奖仪式上，看到的获奖者没一个不是高级中学学生模样的。因为他们有能力表达，他们会记下看到郁金香和丁香花丛的感受，当然也就是喜悦和对未来的希望。如果说一个人可以感受到喜悦，这并不能表示他也会这样正确无误地表达。他们不会说高等艺术的语言，只会说属于他们自己的，但并没有得到承认。在奥地利这两种语言层面之间出现了很深的裂缝。这是由于人与人之间的不平等产生的，一直都存在着，不是人，而是不公平。一个人用过去时说话就足以让另一个人听不懂了。汉斯和赖纳就是这样。在语言上汉斯显得笨拙，赖纳显得灵活。

就在那时赖纳的写作已经得到赞赏，今天他更是想把它发展成最终的职业。那样就他而言职业同时就是爱好，这是理想的状况，许多人常常这么认为。但情况通常不是这样。一个装配工或是杀猪的说自己的职业是自己的爱好，肯定不对，同样有轨电车工作人员和泥瓦匠这么说，人们也不会相信。一个医生说，他的爱好是治病救人，人们更会相信一点。治病救人可以同时是业余爱好和职业。业余爱好迅速成为新的流行外来语。老美走了，他们的语言留下了。乌拉！

赖纳很不开心地发现那个傻瓜，就是汉斯，此刻不是他的工具，而是爵士乐手的工具。他冲过来冲过去，热心地把谱架子放在一起，把低音提琴塞进帆布袋子里，一会儿打开钢琴盖,一会儿又关上。人们告诉他怎么做就怎么做。把小号弄干净,收拾乐谱堆起来,又根据命令散开,把椅子抬起又放下,和他们凑在一起,把刚刚仔细弄好的东西又推翻重来,仅仅因为有人骂他搞错了。他问,需要多少时间学会长笛、萨克斯、长号、打击乐等等。钢琴需要的时间肯定最长。我也想有一天能做这些事!会演奏乐器一定很好。也许甚至比做个体育教师或者受过高等教育者还要好。最后一曲《查塔努加火车》结束后,他和其他那些自愿的、没有头脑的人一起把很多很重的东西拖到出口,另一个特舍克[1]已经愿意让他们用他的车运乐器,就是为了能做一次所有这些事(见上面),因为挣钱不是一切。待在那儿,还有很多问题没有回答:这个重吗?需要多久才会读谱子?怎样调好吉他的弦?要是想认真学门乐器在哪儿可以报名?明天我就要自愿报名。人们想做的事情,也是自愿做的。只有强电流旁的这份工作是强制的,应当放弃。

我受够了!赖纳脱口说出他的想法,和汉斯有关。他刚才的想法是:我要呸你们!你们带着你们的点心盒和肥胖的肚子滚吧,我是如此巨大,已经火冒三丈,你

---

[1] 贬义称呼,指被剥削且处于弱势地位的人。

们所有的人都看清楚我，是的，就是我！他夺过汉斯手中的单簧管盒子，这个跟屁虫正热情地帮着把包装从小门里抬出来，赖纳把这个盒子轰隆一声甩在他的头上，乐器发出号叫声。吃惊的乐手大喊起来，你疯了吗？

业余单簧管演奏者无法明白赖纳接下来的表情（捉摸不透、毫无表情），没有理睬，他是位学法学的大学生。他要是知道赖纳刚才想对他做什么就好了！赖纳想的是，我要用屠夫的钩子钩住你的脖子。药剂师的儿子对此一无所知，因此肯定也不害怕，但是赖纳很自豪自己能想出这么残忍的事情。待会也要这么做。在赖纳的桌边他们开始认真策划。我任何事不会说四遍，还有你，安娜，和你也有关，尽管你先前已经大概了解了。我的妹妹。索菲，我爱的女人要知道，汉斯作为行动的执行部分干的是脏活，他也得了解，前提是他要明白是什么事。没有什么不清楚的了。安娜，你来还是不来？她还没有来，因为她正在钢琴边慵懒地弹奏肖邦黑键练习曲，她意识到这是唯一的机会。她表现得很随意，但是这后面是在家里的无数练习，才能在这有所表现。当爵士乐钢琴演奏者（医科大学生）走过来时，她还想演奏平均律的东西。你到一边去，小女孩，好好回家到你妈妈那去，乖乖地继续练习，但是不是这里，这是个热门的地方，不是音乐学校，只有成功地结束了音乐学校的学业或者自学成才了才能来这里。如果我能教你其他什么的话，很乐意，小姑娘，等你胸脯长丰满了再来报名。在安娜的母亲看来，根本不可能自学成才，一定要借助学校的专业力量，否则什么也学不成。

安娜感到心寒，因为她听到她可能还没有完，还必须继续发展，她拒绝这一切。她已经到了一个终点，什么都不会再失去。如果在她的面前还有东西的话，她就觉得要疯了。因为对她来说，一切都已经过去，谋杀的兴致开始冲动。不再会有任何结果，只有绝对虚无，没有道德标准的存在，这个大学生一定还有，即使他对女人说话看上去很粗鲁。她在走过去时，快速轻扣还剩半杯啤酒的杯子，杯子打碎了，里面的东西流到这个自以为是的年轻学者崭新的蓝色牛仔服上，得好好洗一洗了。有一小块已经不行了，大学生的钱包要放血了。真好。

赖纳正在说服吸汽水的索菲，让她不要唠叨，应该倾听，尽管她之前什么也没有说。汉斯想，她应当在他身边感觉，如果她已经不想听了。索菲不想听，想看，汉斯怎样把最重的东西抬起来或举起来，更困难的是用最轻松的方式。他的上身没有一块松软的地方，但是希望内心存在这样的地方。而赖纳的上身就像只母鸡，一只长时间没有晒太阳只吃了很少谷物的母鸡。但是他会说话，而不是咯咯叫，这又是事实。

汉斯往沙发上一躺，粗略地描绘他未来音乐学习的前景，细节内容有待证实。学习音乐可以让人快乐和轻松。而且还可能成功。赖纳叫他闭嘴，但是他还得说，他家的老妈怎样用无聊的信封和她在党内的青年工作教训他，这就是我为什么要尽可能用音乐来和这样的东西保持距离。赖纳说，他要把他打成纸浆。索菲轻轻地、慢条斯理地说，随他吧。

安娜：汉斯，也许你会让环城大道上的歌德纪念像都感到厌烦。

索菲：不要这样傲慢。

汉斯：安娜，你注意到了吗？如果一个女人爱上一个男人，她不能表现出来，也不想表现出来，她就会在众人面前保护他。这时她会很不情愿地明白自己的感情。我在电影里看到过很多次。安娜正把手放在他的大腿间，那地方还不错。你们又那样了，索菲揭开了秘密。汉斯推开那只不受欢迎的手，虽然有时他还是很需要的，现在他却感到羞愧。索菲应当不知道，但是她察觉到了，同样也应当想要这样。安娜一方面要为此惩罚他，另一方面她害怕，从此他不和她做了，而她一定干得还不错。

汉斯是属于我的，你不用保护他。他自己可以保护自己，我会告诉他怎样做。还有这事我不在乎（事实当然不是这样）。汉斯知道，一个女人在其他人面前保护一个男人，常常会表现出她这样做是违背她的意愿，但是却比她的意愿表现得更强烈。温柔战胜了无情。索菲看上去根本不像经过了内心斗争，她为自己要了杯加了朗姆酒的可乐。这对孪生兄妹来说太贵了，当侍应生来的时候，他们移开目光，这种情形侍应生已经司空见惯了。汉斯点了更贵的东西，他的妈妈可能正在厨房的旧沙发上转来转去，她似乎感觉到了，即使她现在在家里加班。

安娜说，在自然界弱者要被强者打败，比如说芦苇和北风。寂静和森林。赖纳：这会是带有抢劫意图的突然袭击。

汉斯：我可没喝醉。你们的确不知道你们在说什么，疯狂。

赖纳：疯狂？这样的范畴对我是不存在的，因为一切除了水果和蔬菜都是健康的。就是在艺术中这样的疯狂也是可以承受的。它表现在疯子艺术中，肯定很快就会有这样的艺术家，把自己弄伤，他们将成为最现代的艺术家。比如说，他带着伤口上街，向警察先生展示作为艺术品的深深的伤口。警察先生不明白这一切，他和身为自己作品的艺术家之间的鸿沟已经扩展到无法估量、无法跨越的地步。屈服于自己不能预示的东西对我的印证没有任何用处。人必须从可笑的局限中挣脱，这些是由所谓现在的现实和展望未来的现实组成的，这种现实根本不重要。引文开始,每一分钟自身都负载着对几个世纪跌跌撞撞以及支离破碎的历史的敬意。引文结束。

汉斯呸了一声,咕噜咕噜喝着饮料。不管是警察还是艺术家,都属于我不想从事的少数职业。除了可能的乐器演奏家。他也要让他爱的女人(索菲)远离不美好的事物。他要经过最详细的鉴定,才准许贝多芬和莫扎特靠近她。

安娜顺风竖起她的耳朵,因为这语音里传出一种对索菲的柔情蜜意。真讨厌,胡扯淡,什么按照自然法则,人们对已经拥有的,就不再这么喜欢了,反倒追求不可能的,她自己倒是愿意做这种情况中的那个不可能,但这位置已经被索菲占了。他妈的,扯淡。按她的想法,索菲该去死,这让索菲有所察觉,她挑了挑眉毛。

赖纳问索菲,她是不是并不认为,汉斯一定是他们中拥有超出常理的最伟大的愿望的那个,因为他思考的是所有人的常理。你难道不这么认为吗?安娜说,汉斯的每一句话都是其他人对他至少说过一千遍的。安娜在这场爱情中到底是舵手还是划桨手?很快就会清楚的。也许不到一秒钟就清楚了,她又在汉斯的大腿上摸索,她对占有肉体有些兴趣,但是被摸索的大腿抽走了。公开场合不这么做,而且索菲也在场。犹犹豫豫、充满爱意的女人伸出手,摸到的结果是黏黏糊糊的口香糖。它粘住了，爱情在的地方，她也被粘住了。

汉斯原则上是反对暴力的，那样只会让人相信这样的人只拥有蛮力，这并不是必不可少的。他买过一本斯特凡·茨威格的书，这是位重要的作家，这本书他很喜欢，尽管如此，他还想问些问题，这可是复杂的文学。索菲，你能帮我说说这本书吗？赖纳说，索菲也许可以回答他的问题，但是他来回答，因为他对文学很在行，而不是索菲。此外，索菲只负责他的文学，她必须每天二十四小时关注它。汉斯先从较简单的入手，这很好。但是汉斯却说，斯特凡·茨威格属于最难的。赖纳说，在他和索菲之间的精神关系比任何可能的肉体关系要牢靠得多，也要持久得多，这是人们所不具有的。精神上的纽带可以持续一生之久，而肉体最多几个星期。我现在正好和索菲一起读加缪的《局外人》。在那本书里，什么都与主人公无关，就像我一样。他知道什么都不重要，只有等待着他的死亡是确定的。你必须先理解到这一步，汉斯，什么都与你无关，没有任何事是重要的。但就目前而言，一切对你还很重要，是为了打下基础。

袭击会成为深刻的经历，可以好好讨论一下。

汉斯想要自己拯救索菲，给她依靠。索菲说，她不需要这样的依靠。赖纳说，他甚至有意识地让自己没有依靠，因此他的确很坚强，什么都与他无关。汉斯说，他觉得工作上晋升很重要。

安娜：最好，你想象除了你没有别人在那。那样你就不用和其他人比较，只需要和自己。比如说我就是这么做的。

安娜黏着口香糖的手第三次游过来，汉斯得意地让它那样——让安娜的手抓着宝贝儿可比索菲高高在上要好。

赖纳在想怎样煽动其他人，而不用搞脏自己的手。他首先需要一个视野宽广的地方，在瞭望台上比在人民公园的伊丽莎白纪念碑上的视野要好。有一点是肯定无疑的，他更愿意做个领头羊而不是替罪羊，因为有的人具备领导天赋，有的人则有其他才能。

汉斯那个出生在布尔根兰的脑袋一会儿伸向这，一会儿伸向那，看看是不是有他不认识的漂亮女人。没有，就是有，她们也不想认识他。等着吧，等我穿上我那件新毛衣，你们就会改变看法的，他很清楚。汉斯冲着一个小个棕色男人身旁的黑女人眨眨眼，别人还以为他眼睛疼。如果某个美人走过，他的眼睛就好使，然后就认为这个女人属于他。每个男人都想占有全世界的女人。女人却只想占有她爱的和忠实于她的那个男人。安娜想带走汉斯，她要和他单独在一起。她察觉到这个小伙子对她有些意思，汉斯察觉到他刚才不理不睬的样子让这个女孩对他有了意思，也许是因为他不久前读了不少不错的书，因此被她接受了。和安娜在一起是给索菲做的预习。安娜吊着汉斯是因为他读书比别人少，身体更突出，她完全凭感觉，已经失去了视觉和听觉。两个人产生感觉混乱，这是年轻人的标志，他们还没有发现自我，在现代经济中也没有找到位置。汉斯虽然早就占有了一个位置，但电流旁的位置应该换掉。

外面的阳光明亮，冷飕飕，但是很快就让位给一间不卫生的房间里的黑暗，汉斯故意把他面前的废纸和其他垃圾踢来踢去，好像他带球骗过了一个或几个对手。安娜在旁边试着很有活力、很灵活地扭来扭去，却显得疲惫、僵硬、笨拙。灯光不是安娜的领地，自然也不是，人造的却是。在那里她绽放，这里却只有春天的阳光、灰尘、废气和维也纳的气息。

汉斯大谈特谈索菲的肤色，一直都是健康的棕色，看得出是在新鲜空气中运动的结果。风和太阳起了作用。肤色很纯，金色的头发也很纯，就像丝一般，你的常常太油还缠在一起，要是垂下来，很费力才能辨认出肩膀，而且还是瘦削的骨架。一个穿了衣服的衣架子。但不管怎样她还是漂亮的，正好适合一个具有体育天分又正准备探求其精神潜能的男人。你难道不想学网球吗？你感觉不错，肯定可以培养一门球类的球感。不，我更愿意练习贝尔格奏鸣曲，向年轻的钢琴家挑战。你更应当去爬山而不是练习贝尔格奏鸣曲，哈哈。那样你就不会迷路了。

感谢上帝，大人们都不在家。做人就应该对一些小事也表示谢意。安娜解开汉斯衬衫的纽扣，想看看里面有什么。还是老样子，没有新东西，肌肉发达的胸脯，没有胸毛，皮肤光滑，很美，摸上去很舒服。你今天可是急不可耐了，小丫头，不赖。安娜用她锋利的尖牙到处向汉斯进攻。嗷嗷，汉斯说，我的午休时间很短，前戏就省掉吧，你告诉过我，是这么叫吧，让它马上插进去。很快就好了。如果和索菲在一起，他想他们会躺在充满花香的草地上，或是在温暖的大海边暖洋洋的沙滩上，也可以在披着皮草的雪屋里。他现在只是躺在安娜的身旁，在一个旧房子里。索菲是金色，安娜是深棕色，1：0，索菲胜。就算是最终的结果，也是 1：0，索菲胜。

我要你，我要你，我喜欢你这么做，安娜喃喃自语。对吧，你喜欢，安娜，汉斯从门齿缝里挤出几句话，我马上进来，嗯，好的，都准备好了，现在我来了。我进去了！

安娜大喊大叫，感到窒息，咳嗽起来，爱情凭借可怕的暴力抓住了她，它总是这样，不愿摆脱这个不良习惯，它来了，也不管人们愿不愿意。安娜不愿意，却只好这样。

安娜跟汉斯说，汉斯不要很快就又找到另一个女人，在理论上和她知道得一样多的女人，这并不常见，在汉斯有限的熟人圈里就更少。没有人明白她会跟你发生什么事，我却知道，这是我的优势，因此我必须得到体贴呵护，我的多愁善感比其他人更多地受到世界恶劣品质的伤害。爱我吧，汉斯，你会的，求你了。像我这样的女人很少求人，但是如果她求了一次，你就得给她她想要的，因为她强忍着她的骄傲。

我的兴奋已经过去了，在别人发现我不在之前，我必须回到工作岗位。

安娜深情地亲吻着汉斯。吧嗒的声音有点太响了，但是汉斯很享用。他推开安娜，穿上工装裤和方格纹衬衫，为了恢复体力在桌旁吃下第二块面包和一瓶啤酒。在床上躺着的那个女人，对他提出更高的要求。女人如果允许男人事先吃上一块奶酪面包，那她肯定很爱他。安娜爱汉斯，压根就没有在意第一块面包，就像妈妈不会在意她们小宝宝的大便。

汉斯说，他不认为这是爱情，爱情还没有来到，爱情长得更像索菲，就是她。他已经在楼梯间消失了很久，安娜一直还像个母牛盯着快车似的，朝他望去，她知道，爱情长得像他，绝对不丑，但肯定不舒服。因为他不知道，他在她身上得到了什么，他不知道她是他可以得到的最好的，实际上已经过于好了。可惜他还在寻求远处的幸福，实际上幸福就在身边，就像生活中好事就在旁边。但他还是要眺望远方，不舒服的是她，不是他。

风吹着，各种树在黑夜的天空摇曳、颤抖。看上去好像有只看不见的铁手在摇晃它们。一位花匠创作了这幅表面上无序的画面，骨子里却是有序的，他刻意将树这么摆放。它们发出嘎吱嘎吱的声音，就好像有人抓住它们的领子，其实并没有人对它们做过什么，只有风。它们在索菲的花园里被彻底地保护起来，以防外来侵害。印象是随意的，具有高度艺术性。赖纳也想给人这么一种印象。他正蹲在一棵无意选中的树根旁嘟囔着德语，德语老师是这么说的，但是他的作文却独树一帜，有力地抨击传统。除了他妹妹，只有索菲理解他。他粗暴地朝着蓝云杉打了好几下，因为有一个词他想不起来了，它就不出现，还是不出现，他朝无辜的云杉树打到第五次时，那个词突然想出来了。原来是"死神"，阴森的气氛弥漫在他四周。他必须一直想着死神，脸上出现相应的表情。法文中它是个女人，在科克托那出现。德文中它是个男人，在他那出现。一首诗就要产生了，这个过程非常痛苦，常常没有结局，因为诗人会绝望地半途而废。他很少有耐心，一首诗的诞生和痛苦折磨联系在一起，需要时间，这位艺术家通常是没有的，他必须要做的事情比写诗多得多，他得一直向前冲。

索菲没有像风一样狂奔，她像穿着冰刀在镜子一样的冰面上滑行。她脚下的地是她自己的地产，她不需要特别的理由在上面运动。地上铺着英国草坪，间或是洒水装置和杂草。从虚无中出现了一个白色幽灵般的影子，原来就是索菲。千万不要那么快又回到虚无中去，赖纳期盼着，他需要她为他带来灵感。他逗留在死神将水手帽盖住池塘里死去的孩子的脸的地方，让人想起特拉克尔，但只是模模糊糊。他企图用残忍掩盖他对她的软弱，要求她坐到她自己的草坪上。这就是她本来要对他说的，邀请者通常是拥有者。但她还是坐下了。

屋子里有一群人在聚会，身穿名贵的裙子和晚礼服，在一起谈笑风生。他们都是些实干企业家，干很多事，他们的头衔就昭示了这点。他们偶然也知道找个娱乐活动。他们从事的娱乐活动就是高尔夫或者在克里奥骑马。人们几乎听不到狐步舞微弱的音色，只看到女人七彩霓裳四处飞扬。有时候她们会一闪而过，有时候她们像挖掘机一样推过来推过去，把所有的东西挪到一边，侍者举着托盘在她们面前小心翼翼，要是他们诚实又肯干的话，他们能在这个家里找到一个较为保险的位子，不会受到威胁。宾客们衣着光鲜，即使只能从远处欣赏，仍是令人愉悦的，赖纳现在就是这样。他说，他也不想进去，从外面能更好地理解社交活动的结构，能够把握大部分图像。这样的结构在文学中是没有位置的，因为它已经存在，不必再虚构，而文学创作就是为了虚构。上面，一块块色块和它们所属的脑袋从水晶玻璃底上浮现，形成一个巨大的色斑，人们只能看成这样。首饰就像浪花上的泡沫闪闪发光。赖纳从他站的地方，当然不是街上，而是花园，愣愣地望着。就是这个地方也比较不自然，因为他这个人通常待在里面，小心翼翼地避免这条街和这街上的活动。不是暴徒，而是索菲少女房雅致的家具。我说少女，我的意思是因为你还不是女人，索菲，当你终于是个女人的时候，它会令人难以置信地扩大，当然是通过我的手。也许会是爆炸，但不是玷污，这种情况可惜常常在普通老百姓身上发生，如果男人是个白痴，女人又不够漂亮。

索菲从没想过，身体除了从事体育运动还可以干其他的事情，她根本没有产生过这些念头（她想不到）。也许除了我知道的还有什么其他的；但会是什么呢？我想不起来，但是可能没必要，我既没有失去，也不缺乏，因此也不需要做，尽管她常常也完成一些不必要的事情。在她的房间里挂着镶有镜框的照片：她三四岁时，穿着漂亮、有品位的裙子坐在她父亲的地皮上，或是圣莫里茨的一个度假屋前，给人的印象很有美感。她很喜欢看这些照片，它们透出一种和谐，她把它弄丢了，不知道丢在哪儿，但是她不去找，因为她最近对与之相反的肮脏产生了一点点需求。肮脏要以伟大的风格出现，因为索菲做的所有事情都有风格。既然这样，那就这样吧。对此赖纳这只小猪也只会制造小粪便，然后他又将其消灭殆尽，因为他喋喋不休谈论这个话题，直到最小的粪便变成金子，然后人们只能把污物扔掉。污物作为金子毫无用处。为什么不完全改变，在文学中故意放弃这种转变呢？自己知道这是大便就够了，其他人也得知道吗？也许对赖纳来说，描写污物比污物本身更重要？无聊。

因为继承了一笔巨大的遗产，索菲的妈妈在这个巨大的铁门前一下子长大，像突然点燃的蜡烛火苗。很快一大群人奔她而来，他们用软弱无力的爪子抓刮她的财产的大门，没有得到回应，这群人一无所获，只得悄悄溜走。她并不是仅仅像人们可能想到的那样什么也不做，她还成了一位出色的自然科学家，而且很漂亮，她以她的作为实现了自己。有的人实现得多一点，有的人少一点，而她肯定是属于前者。仅仅待在家里是不够的，还要成为科学家。这就好像一幅克里姆特油画被一辆快速列车从黑暗带向光明。所有在纳粹时期为她私有的钢铁厂惨死的人绝不可能把她淡蓝色的剪影看作纪念碑。对没有偏见的观察者来说，她可能是一道美丽的风景，即使人们有所保留，也该在偶遇时承认美，不管是谁。她提醒索菲回房子里去，不要感冒，而且有些客人想见她。你的朋友可以在厨房里给自己弄点我们自制的覆盆子冰激凌，拿多少都没事，那儿足够了。妈妈，你不能收买我的爱。柔弱母亲立刻冲进房间，扑到床上，像动物面临死亡威胁那样大喊大叫，歇斯底里。各种各样的人都不能平息这场发作，在场的一位医学教授给了颗药片，好让她睡觉。她冲着那些客人尖叫，如果她唯一的女儿不爱她，她就当场自杀。她的丈夫问她怎么样，却被吐了口水，让他滚蛋。他来自一个比较穷的家庭，学的是机械制造，这使他的父母做出了重大的牺牲。可是做出的牺牲已经被遗忘，还有父母亲，只有这个抽泣的女人还在。

索菲屈服了，穿上白色的薄纱裙，像孔雀一样趾高气扬地走来。薄纱发出轻轻的噼啪声，好像细小的木屑在燃烧。轻风吹来，薄纱裙微微飘起，因为它给风提供了穿透空间。其他时候索菲不可能这样。如果裙子扬得再高点，索菲穿着薄丝袜的细腿就露了出来。丝袜很容易破，考虑到这点，袜子就愈加显得昂贵了。借着这么暗淡的微光想到持久性是最地道的反常行为。赖纳努力不去想，他已经尽力把它反射到他短暂的诗歌创作中。它很少带来快乐，因为还有许多代人以后应当关注这些诗作。他们也许不会这样做，因为他们根本不明白这些。索菲沉思着（但愿她至少想到了这些诗，不，显然没有）从地上拿起一根尖的小树枝，在尼龙袜上划出一个洞，她把洞扯大，唰啦一声，丝袜迅速裂开。丝袜非常薄，人们几乎看不见，但是知道，那儿原先是袜子，现在被毁掉了，那儿什么也没有了。丝袜撕开了。她的头发闪闪发光，被抚摸、梳理过百遍的结果。这是他打理的，就像面包上的黄油，前提是自己不必使用人造黄油。索菲把她右脚上的袜子完全搞坏了。我现在能不能及时帮安娜跟她讨一双，赖纳想，她这么用力地扯破它，无法修补，最好不要，千万不要求她。我现在要进去了，今晚余下的活动妈妈得缺席了。他们要是想听我作的诗中的一首（索菲也写了些，但更确切地说是了无兴致），我就用法语给他们朗读萨德或巴塔耶下流的部分。这不会让他们震惊的，相反会非常开心。不像那个斯泰因菲尔茨，他最近在俱乐部里对他的同伴大放厥词，打碎了几个杯子。他穿着工装正好扑倒在摆好餐具的桌子上，叮叮当当，噼里啪啦。尽管这是个坏风格，但是人们容忍它，斯泰因菲尔茨是个坏孩子，简直没办法。他喝醉的时候引人注目，跟个傻子一样。他是头猪，开着保时捷，这个赖纳也很喜欢，但他不欣赏这位开保时捷仁兄的低下智力。

赖纳显然这会儿也没有太多的头脑，他正试图把他没洗的头埋到索菲的两腿间。没能成功。已经站了一些时候的女孩迅速向旁边一闪，他的脑袋撞向毫无预感的云杉树树干。砰的一声，比该发出来的要响，这也是故意的。我爱你，索菲，我的意思是我对什么都无所谓，除了你。只有为了你我脸上的肌肉才会最痛苦地抽搐。痛苦只是前奏，我现在要热烈地亲吻你，这才是高潮。索菲，你恰巧很温柔，而我应该冷酷点，因为矛盾的双方互相吸引。我们强烈地吸引着对方，我们无法反抗这种吸引力。又起了一阵狂风，桦木林恼怒地发出嘎吱声，两棵柳树保持着一定的距离一起呻吟。一只小鸟的夜眠被打破，盘旋着飞上天空。月亮低低地挂在天空中，像个疯子似的狂奔，其实只是云在狂奔。赖纳仔细地观察月亮，他说了些什么，一定是一幅人们从未留心过的画面，否则的话，很容易说月亮像个银色的盘子挂在天上，或者什么其他的。索菲说，爱情的极度兴奋就是得到满足的雄心（穆齐尔）。赖纳说，他只在艺术中有雄心，有强烈的雄心，在生活中却和一切决裂，这种生活因此很糟糕，他站在社会和它的准则之外。他的爱情完全与其他无关，除了爱情。他要把她的连衣裙的上部分拽下来，领口开得很大，观察索菲的胸脯，他发现自己正站在潮湿的草上，明天一定会着凉。他美国式便鞋的鞋底垫的是马粪纸皮，这种东西不耐用，容易变软，就像盖在赖纳愿望上的盖子一样不能持久，他的愿望很贪婪，一直顶着它们的盖子，饥渴便产生了。

索菲又把那一块布盖在它应当盖着的地方，推开了这个怪人的手，它刚才表现得太贪婪，他不会得到他想要的。她又说道，如果赖纳经济状况不同，他就不必做个艺术家，艺术是唯一的，尽管是非物质的，对人们来说还是有些价值的。这个定义被赖纳拒绝了，对他来说，什么人都他妈的无所谓。他创作艺术只为自己，如果其他人对此感兴趣的话，请吧！他把头靠在索菲的肚子上，那里很平、很温暖，没有石子在里面，要是她那些自负的朋友看见他这样一定会忌妒他，他们可没有被允许这样做。时间为男人和女人停滞了一下，美好的一瞬。时间常常把一切搞得更糟，时间让穷人衰老，富人可以稍稍停留，但并不是最终的，时间终究要迎接他们。时间毕竟是民主的，赖纳不是。他厌恶群众，因而超越他们高高在上。在索菲的怀抱里他感觉像个动物小宝宝，在妈妈的肚子那再也找不到食物，只得到艰苦的、敌视他的自然中去寻找食物，以后它也许自己还得出奶，如果没有受伤且不受伤害地活到生殖期的话。赖纳害怕未来，害怕变老。索菲终于要走了，她经常说的一句话，我们都知道。他恰当地回答她，人们看出她是如何拼命和自己对他的感情做斗争。她没有成功，她更应该把这种力量打在里面那些市民的脸上。他的手在她的腿上抚摸了很长时间，从下一直摸到大腿根，他的手也该结束了，被推开了。你可真是个无政府主义者，就想着报仇（索菲语）。不，我根本不想报仇，为什么呢，我原则上要的是无意义。萨德说，在所有人的权利被以同样的方式分配的地方，每个人都可以为遭遇的不公正报复，所以就不会有暴君产生。如果有，人们很快就会杀死他。一大堆的法律才会引起犯罪（赖纳语）。这些和那些法律对我不起作用，只对那些需要领导的人起作用。我已经是这样的领导者，我要，比如说，把你带进未来，亲爱的。我心中的仇恨给两个人也够。谁是你要将仇恨给予的第二个人？我不需要仇恨，我要它没用。我想知道，我该仇恨什么。

赖纳又把裙子领口扒开，咬住索菲右边的乳头，小小的，淡粉色，就像孩子的，轻轻喊了一声，哎哟。听起来就像小鸟叫，很快就不叫了。

多傻啊。我得让你清醒一下。我马上去给你拿冰激凌，马上就去。

草坪朝着赖纳隆起，这是因为恶心，恶心源自他的侵犯，侵犯源自对索菲的欲望。对索菲的欲望是因为索菲是个漂亮的姑娘。现实让赖纳摔了个跟头，好像游泳池的上面抽空了水，他在下面黑洞洞的潮湿中，水可能是从各个入口灌进来的，尽管人们已经拼命堵塞。有人在舔他，他向上望去，原来是索菲的猎犬萨尔玛在舔他，是根据女诗人萨尔玛·拉格勒夫命名的，索菲早期的文学经验，根本说明不了什么，那时赖纳还不认识她。赖纳抱着没有感觉的动物，它正紧紧地靠着他。有时候动物比人好，人得向它们学习，比如说体贴和顺从，两者索菲都缺乏。赖纳从侍者的手里接过冰激凌，慢腾腾地吃着，索菲早就离开了，刚刚萨尔玛也走了，它跟着个假想敌后面奔跑嬉闹（它现在不当班），在草坪上纵情地蹦啊跑啊。赖纳走进黑暗中，迎着一个对手，这个对手非常真实，也许就是他自己，在后青春期，一个男性青年总是他自己最大的敌人，人们告诉他这是来自荷尔蒙的激发。他打开花园的大门，走得越远，地方越穷。他的形象变小了，不是因为距离远了，而是不同的环境让他不由自主地变小了。刚刚他还是花园里有名有姓的一个人，现在在有轨电车中他已经什么也不是了。这是个可怕的经历，这种经历也会带来完全消失的危险。黑暗吞噬了花园的栅栏，好像从未存在过。花园不见了，赖纳还在，但在他处。

在他身后所有的光都灭了，它的名字是索菲，她从未长时间停留。但赖纳却必须一直待在他刚刚在的地方，因为他本性难移，这点上他倒是例外地和其他人很像，那些人也是如此。

我刚才看到那些空间宽敞的地方，这里狭小的地方相比之下就显得更小了。它们实际上也很小，汉斯生气地说，用脚气愤地踢着居民楼里的房子，它对它的狭小也无能为力，但是它很有人性，人们生活所需的东西它都具备。东西不多，因为每个人在不得已的情况下用很少的东西就可以支撑下去。所以这个房子可以提供的也不多。

这里也刮着风，但这是内城的风，吹来垃圾和工地上的灰尘。这些工地清理掉最后的废墟，好让维也纳变得更漂亮。一丝柔和的光线穿过，让人感受到早春的温暖已提前来到。这种光线为维也纳老区所特有，不会忽略掉任何东西，但也不会突出什么特别值得重视的。空气干燥，玻璃碎片、昆虫、流感细菌不时出现在其中。女孩们穿着大开领、褶皱很多的连衣裙，梳着马尾辫，划着小船经过，她们最基本的特征就是她们很快就会失去的青春。她们享受着跳舞和音乐的乐趣，紧挨着的上一层就是对未来职业的乐趣，这是人们可以找到的职业，因为经济繁荣，但是它并不一定能让人更上一层，也可能从上面摔下来。

汉斯对青春的回忆是这样的：

在阿尔贝特电影院花五先令就可以坐在第一或第二排，仔细观察人们很快就要进入的经济繁荣期是个什么样，暂且它还只是对其他人存在，人们也只能从外表观察它。如果经济繁荣是个女性，那她就会穿着时髦的、裁缝缝制的衣裳，罩在紧身胸衣上，或者领口开得很大的民族服装，亲吻着鲁道夫·普拉克、阿德里安·霍温或是卡尔海因茨·伯姆[1]。一切都变好了，如果还没有变好，那也将会变好。1937年：企业主100，工人100。1949年：企业主115，工人85。如果它是个男性，那他就会亲吻玛丽安妮·赫尔德，或是可爱的、志同道合的康尼，她更合年轻人的胃口。有时候他也会为此歌唱，甚至经常！他唱一首短小的流行歌曲，他叫彼得·克劳斯。常常会出现滑稽的混淆，于是人们放声大笑，突然搞明白，克里斯蒂安·沃尔夫实际是总经理的儿子，尽管他看起来不像，他的观众什么东西也不像，也确实不是什么。康尼天真可爱，很快爱上了他，那时他似乎还一无所有。这正好说明康尼的心和性格，它们才是重要的。看电影的人额前油油的鬓发晃动着，就像公鸡尾巴

---

[1] 三人均为奥地利演员。

在打着拍子，它们在姑娘的抚摸下很开心，她们要么是发型师学徒要么是未来的秘书，在她们的手心里他们现出原形，不是学徒就是青年职员。人们不再愿意像他本来的样子表现自己，这就是得出的教训。电影院里的主人公们有时候故意掩盖自身的一部分，完全难以捉摸。有时候姑娘的手更深入地抓向苍白的器官，它从未见过光，最多就是一条游泳裤，它常常因为总是坐着的工作太累了，一动也不动。有时候很快就充盈，也不过问一下伺候这个器官的人的感受。只要能射出来就已经很满意了，不要射到手心里，是的。

有时候长着巨乳的伊迪斯·艾尔梅也露出自己工厂主女儿的身份，本来在她身上是看不出来的。但是观众心里一直都明白，而且对这种可笑的混乱情形很开心，一个人出于一上来的误解产生伟大的爱情，把另一个人看成是最好的，爱情最后取得胜利。我们从未因为误解使刚刚萌芽的爱情受到威胁。谁也不知道下一场爱情什么时候会到来，如果能找到一个已经是一种幸福。

许多年轻的观众自以为是中心人物，因为在这部电影里隔壁的那个女孩是女主人公，他们幻想拥有自己的汽车或者踏板小摩托车，可他们的父母还几乎无法让受到战争破坏的生活恢复正常，他们在困境中胆怯地让生活有所改变。还能用吗？还是已经生锈？根本不可能生锈，因为父母没有时间歇息，他们必须重建他们的国家。这时，自私的愿望只有选择沉默，只有对一个新吸尘器、新冰箱、新乐柜的愿望允许说出来，一笔买卖、一种变革会因此而发生。买卖早已进行，但是什么也没有改变。不久前，一张格拉茨的社民党传单呼吁肃清罢工领导人，一场变革被扼杀了。现在只有广告还在空中飞扬，它们至少让城市形象变成令人愉悦的五彩缤纷。

露特·洛伊韦里克含泪亲吻 O. W. 菲舍尔，玛丽亚·舍尔含泪亲吻 O. W. 菲舍尔[1]。一颗母亲的心含泪看着烤煳的星期天才吃的烤肉，不小心把它烤焦了。肉很贵，是奢侈品。阿尔卑斯山经常出现在画面中，一首民歌也想引起人们的注意。这对双胞胎居住在瓦豪或达赫施泰因，她们不停地唱歌，直到她们找到合意的男人，然后和他退回到私生活中。她们的观众感到安慰，因为这些过着光鲜生活的人也只有一个私生活，和他们一样，失去了这个，不会得到新的。关键是私生活要过得健康。人们一定会尽可能努力充实他们的私生活，一些人在沃尔夫冈湖的别墅里，另一些人在一幢居民楼里或在巴塞

---

[1] 三人均为德奥籍演员，常联合主演爱情片。

纳区，这取决于他们的决心。但是尽管这对金发的克斯勒双胞胎有两条命可以使用，她们的腿就像她们的名字一样美，也就是说，她们有两条，但是每人只有一条。彼得·韦克开着新的欧宝赛车很快就消失了，像它的名字一样。刚刚他还是一个人，现在却和迷人的、带着两个小酒窝的科尔尼·科林斯坐在车里，她正紧紧靠着他，妩媚动人。她要和他共处几个小时，也许就这么一直待下去。换作他人也不会离开，因为要找到伟大的爱情得花上很多时间，如果爱情一旦出现，就不该让它很快逃之夭夭。电影院里的姑娘们也从不这么做。她们总是尽可能地待很长时间，人们只好粗鲁地把她们打发走，她们为爱情的痛苦哭泣，玛丽亚·舍尔也常这么做。不时出现个只是半强不弱的男人，他决意捣乱，把啤酒吐得到处都是，痛揍别人一顿，然后回家，在家里被痛打一顿，这样平衡就产生了，还有稳定性。路上有很多人咒骂他，主要是骂他那件脏了的皮衣，他很喜欢这件皮衣，他节省了很久才买下它。反正他知道得不到科尔尼·科林斯，因为她已经属于彼得·韦克，但是他很想试一试。还有那个早已上了年纪的海因茨·康拉茨，这位地区名人终于亲吻了一个女孩，他其实还是更合适上了年纪的人，因为他具有一种人的品质。那些并不重要的上了年纪的人已经不再参与生产过程，本国的明星对他们就够了，不需要外国的客座明星来忙碌了。他证明年纪大的人有价值观，年轻人只有外表。年轻人唾弃年纪大的人和他们的观念，但是几年以后他们就明白了，因为他们自己也老了，安定下来。汉斯现在也老了些，但是他一直都没有安定下来。安定下来后他们甚至为自己买个私宅，如果他们承担得起。太阳像往常一样下山了，玛丽亚·安德加斯特和某个人一起唱二重唱，我忘了是谁，会不会是阿蒂拉（保罗）·赫比格呢？彼得·亚历山大和卡特琳娜·瓦伦特唱二重唱。卡特琳娜和西尔维奥·弗朗西斯科，她的亲哥哥，唱滑稽可笑的二重唱，做着鬼脸，看上去她今天又很开心，开心得连她自己都无法相信。洛丽塔唱着一首水手歌，然后和维科一起唱二重唱，他也在做着鬼脸，让人觉得他脸上除了牙齿，其他部分马上就要掉下来。水手让人想入非非，旅行社的营业额节节攀升。维科转动眼珠，直到人们看见眼白，他很开心，就像癫痫发作。如果他继续这样，人们就必须给他在嘴唇中间塞进一个木块，把舌头拉出来，这样的话，天才的瑞士歌手就不必窒息而死，否则他伟大的未来将提前结束。年幼的小鹿斑比们受到惊吓，在屏幕上僵硬地走动，长长的腿儿很可爱，它们被从地上抱起，紧紧贴在穿着紧身衣的胸脯上，舌头伸出来，翻着白眼。没有女主角能让斑比站在地上，这是野生动物。人们太喜爱它了，森林边上的小鹿，它们快乐地站在那儿。在这里抱起它的是瓦尔特劳特·哈斯，哈西，她演的角色是金头发的孤儿，找到了一个不错的小主人，教堂里的牧师。她本该被诱骗的，但是事先溜走了。电影院里年轻的女售货员们哭着夹紧了她们的双腿，正在摸索的车工和焊工的手完全被夹住，没有了活动余地。手想进去，但是它进去的地方却是爆米花袋子，在美国刚刚发明的，装得满满的，溢出来了，因为里面太多了。练习了很多次的袭胸行动这次被扼杀在萌芽状态，因为康尼，这个快乐的玛丽安妮要参加音乐学院的考试。人们和她一起流下业余练习辛勤的汗水，这是自觉自愿的汗水，比工作的汗水要舒服。她，康尼，虽然接受的是严肃的古典音乐的教育，但是更喜欢在夜酒吧里唱活泼的流行音乐，在那里音乐学院的校长发现了她，这下可把他的得意门生的过错尽情地嘲笑了一番，她很快要嫁给一个富有的年轻人，尽管她现在还在拼命反抗。在这部电影里，康尼有时会大声地发出呻吟声，这不符合她的天性。她的天性是无忧无虑、开开心心，就像年轻人应该的那样（恩斯特来得够早的），但是爱情的痛苦甚至也给她增添了许多烦恼，人们不相信它，但是人们知道它很快就会消失。毕比·琼斯和彼得·亚历山大唱起了爱情、爵士乐、幻想的二重唱。她们想在蓝色的海边造房子，鲜花簇拥。这个恩斯特可惜回家越来越晚了，他要的是单身，但却更应当结婚。最后来自瓦豪的四个女孩子也出嫁了。但是没有瓦豪的帽子，因为她们要嫁的是城里人。但愿他们不要考虑太多经济的因素，城里人常常这样，她们本该嫁给来自乡下的某个人，他知道价值是什么，从哪儿可以获得，也就是说从自然中。

汉斯的妈妈敲了敲信封，打断了她儿子的胡思乱想，因为她想提高他的思维能力。她没有成功，他只听摇滚乐，他的朋友赖纳常常向他解释摇滚乐。赖纳拿了杯金巴利苦艾酒和苏打的混合饮料，解释现代音乐的作用原理，而汉斯更愿意让原理发挥作用，赖纳说着一堆废话，妨碍他这么做。赖纳也说过谎，说他本人认识一位音乐人，但是这根本不是真的。他压根儿不认识什么音乐人，就是吹牛。这个赖纳常常对随便什么话题都要大谈特谈，没有哪个蠢猪会对这感兴趣。现在妈妈也要唠叨试图让她的儿子视野开阔，这是徒劳的。今天和过去一样是历史课，汉斯早就腻了。妈妈打开一本书，没有感情地读道：1950年10月6日，星期五，先令兑换美元从14∶1贬为21.60∶1，据说证明了，所谓这一年的工资和奖金收入完全弥补了价格上涨是一场骗局，是对人民的欺骗。（这没关系，只要先令还在哈维卡和毕加索酒吧流通。）妈妈继续做报告，工会中许多社会民主党的干部退出了他们曾经热爱的老党，因为他们已经再也无法容忍和反动的人民党一起反对斗争的工人，心灵上受不了。作为社会主义者被一个社会主义的工会书记骂作猪，那就必须离开这个政党。等等。就这样，妈妈一边感到无聊，一边工作，好像她这样能挣点钱，事实也是如此。她需要钱。她最好能做些有趣的事情，但是她太老了。未来属于年轻的劳动力，现在也属于他们。就是在过去也是年轻人最先入土。他们从未被忽略过，他们始终在前面。旧事物变得让人无法容忍的时候，就必须开始一些新的事物。汉斯觉得他的旧生活无法容忍，想要开始新生活。如果一段不堪忍受的婚姻让人无法容忍，就必须从婚姻中走出来，汉斯想，他是在一部美国电影中看到这些问题的。通常他更愿意看德国电影，不是为了支持本国的，而是因为它们没有被一大堆问题所困扰。詹姆斯·迪恩的电影进展太快，常常跟不上，还没等你弄明白一个问题，另一个又出现了。最好是快刀斩乱麻、一了百了式地分手，也许会让人异常痛苦，没完没了的恐怖。汉斯想起了安娜和她的阴道，想到老的一定被新的替代，通常好一些的已经在等待，否则就好好保持原状，但是人们为了较好的新事物放弃它。这取决于合适的时刻，什么时候、什么地方应该分手。必须听从心灵的声音，它一直说出人们自己的愿望。汉斯的心大声呼唤索菲，他做了个跳远，在超过四米远的地方落在沙坑里，太棒了！汉斯为私人的问题操心，他的妈妈为公众的问题操心，这些问题没有意思，它们不能带来明显的好处，只会耗费时间。工作也耗时间，完成一项工作得花时间，但是可以拿钱回家。人们会为了钱发现本质，人们会逐渐培养一种对本质的感觉。汉斯开始要搞清楚他对索菲的感情，电影里往往花很长时间，然后突然进展很快，豁然明朗。

索菲，别名薇拉·契肖娃，别名卡琳·巴尔，她们非常不容易亲近，又非常出色，她们为了一个男人的缘故，在未干的沥青路上干了些大大小小的坏事，这是错误的道路。汉斯说，停下，走另一条路，不是这条不诚实的道路。她们同意了，明天就和他一起离开，在她们的生活中开始做一些好事，而不是非法的事情。汉斯引导她是因为他爱她。一个勇敢的救济机构的工作人员伸出了援助之手，在这种情况下汉斯根本就不需要帮助，因为他对很多事都具有意志力。有时候一个人被枪击中，死在地上。不必非走到这个地步，非拔枪不可，事先必须争取情况的逆转。犯罪并不是幸福和发迹的必要条件，它将这两者排除在外。要想发迹必须值得信赖，这第一步汉斯已经做了，索菲信任他。紧接着第二步。赖纳有时候吹牛有手枪，据说是他爸爸的，只要他想就可以拿出来，这表示他又在吹牛皮，对赖纳这点人们是很清楚的。但有时候他爸爸让没有驾照的他开车，这又是真实的，汉斯自己看到过。这可能会带来可怕的后果，死亡、受伤或者赖纳受罚。

卡琳·巴尔被人追赶着跑到一辆汽车探照灯的灯光下，汉斯急急忙忙地跟在索菲后面，抓住了她，把她摔倒在地，让她明白，诚实保持的时间最久。很快她就相信了，薇拉·契肖娃的雨衣很时髦，是一种闪闪发光的料子。一个男人也可能穿它。

母亲请汉斯把她热的汤从炉子上端过来。她的脚疼，得把脚翘高。她把纸撒到四周：1950年9月26日，星期二，维也纳大约二百家企业罢工，八千名示威者冲进警察封锁的巴尔豪斯广场，在总理府前组织了集会。

9月27日，星期三：在维也纳、格拉茨、斯塔尔和其他工业地区，特别是维也纳新区和圣珀尔腾爆发了声势浩大的游行和集会，罢工达到了高潮。汉斯端来了汤，悄悄地吐进一大块口水，搅拌，整个端给妈妈，好像他什么也没有吐进去。

1950年9月30日，星期六，在弗罗里茨道夫机车厂的装配车间全奥企业职工委员会开大会。一共有2417人参加，至少90%来自企业职工委员会。他们提出了以下几个要求：1.撤回涨价；2.先令不贬值。政府之后要求捍卫遭到工人阶级欠考虑的行动破坏的自由,他们并没有被暴力行动者吓倒。街上非法的障碍物也应被拆除,从工厂里赶走那些狂妄的入侵者。这场罢工据说被击溃,之后才有工人的未来,即普遍的富裕。大家都知道,工人切下了最大的一块,尽管他们实际上受之有愧。妈妈还要再读些文章。

汉斯起身,走了出去。走的时候他好像无意地把一大摞报纸、书籍从这个受过教育的工人家庭的厨房桌子带到地上。汉斯没有把他弄得乱七八糟的东西捡起来,而是飞跑了出去。

尽管赖纳还没有驾照，他父亲有时也让他开自己的车，其实他们根本就承担不起一辆车。父亲没有经济基础，只有原则。他因为欺骗性破产受到过判决。他很难接受不可阻挡的滑坡，在最小的苍蝇屎里又获得希望。但是他却能容许他未成年的儿子没有驾照就开车。关键是汽车，这也是赖纳的意思。他只可以在送他父亲的时候开车，在极少的情况下才为自己开车。这个残废荡进小轿车，又荡出来。这是个复杂的耗体力的事情，忙得上气不接下气。今天就是这样的日子，他突然做出决定，要去瓦尔德区的茨韦特尔。因为地点的缘故，他刚一做出决定就开始在卧室里折磨他的太太格蕾特。卧室是丈夫和妻子发生男女关系的地方。他拿起马鞭，他早期众多纪念品之一，其中还有一把刺刀。儿子和女儿没有听见母亲的声音，只有轻轻嗷的一声，但是他们早已清楚，她又因为婚姻上的过错被抽了，这特别是以不忠为表现形式。婊子，骚货，我一离开家，你马上就会和别的男人睡觉。那个男人就是楼下的商人，我观察过。但是很长时间我都没留心了。奥托，除了你，我没有和任何男人睡过觉,你已经让我满足了。你活着就是为了和那个阳痿者在一起的时光!不,我不是为了这些活着,我活着就是为了我的孩子和他们的教育。你瞧,承认了吧。我承认什么了,奥托?不管怎样,我就是要打你,好让你记住,不敢再做了,就算你没有做过,我也要打你,好让你不要产生这样的念头。可是我从来没有做过,别打,奥托,嗷!这就是兄妹俩听到那个嗷的一声。

赖纳说:安妮[1],我们该做些事对付这头老猪。可是安娜说不,我们能做什么呢,这些老家伙,随他们吧,我们还是关心关心我们自己吧。他会把她杀死的。他该这样,少了一个,第二个马上就得进监狱,他一定会在那儿孤独地翘辫子。那样我们就彻底解放了。但是他有手枪。那又怎样呢。这个家伙可是太胆小了。

妈妈急忙跑到厨房里去准备周日丰盛的早餐,她没有受到孩子们的保护,青一块,紫一块。安妮准备今天多多练习钢琴,然后和汉斯去散步。赖纳要把他爸爸送到茨韦特尔,那个地方很吸引他,他身体上需要发泄一下。他试图对他妻子不忠,虽说不会成功,但无论如何可以花钱再搞件干净的衬衫。爸爸他总像是从包装盒里

---

[1] 安娜的昵称。

走出来的。他一直想找年轻些的女人，比还很年轻的母亲还要年轻很多，因此他给自己加上个优雅的德语语调，想招来别人的兴趣。走了，出发了，快点，快点了，否则今天就又去不成了，我太想马上就到瓦尔德区。你开车，小家伙，你是我儿子，除了你我就只有一个女儿。晚上你可以和爸爸一起下国际象棋，安娜不可以，她缺乏逻辑思维系统。很遗憾当爸爸想去瓦尔德区的时候，做儿子的就必须放下康德、黑格尔和萨特的哲学作品，上帝也无能为力。我回来的时候要是看到你又和那个商人睡觉，我就杀了你。今天我不会大喊大叫地警告你了。你对此越来越不以为然了。不，今天我的警告会是冰冷而严肃的，我要用我的那把施泰尔左轮手枪杀了你。我完全有权利。奥托，看在老天的份上，不，不，我认识这个商人，他的婚姻很幸福，除了买东西没有进一步的关系，我总是匆匆忙忙，没有交换过一句私人的话。但是你换内裤，所以我才有这种想法。我出门前换内裤，纯粹为了干净，都有味道了。我除了你和孩子们没有其他人，我要给孩子们带来良好的教育，我可是出生在有名望的教师家庭。

安娜感到一阵恶心，她坐到钢琴旁，想在音符的国度中找到遗忘，她找到了，因为搞音乐必须要集中思想。父亲说，这是讨厌的声音。她却是母亲的宠儿，母亲感觉很有女人味,就像她一样。

父亲和儿子坐进轿车里,通常可以坐四个人,但是今天只有两个。一个在这边,一个在那边。一个感到无聊,一个很疲惫、忧心忡忡的样子。他们开车从北边的公路干线出发,进入大自然,那儿有一个出名的郊游酒馆,在那儿可以认识女人,她们先是一个人来到那儿,离开时常常不是一个人。前面已经出现平缓、被森林覆盖的山顶和草原,水库在里面,这是这个和捷克斯洛伐克交界的远方的地形特点,在那儿已经能够感受到邻国阴冷的空气。越往北空气越阴冷。这里的春天才刚刚到。闻起来应该是冷杉针叶,好像买来的喷雾剂的味道。房子越来越稀少,经济很糟糕,属于经济灾区。鸟儿提高了嗓门,发出警告,不要发生车祸。小鹿在地平线上出现,很快又满怀厌恶地消失在它们世代居住的大自然中,因为到处充斥着汽车尾气。看来这已经是个问题,而且还会越来越严重,因为今天还没有达到一人一辆的程度。太可惜了,人们得忍受汽车,大自然本身是多么纯洁,父亲诙谐地说道,好像他之前没有拿谋杀来威胁过人。

现在他是行动不便的人,任由开车的儿子摆布。你是我的宝贝,格蕾特她也没给我带来第二个。有些男人总是给你妈妈拍色情照片,我有机会给你看这些照片,是你看过的最下流的。如果不是陌生男人做了这些烂事,我要说，这些照片就不会显得这么没有艺术性，但是这些陌生人的淫荡用意让一切了无效果。呸，见鬼吧！

儿子动了动下巴，没有说话，捍卫母亲也没有什么意义，那样鬼爸爸只会更猛烈地攻击她。现在他已经恢复平静。赖纳的手指关节在方向盘上显得很苍白，好像它们要从皮肤里冲出来一样。只能想想索菲了。今天因为爸爸和他出游的兴致没能去看她，但愿她没有去见其他男人。他们早就想谈谈加缪了，谈谈那本论述荒诞和癫狂的书，现在根本不可能了。瓦尔德区在诱惑、在发情，问：你从哪儿来？大城市吗？你来对了，这儿是乡村。

父亲对儿子的沉默非常恼火，骂他乱伦，你大概也和妈妈有一腿，我是怎么出门为你们辛苦劳动的？

一个个村庄出现在路旁，很快消失在身后，很遗憾没有选择在它们那儿用餐，而是选择了另一个村庄。茨韦特尔尽管比较大，而且还在一个水库边，其质量并不比它们好多少。茨韦特尔终于出现了，给人留下它常常散发出的不错的印象。甚至还提供一个修道院，名叫茨韦特尔修道院，不可以参观，因为战争中受到严重毁坏。周日城市的生活歇息下来，非常舒适。父亲和儿子吃了一份不错的肉排加黄瓜沙拉，每人喝了杯啤酒。他们待在一个独特的、颇具纯正乡村风情的饭馆里，父亲已经和邻桌黑头发、丰满且最多只有二十五岁的姑娘调情，她是一个人，一个漂亮的小姐。父亲赠送给她一块沙河巧克力蛋糕，上面有特别多的奶油，还有一杯葡萄酒。后来又是一杯咖啡。那个姑娘咯咯地笑了起来。嘿，漂亮小姐，和我们两个怎么样啊？（比单独一个要好！）即使我伤残了，我也挺得住，尽管只有一条腿。咯咯，咯咯，嘎嘎，她换到父亲的桌边，他又叫了两杯甜烧酒，充满爱的吻，混合覆盆子和奶油的蛋黄利口酒。很贵，味道很可怕，爸爸已经为她花了这么多钱。儿子真想马上呕吐。父亲把这个胖姑娘高高的发髻摘乱，手完全插进这个鸟巢里，请允许我放肆，哎呀。行啊，师傅，嘻嘻。那个姑娘打量着儿子，他看上去像个学生爷。儿子呆呆地盯着花里胡哨的塑料窗帘。那个残废人仔细打量着民族裙装下面，那儿这么多年一直都在等着他。他的手向上吃力地伸到黑暗的高处，他的儿子这时在明亮的高处，在那儿他作了首诗：你们在这里摇晃，内心苍白的无赖。我是伟大的助手，朝着自己呐喊。我住在后天的图像中。

父亲的另一只手停在乳房那里，那儿几乎就要走光，很快他们就要一起离开这里。但是老板这时出现了，他和父亲一样也是个战争参加者、地下工作者，他乘兴慷慨地送了父亲一杯酒。父亲得到赠送的时候从未拒绝过。

他已经有些情绪高涨，讲了个很难听的笑话，问这个姑娘是不是够年龄干妓女的活，无论如何她做这事够笨的。咯咯嘎嘎，一阵尖笑。先生，您可以教我啦。虽然您什么也学不会，但要是有人还能教您点什么，那就是我了。哈哈哈哈。嘻嘻嘻嘻。

大伙又问了一遍他已是小伙子的儿子是不是已经耍过，还是从来没有，是不是允许，父亲骄傲地答应，他要传授给他技艺，问了这一通后，快乐的小圈子终于散了。但是赖纳从未做过，只有他妹妹可以知道，因为他的话常表达相反的意思。要是按他说的话，他一定常常和许多不同的女孩在一起，她们一定早早就被赖纳甩了。从这种事情上可以看出赖纳缺乏社会适应能力。他说的谎都像是从书上学来的，他读了太多的书。谎话都是从那些书里来的。宁愿要一个当学徒的儿子，也不要一个在高级中学上学的好说谎的儿子。

那个姑娘正在挥手示意，她叫弗丽达，在一家糖厂上班。结局不好，全局都不好。我本该轻松地和她睡觉，只用一根手指，不需要其他什么。爸爸在流口水，把一只手高高地伸进星期日才穿的裤子里，裤子刚熨过，但是不会保持很长时间的。在裤子里他的手指忙碌地动来动去，已经很久没有用来干活了，最后一次还是在战争中用来杀人。现在正好相反。父亲揉搓着阴茎，想要射精。这样，饱餐了一顿的他会感到轻松，然后他就会闭嘴睡觉。但是这会儿他还要谈一下女人阴道的质量。有时潮湿宽大，有时又会干燥紧绷，必须要先把它们撑大。小子，好好听着。但是他必须像样地挺着，否则是没有用的，就像这里，这是不是很棒的家伙？一个红色的蘑菇在上面好奇地探出来，也许整个会噼里啪啦打在挡风玻璃上，然后再擦掉。

赖纳咽下自己的反刍物，可没有之前那么好吃了，那时肉排还是完好的、没有咀嚼过。这个人和我母亲什么都做，他想。她一定把这当成婚姻的义务容忍着。如果我要和索菲做这种事，一定和这完全不一样。

父亲加快他的速度，喘着粗气，有规律地打着啤酒味的饱嗝，或者放着让赖纳特别担心的臭屁，老破车。赖纳把车开上支路，朝着水库开去，他已经离自然很近，它打开了诱惑的深渊，要把他吸进去。绿色是刺眼的、危险的，这么多绿色，就像是菠菜巨大的空洞。父亲的手关节还在雄心勃勃地机械运动着，最上面的扣子在饭馆已经打开了，现在是其他几个，一个运动空间还是需要的。父亲迅速接近高潮，儿子走近了水库。在不太温暖的中午，它孤零零的。这个天游泳还太冷，夏天才可以。父亲看着儿子，就像一个男人很理解地看着另一个男人。儿子没有回应，而是看着前方。水面上泛起了涟漪。水发出哗啦啦的声音，这么冷你要进去吗？一对绿翅鸭抬起身，扑腾着翅膀溅出水花。逃命吧，早就知道，一个白痴要自杀的话，没人想再搭上一条命。树就像一个男人沙沙作响。

现在我们俩一起完蛋，太可怕了，赖纳想。踩住油门，马达很快发动起来，还比较弱，但已经足够了。小子，你疯了吗？水面在招手，快乐地冲着他们涌过来，拥抱他们，这个乏味的季节终于可以开心调剂一下了。这里水很深，因为是人工挖的水库。自然界本身是不会带来这些危险的。岸上的石子痛苦地发出刺耳的声音，早春的风景却吼叫着横在他们面前，一块禁止的牌子向他们示意：停下！不要再向前，危险。无数的小生物被碾过，它们轻声的警告一下子安静了下来。不知什么地方的一只看门狗在吠叫，它没有自由，也不知道什么是自由，因为它总是被拴在链子上。它不向往不认识的东西。

一个农妇系着围裙，拿着鸡食在呆望。草开始变得水灵，它感受到夏天的来临。水岸向他们迎来，欢迎他们：哟，真没想到今天还会有这事，本来还以为今天不会有啥事可瞧的了。飞禽在低空盘旋，它们叫唤着，但是没有人听见，因为马达声太大了。

对父亲的谋杀，还有自杀，在最后一刻泄了气，因碎的生活，两位大人和两个未成年人。赖纳想：去明亮的地方，随便哪儿，一个空旷的地方，或者一个明亮些的房子里，那儿四周除了钢管和玻璃尽可能什么也没有。为了能到达明处，他得离开家，因为里面什么也没有，甚至无法在里面呼吸。那里空气很少，而年轻人特别需要大量的空气，来长到他们最终的高度。但是如果没有光，可以自己制造。赖纳常常在学校里说这样的趣闻轶事。他父亲开辆捷豹E型，常常飞到外国去，这些都是撒谎。他父亲一再证实，著名的流行歌手弗莱德·奎因是他的私生子，他为他支付了很长时间的抚养费。这也不是事实。即使赖纳翻来覆去地说，这些无论如何也变不成真相。

光在无边、白色的瓷砖地上滑出泛着微光的纹影，什么在上面？那儿不会有什么普遍适用的最终真理，青春期少年在他的业余时间寻找的东西，尽管他也做不了更好的。在冰凉的地上的是水，和它的本性一样，它营造了蓝色、透光的总体印象，只是这种印象有时因为太多的波纹而变得模糊，真理有时候也是如此。一切非常光滑，感觉不到粗糙不平。就是索菲也在扩散这种光滑，让这种光滑融进人群中。光滑的水面一头很深，一头浅了许多，是为照顾不会游泳的人。游泳教练的哨子发出刺耳的声音，跳水板像弹簧一样被压得嘎吱作响。被压低的叫喊声又抬高了，人们不太清楚，它们是从哪儿来的，要到哪儿去，在这个宽敞的空心物体中无法确定它的方位，回响此起彼伏。上面较高处是圆形玻璃拱顶，赖纳想到那儿去，从上往下看下方的年轻人，他们正互相泼水，但是他到底在哪儿？下面，一个蹩脚的游泳者，很遗憾，这就是他。

但是他得竭力掩盖自己游泳游不好和对太深的地方的恐惧，他只好更多地待在浅水区。这不符合一个像他这样一直深入钻研的人。他在这里没有钻到那么深。这个环境和大多数环境不同，他感到很陌生。安娜和赖纳做很多动作，为了让人家以为他们游得不错。但是他们不会。他们在一米水深处大肆地戏水、撩水玩，在那儿人可以站着，但足够让人看起来也有危险。另外那儿绿色神秘的水，垂直有四米深，引起他们的恐惧，如果他们能够自己直接看进去的话，恐惧也就不可能变深了。人们享受着清洁，通过刺鼻的氯气味，洁净感变得更强烈了。它说，我彻底消灭了我身上所有的细菌和病菌。只有个别的精子和尿液我只得交给过滤器了。我也无法渗到皮肤表面下，消灭年轻人感受到的仇恨和厌恶。水在为它准备的陶瓷容器内来回晃荡，但绝不会从围着的四周溢出来。人也是很难脱胎换骨。许多人在咯咯地笑、哈哈大笑、大喊大叫、尖叫，还有做运动的。一些人以滑稽怪诞的姿势纵身跳进水中，压到无辜者身上，又一些人像海豚似的游泳，优雅、灵巧。安娜和赖纳都不属于这类人。要做其他人都比他们做得好的事情，对他们来说太恐怖了。他们装得挺像回事。但是他们几乎常常得让位子，一会儿有个人从他们下面钻过来歇口气，一会儿又有个人要从他们头上跳下来。谚语说，位子该给能干的人。大胆的游泳者说完后放肆地游走了，孪生兄妹只得停下来，因为他们的活动区域是书本世界，在这里他们是不受欢迎的，既没有席位也没有选举权，只有那个运动员，还有那个受过训练的田径运动员，专业方向是游泳。这不公平，因为事实上这些价值是最低级的。这里要说也有价值的，那就是各自的体格。上面和下面。女人更多的是上面，男人更多的是下面。他俩的发育水平与年龄相当，更确切地说是发育滞后。谈到的正是赖纳和安娜的主性征和副性征，在这里没有平常衣服的遮掩就更明显。这里和那里他们都显得瘦弱可怜。

他们就像在飓风中互相依靠，表现出手足之情。他们共同辱骂一个炫耀肌肉的人，因为他不知道，萨特和加缪是谁，他们住在哪儿（法国）。

深水的那一边让赖纳非常不愉快，索菲穿着白色的、无可挑剔的比基尼游自由泳。泳衣遮住了身体的大部分，但是还是有些部位能让周围的人看见，而这只属于赖纳。

她的泳姿很漂亮，游泳帽包住了她的头发，她独自一人在训练，没有表现出虚荣心，游得那么好的人也就不需要虚荣心了。显然她已经完全忘记了赖纳的存在，尽管他的存在对她应该是不断的威胁，同时也是挑战，目的不是为了在运动中发挥出她最好的才能，而是在私生活中经营他俩的关系，以期得到改善。她的身体跃出水面，又跃入冷冷的、绿色的水中，形成一条弧线，人们称它为潮湿的要素。如果有什么东西绷紧，人们就会说，它绷得像一张弓，但是索菲绷紧她的身体只像索菲，没有弓箭可以办到。像一个打开的、闪亮的别针，从塑料皮中穿出，没有留下任何扎破的痕迹。索菲只在赖纳的心上和安娜的脑袋里留下痕迹，她行动轻盈，只有她的马儿能知道她真正的重量，它经常要驮着她。但是也没有人听到她的小马特尔驰在下面呻吟。

这个圆拱建筑里充斥着一个班级闹哄哄的声音，他们整个班在这上游泳课。赖纳和安娜偷偷观察，好学到点东西尝试一下，正好索菲朝这边望过来。但是他们胆子太小了，不喜欢把头埋在水里游泳，在水里人会感到无助，不能通畅地呼吸，容易败给一个受过良好训练的人。他们更愿意从上面往下观察。一个小伙子，从他的体格判断是一个钳工或者车工，从安娜的两腿间游过去，她尖叫了一声，但是完全消失在哗哗的水声中。她哥哥小心地在水下抓住她，把她捞上来。索菲嗖地游过来帮忙，但是安娜已经缓过劲来。赖纳在簌簌发抖，索菲现在察觉到他游泳游得不行，但是索菲根本没有必要去注意这些事，她只享受感觉，一个人的肉体所能带来的感觉，只要肉体能尽善其能，仅此而已。然后她冲到淋喷头下，她有急事。赖纳和安娜跟在后面，脸色煞白。索菲在淋喷头下动来动去，赖纳站在旁边，大谈特谈他对她的爱情。他说幸福的抽象概念等同于爱情的抽象概念，他在这里又一次着重强调，因为他已经保证过很多次。爱情就是幸福，没有爱情的幸福简直无法想象。如果你意识到这点，如果你发觉一个人完全属于你，他全身心地爱你，他对你很忠诚，不管发生什么事情，那么你就可以说，我很幸福。只有在这个时候，幸福真正的感觉才会让你激动的心颤抖。你学校的作业得了个好分数，如果此时声称自己很幸福，那一定非常可笑。我不明白这种声音，索菲对着这个发自内心的声音说。她用水冲刷全身，好洗干净身上的氯气味，也冲洗听觉系统。她扭动着身躯，像是一个螺旋钻在往钢里钻，不过这个螺旋钻穿着白色比基尼。一个人感到幸福，是他爱上一个人，也因为他自己被爱。性爱的共处比起人心的相通较少带来幸福，是的，就像他，赖纳，曾经有幸向你，索菲，表达过，总体来说性交给人带来的幸福感可能小于一个普通的吻，幸福感常常只表现在你爱的人的简单话语中。小维特科夫斯基把性行为打发得远远的，他喜欢普通的亲吻，但是他不敢提出这要求。性行为的想法索菲还从未有过。她的脸在淋喷头下是如此遥远，好像中间隔着条高速公路，上面是繁忙的周日交通。他只想轻轻地吻一下，可就是这个也没有得到。赖纳不久前还从画报上剪下性感美女画像，但是乳房和身体部分被用剪刀剪掉，只有剩下的那张脸可以贴在荣誉墙上，贴到柜门上。

　　一个巨大的斑驳的光影在瓷砖墙面上晃动，一个愚蠢的不长脑袋的人儿正拿着个小镜子玩。窄窄的跳板、小阶梯和长廊在潮湿的游泳者的脚下摇摆晃动。简直太亮了。安娜坐在地上，把双手捂在前面，因为她的乳房还没有发育。她无语地坐着，很久以来她就时不时陷入这种状态。十四岁时她就有一次在学校突然不说话了。因为她是个好学生，学校特别允许她在考试时把答案写下来。现在她的情况又好转了，但是今天又糟糕了，即便她想说她什么都说不出。因而赖纳是代表两个人说话，他说，他是多么想在以后拥有索菲一次，很久以后，当他们两个都足够成熟做这事的时候。现在还不行，因为需要耐心。但是以后。一旦你不是出自人的本性，甚至要在所谓自由的婚姻中强迫自己寻找幸福和爱情，那它们绝对不会出现，索菲。后者来到淋喷头下，让水喷洒在自己身上，好像她就是出生和成长在潮湿的要素中，一种感觉，在任何环境中都可以从她身上感受到，不管哪儿，在地上，还是在空中。索菲没有理睬这个问题，轻轻拍了一下赖纳的肩膀，去穿衣服了。她走哪赖纳都跟着，从这到那，从那到这，让她突然觉得好像他单独一个人没有办法去他想去的地方。她又拍了拍他，就像是对一件家具或者一只小狗那样，给我让开，这条道是我自己的路，我要独享，你找自己的路去！

赖纳说，就像《浮士德》里说的，工作是不能让你幸福的，它最多可以让你满足。工作是热恋中的人转移和发泄部分郁积的活力的工具。听我解释：我相信我不会错，如果我说，你爱过，正在爱，或者至少你能够适应一个正爱着的人感情生活。如果你这样做过，你就会知道、明白、感受到、察觉到，工作能让你从你年轻的心承受的压力中得到片刻的解脱，因为这一刻你思想集中到工作中。如果你在一个你爱的人的身旁，一种最深沉的宁静感就会向你袭来，转而就又让位给强烈的不安，这种不安如此强烈，会让你的双手发白，轻微颤抖。就像现在我这样。赖纳靠在栏杆上，栏杆正好可以保护他不落入水中，他不是个经过良好训练的游泳者。他的骨节处又白了，就像他刚才正确解释的那样。这样你就会生活在两种物态、两个阶段中，它们不断转换，这两者就是幸福。水的物态是流动的，赖纳的物态是半干。

妹妹心情糟糕地蹲到他的脚边，什么也没说，什么也没问，只是在她死一般寂静的心中，她决定不要过不久再去游泳，因为她的要素不是水，而是音乐的波涛，一会涌上来，一会又退下去，但是从未消逝。她张开嘴，但是什么也没有发出来，没有话语，也没有音乐声。沉默。

水没有接纳她，而是排斥她。游泳池里发出刺耳的尖叫。一个人太粗鲁，跳进站在那儿的一群人的中间，将他们拽倒，这群人只是哈哈大笑。在孪生兄妹潮湿的脚底下形成难以置信的光滑的水面，像蛇一样悄悄溜走，他们的脚底找不到任何支撑的地方。艺术曾经是他们的立足点和支撑物，却被某人阴险地从这里赶到不知名的地方去了。

安娜重新张开嘴，但是什么也没有，又是什么也没有。如果又要以笔代言的话，她就会选择自杀。

赖纳认为幸福和爱情是一致的，它们是无法描述的感觉，或者最好是这样的一种感觉。对这种现象的描写都是不充分的，无法代替真正的感受，亲爱的索菲。安娜想用爱来回答,但是不行,尽管她想到了答案。

她和她的哥哥吧嗒吧嗒地向他们的更衣室走去。索菲已经从一间更衣室里踢踏着出来,完全穿好了,也梳好了头发,仍然潮湿的鬈发别在鬓角处,很可爱,赖纳很想温柔地在上面抚摸,但是这种小小的表示也许会玷污索菲。她看上去这么可爱,索菲。但是她立马走开了,对他们说明天见,今天我有急事。明天我们可以好好谈谈,我会好好想抢劫的事。这些话让约尔格游泳池今天带来的明朗的感觉变得阴郁起来。刚刚还闪闪发光的明亮,现在已经是毫无光泽的黑暗,因为索菲走了,也许是永远走了,也许只是明天上午在学校之前。

赖纳和安娜的房间是自己家用薄薄的隔板隔出来的,这样这边的一切可以传到那边,那边的一切又传到这边,十几岁的孩子没有隐私可言。人总是在别人的注视下长大。比如说今天,安娜身体上非常想得到汉斯,而赖纳把耳朵搁在隔板上,想从中学点东西。在十几岁的年纪通常都是这样,年轻人认为,没有人还能教给他们什么。索菲当然和妹妹不一样。索菲应该是情人,从某个年龄起对哥哥来说可以替代妹妹。但愿这种交替在恰当的时候完成,好让年轻人完好无损地离开父母的家。

快脱衣服,我现在就要你(安娜)。过后我还要听新的唱片(汉斯)。现在他们已经练习过几次,比刚开始的时候好多了。事先需要玩点花样,然后再插入安娜身体里,在里面拱来拱去,就像在一个装着旧袜子的抽屉里找到两只相配的。不是没头没脑地和对方性交,而是很有修养地、巧妙地探进去。我嘴巴常常不能说的,我用我的心和我的身体说(安娜,神经症地),因为愤怒让我完全说不出来。嘴唇沉默,发出低吟声:爱我。汉斯也在低语:嗨,太棒了,我们这么干,一流,还会更好,想一想，我们为此等了多久，马上你就会满足地叫起来，像轮船汽笛叫唤。

赖纳在他这一边精神恍惚地从墙上肮脏的镜子里打量自己：像往常一样，今天他又在练习控制面部表情，没有表情变化，也不表露出来。他练习脸部表情一动不动，这样人家就不可能从他脸上了解到他的情绪变化，可能适应这种变化。他的婶婶常常说，他对什么都不满意，对为他做出牺牲的父母也不满意，甚至对父母最不满意，就算他们对自己的孩子过分挑剔，常常在外人面前表现出来。他只想听最新的爵士乐唱片，既不知足，也不简朴。您相信，他会穿普通的鞋子吗？不，他不会，他只要穿最时髦的尖头皮鞋，那种鞋会把脚弄坏。也不穿老式的正装裤，而是穿蓝色牛仔裤。因为零花钱必须节省（父母也可能把它马上扣下来），他不得不到奶奶那里或者上面提到的那位婶婶那里讨点钱，好买牛仔裤，或者做些小差事来赚钱。这会侮辱人的人格，迫使人对那些可怜人实施抢劫袭击行动，因为没有其他办法。现在赖纳也没办法，他不得不听着安娜怎样叫得此起彼伏，噢，真不错，汉斯又是怎样发出咕哧、咕哧的声音，噢，你的阴道，安妮，它真不赖。真合拍。汉斯认为，一定要经常这样干，遗憾的是干的次数太少了。他一直都可以的，但是在她父母那儿可行不通。这还是十分熟悉的妹妹吗？她这么有兴致？哥哥自问，从他的小镜子，墙上的小镜子看，他丝毫不动声色。

他马上坐到写字台边，在一张纸上无意识地写下些吹嘘的文字，第二天他会在班上散发。他的父母不久前飞到加勒比湾，在那儿晒成棕色，遇到了一些有趣的游客。他们一直在游泳，在白色的沙滩、蓝色的海边散步，还常常追逐海浪。来回路上都乘飞机。我把这些写下来告诉你们，是因为这是我独特的表达方式，这是一种要用这种方式告诉你们的欲望，即使它本该保守秘密。可惜赖纳没有朋友，只有同学。尽管这样，同学也可以了解加勒比湾的事情。

安娜在隔壁开始号叫，听起来令人恶心。虽然精神上赖纳与她是一个思想，肉体上却没有达成一致。她含糊不清的性欲满足的叫喊就像是树脂一样紧紧粘在一个人的身上，听起来吱呀吱呀！现在！可能汉斯此刻正射到她里面。她要这个爱炫耀肌肉的人，这个蹩脚货，让他把它倾泻在她里面，还进行有机的处理，人家会用手甩掉，然后偷偷用冷水清洗弄脏的床单。赖纳从未带过任何同学回家，家里看上去令人恶心，也的确如此。他为他出身的家庭感到羞耻。现在赖纳还在以给索菲写爱情诗的形式继续撒谎，细致而微妙。题目就叫爱，同样无助地继续，因为他处在自闭的状态。好，言归正传：爱。你的脸庞不分白天黑夜在我的眼前晃动，亲爱的（意大利语）……信的开始向你坦白我的爱……脸红……你听到我的爱的保证。吻……我亲吻了你鲜红的双唇，蜡烛在我们面前闪烁，我们望着明亮的烛火和打磨的杯子。除了眼镜片，该上哪儿搞到打磨的杯子，只有掉了瓷的瓷杯。脸部表情在很大程度上受到控制，正是赖纳所要求的。

在隔壁的屋子，其实充其量也只是个小房间，汉斯嘟嘟哝哝、磕磕巴巴地说着些无关紧要的话。汉斯就是个大白痴。妹妹一定是觉得这情形太愚蠢了，所以她也许不会回应。这个读过巴塔耶原文的妹妹此刻看来已经把这个家伙完全丢在脑后。赖纳自称这边房间是青年屋，它的墙和这座穷人房子的其他墙一样，由许多笨重的东西堆起来，因为什么东西也舍不得扔掉，全是些破烂，总想着可能还有用，或者什么时候，谁知道几年后会不会用到。正前方是一台旧冰箱，它的门多年前就被一个残暴的人拽了下来。里面有苹果、猪形储蓄罐、一块只有一根指针的手表、几副不戴了的眼镜、一只花盆、不同的洗涤剂瓶、装在一只塑料桶里的餐具、一把剃须刀、装在花花绿绿的塑料袋里的化妆用品、一只烟灰缸、一个里面什么也没有的钱包、几本翻旧了的书、几张漫游地图、一只装着针线的瓷碗。赖纳的脑海里汹涌澎湃，棕红色的脚、修长的腿，走进来，是索菲的脚，第二双脚，现在同样变成棕色了，进入视线，是赖纳的脚，也走向大海。在大海面前人都是一样的，富人和穷人。游泳是很自然的事情，潮湿要素在赖纳的白日梦里和他通常所处的干燥要素一样可以忍受。

噢……汉斯和安娜正在二重唱，赖纳觉得，这不是对这种情形的一个特别聪明的评论。汉斯现在一定盯着她的脸，发觉她已经神不守舍了。在一只旧纸箱里有一把同样很旧的一战时期的刺刀，是一件昂贵的纪念品。刀刃部分长二十五厘米，够长了，根本不需要再长了。赖纳想让安娜给自己拍张照，拿着这把刺刀摆个搞笑的姿势。他要像在击剑中把刺刀当剑拿，但是这样肯定让人感觉笨拙，他不谈论哲学问题时总是显得有点笨。现在刺刀静静地躺在为它准备的纸箱里。和它躺在一起的还有坏了的玩具，一台幻灯片投影仪，想用来放映度假的幻灯片，但是从来没有什么幻灯片，因为没有度过假，还有乱七八糟的一大团。赖纳的内心已经完全脱离了这个家庭，表现形式就是抢劫袭击无辜的人。

啊……现在隔壁的声音变花样了，不过是同样主题的变调，没有新东西。赖纳继续练习：尽管仇恨，但是脸上毫无表情；尽管心怀极强的攻击性，但是手却没有紧张；尽管贪婪和愤怒，但是嘴却没有变形。

咿……安娜在叫唤，又达到性高潮。谁知道这是第几次了，令人称奇。今天夜里赖纳肯定又得手淫了，放松一下紧张状态，尽管很违心，完全在黑暗中，就像他平时生活的那样。

赖纳和无数同一个时代的十几岁的年轻人一样有许多共同点。他只是未成年人，从未得到他想要的，而且要求的比他能够得到的多，也许当他不再只是个未成年人，而是完全长大时，他会争取到。毫无希望，他是这么看自己的。他去年曾经有一次为了证明对他的体育教师的信任，就把一两首自己的诗给他读，这是一次小心谨慎的尝试，朝人与人之间有时会出现的亲密关系迈出的胆怯的一步。但是体育教师哈哈大笑着在办公室里朗诵这个小小的、确实是还很幼稚的作品，其他老师常常将诗里的一些句子断章取义，以此戏弄这位年轻的作者。

隔壁安娜在叽里呱啦地乱叫，好像什么弄疼了她。肯定是因为难以抑制的性满足，所以常常听起来像是痛苦。汉斯很快也加入到喊叫队伍中，好像两只狼在嚎。动物般的行为不会让人变得高贵。我想，他们现在结束了，在汉斯那里面什么都没有了，他们终于要停止了，把唱片翻过来。

赖纳不动声色、直勾勾地盯着镜子，赖纳同样不动声色地从镜子里望出来，只不过左右颠倒。赖纳站在正确的这一边，他自己的这一边。他谁也不代表，谁也不要他代表，甚至他的班级，他们选了另一个人做班长，虽然维特科夫斯基积极竞选。他们的理由是他是个牛皮大王，爱胡吹自己，总说假话。和同学关系不好，人应该诚实，即使很痛苦，可能还会因此挨打。这样的挨打可以骄傲地承受，因为没有为逃避挨打而说谎。

我自己不会去玩火，因为我有太多的顾虑，赖纳说。很多事情只是在脑子里想想，充实人的思想，一些事还是应该付诸行动。

父亲的手枪套是个小匣子，高七八厘米，长三十厘米，宽十五厘米，铁制的，手枪就躺在里面。下面是赖纳母亲的裸体相片，还有些她的生殖器的近照。父亲随身带着匣子的钥匙。在关于保罗·克洛岱尔的剧作《缎子鞋》的评论作业中，赖纳更彻底地表达了他的观点：后悔不能使人免受惩罚，只有通过惩罚才能到达自由。

这时安娜和汉斯衣冠不整地走出安娜的房间，对赖纳说刚才真不错。很响，都听到了，赖纳答道。妹妹整个身子软软地靠在哥哥身上，好像她要乱伦似的。她不会想的，她刚刚得到了满足。汉斯谈起一种运动方式。之前的号叫的确让他很舒服。

厨房里堆着脏的、要洗的碗碟，餐具的底上粘着一层发霉、长了绿毛的薄片，那里曾经铺过鸡蛋加香肠。正在成长的年轻人常常给自己制造麻烦，但是又无法逃避。家具上满是灰尘，母亲本来应该清除干净，但是她走了。这里的确不能请人来。正在成长的人总是比成年人给自己制造的麻烦要多。就他而言，他受困于他的生活环境。比如说两个人现在也许应该拿块抹布打扫了。

我们还得仔细谈谈我们的犯罪行为，赖纳提醒道。还是算了吧，现在可不行，因为刚刚的经历太深刻，汉斯呼吸都有点困难，像是参加了田径运动，脸上的表情也很复杂。你最好也找个人上床，你的这些愿望就会消失。尽管安娜可能已经怀孕了，这对赖纳来说是奇怪的第一级生理现象，他差不多要吐了。爸爸和妈妈马上就要回家了，要碰上一个不受欢迎的朋友。

这时妈妈进来，爸爸也一蹦一蹦地进来了。你不亲我，我，你的爸爸，他要求他心爱的儿子。儿子脸红了，说不，你知道为什么不。那么为什么不呢？因为姨妈不久前说过，只有同性恋才会同性亲吻。这个小男孩不知从哪儿知道这些，我们在他这个时候可是不懂的！听见了吧，从你妹妹那儿听来的。

天花板连同枝形吊灯一起摇曳，吊灯的两个玻璃底座已经碎了，上面装着电烛，照在赖纳和他的需要上。但是他的需要并没有被消灭，只是被关在了一个没有出路的监狱里。

汉斯已经在科赫街住了好几年,他对乡村童年的回忆已所剩无几了。只有一群穿着工装服和洗得发白的裤子或工作外套的男人,没有什么能让他忆起绿草地和小溪。大城市是冷血的,只有拼命才能出人头地,让其他人认识和认可。体育有助于此,人们投身于他的球队,甚至还可以获胜!印有轮胎痕迹的黏土马路,还有乡村的人和动物都退到了它们该待的地方。科赫街给人一种城市的气氛,今天它又接纳了他,把他吸进了真正的走廊,走廊搞得很实用,让工人们在这里感觉舒服,找不到任何多余的东西,让人的视觉愉悦,也想在生活中拥有这样的富足。

没有装饰、没有三角墙、没有凸肚窗、没有小塔楼、没有石膏浮雕,这些都是给已近消失的绝望而死的市民的。简单刻板源自存在于战后重建中的冷静的严格,住在这里的工人已经完成了重建工作。诗情画意可以用全家福、小鹿的画片和轻便家具来营造。这些家具传递着新时代奇特的声音,它们是颇受欢迎的新式乐柜。人们分期付款买下它们。每个居住者允许自己创作诗意,设计师在墙上和天花板上留出地方，好放图画和雕像，放哪儿，这取决于个人和他们的成熟程度，上面、下面或者边上。

汉斯走了进来，立刻就发现了纯粹的朴素。一切毫无特征，只有母亲的工作给这留下印记。几叠信封躺在四周，败坏了这种印象。有一些地方，它们没有背负使用的缺陷，从它们的深处漂浮出家具的小岛，就像大块漂动的浮冰，对此汉斯已见识过。索菲就拥有这样的空间，他已经在里面逗留过好几次，因而也总是妨碍索菲做某些计划好的事情。但为了取悦他，她愿意这么做，因为他们之间有某种东西，时刻都在发展。并不仅仅是她的环境让索菲和他认识的其他女孩不一样，她就是这么特别，在人群中他也能认出她，即使穿着工装外套他们也会马上迸出火花，就像流行歌曲里唱的。

汉斯说这话的意思是，即使索菲穿着工装外套，不仅仅是他。在家里汉斯碰上了两个年轻工人队伍中的同伴，他也属于这个队伍，不管他愿不愿意。他们正拿着海报和一个糨糊桶，在搅拌胶水。汉斯见状并未心动。最近他总是在公司里换好衣服才回家。在街上他是唯一穿着裤子和毛衣的。以前他也是穿着工装服骑车回家，如今是把索菲送的衣服套在他的肌肉上。这些衣服有些宽松，在某些关键部位显然已经起了褶皱，尽管汉斯小心呵护，母亲在熨板上不断地努力消抿，这些东西还是一点点失去原本不错的外形，现在终于适合汉斯了。它们最初的拥有者如今在牛津，肯定又已经买了新的。肌肉从哪儿来和到哪儿去是有区别的。

汉斯的肌肉进入电流，在那儿被分解，转换成纯粹的能量。汉斯常常会嚼一片雪白的、四方形的葡萄糖片，来补充消耗掉的能量。最近他似乎靠此维持生命，它很纯，形状方方正正，就像索菲，运动员爱吃这种东西，叫葡萄糖能量补充剂。滑雪运动员和网球运动员熟悉它们的用途，经常服用。

汉斯走进来，立刻冲进他的小房间，脱下外出的衣服，小心翼翼地搁在一旁，换上家常衣服，尽管他半个小时后很有可能重新套上羊绒毛衣出门。他又回到客厅，同事们正在里面晃荡。通过几个星期以来的新交往，他能比以前更老练地和各种族、各阶层、各民族的人打交道，以前他只认识他自己的种族和阶层。这里的年轻同事意味着倒退到早期的生活，因为他们来自于自己的阶层，也将停留在那儿，一眼就可以看出他们不会有什么出息。母亲给他们煮了咖啡，好让他们暖暖身子，到处都是涂得厚厚的面包，她儿子也拿到一块这样的面包。拿着桶的年轻人拥有热情和社会主义，汉斯则拥有抱负，非常强烈，这让他能够逆流而行，甚至和强电流斗争，这是看不见的对手，汉斯和每一个阻碍他前途的人斗争。他放上一张新唱片，这样就可以不听往日的旧唱片，那上面显然有一道裂痕，发出不和谐的声音，而且这两个人一直说着同样的话，即使他们是不同的人，他们却没有自己的生活，没有个体性。他们没有注意到，汉斯已经从一双双手的长链中抽身，这条链子正在传递水桶，递到前面着火的房子前（人们看不见房子，但是它存在，否则也就没有桶）。汉斯脱离了队伍，干脆走了，后面的那一位必须提得更远些，填上空缺的位置，但是这也就是一切。它们表示一段时间以来，和正确的联系在一起的时刻来了。

汉斯想，如果他足够成熟，他要和索菲结成夫妻。汉斯的手非常粗糙，十四岁他就开始干活。他的指甲里沾着污垢和汗水，这两者已经成为一体，就像肉体和精神成为一体。汉斯自从认识了索菲，就想认识这种两者的统一性。在索菲的指甲上根本没涂指甲油，她没有必要，她没有什么需要隐藏，也根本不用隐藏。

母亲在一次坐车郊游中认识了那两个小伙子的父母亲，她想让汉斯也认识他俩，因为他俩表现出一种理智，是汉斯所不具有的。应该加入一个组织，一个个人什么也做不了，只有团结才会强大。汉斯说，这样的组织他已经找到了一个,而且他在那儿因为他的特殊才能得到赞许,这些才能在其他人眼里并不被认可。在这个组织里没人能代替他,也没人会把他认错。

打篮球时我作为投手和防守队员一样不可替代,而我的工作谁都一样可以做,生活中也是这样,这是集体生活的一个例子,在集体生活中工作是一个弊端,人们一直劝说我,这是一个必要的弊端,我没有工作也能生活,也许更好。我只需要索菲。要是她爱我,我甚至可以放弃工作。

他说完了这些,鄙视地看着可怜的、格外涂上厚厚一层黄油的面包,又是人造黄油,没有香肠,呸,可恶。他粗暴地对两位同事说,个体必须解放,不要无情、匿名的组织,人们消失在这样的组织中,再也无法出现,除非当上了组织头头,或者整个组织是量身定做的,就像是他自己的组织,他一起参加了组织的建设工作。

他一直都没有吃面包。我交给你够多的钱,可以买像样的黄油或香肠。人们终究要成为个体,这是一种新型的工人,现代的工人。就是这样的工人我也不再想当了。老式工人永远都存在,个体的工人需要更多的空间、光、空气和阳光,就像鲜花、绿草和大树沐浴着它们才能成长,个体的工人要学习重新评价它们。他在政治斗争中完全忽视了它们。现代人也应该将体育放在重要的地位。

母亲犯了重大错误，和每次生气、无法再控制自己儿子时一样，她又谈起集中营，谈起正在吃苹果的小孩，他被人往墙上抛去，直到死去，谋杀他的人接着吃他的苹果。谈起那些受尽折磨、被从二楼摔下来的孩子们。谈到那个和她两岁孩子一起被赶进毒气室的母亲，因为她之前请求医生，让她生下这个孩子。医生允许了。还有我和你父亲的许多朋友在州法院被砍头。我一直都记着他们。

汉斯夸张地打了个哈欠。这些他已听过很多遍，他认为，时代已经变了，人也有了新的烦恼。特别是年轻人，未来是属于他们的，他们要共同创造未来。

两位同事脑子模糊一片，尴尬地在桶里搅拌着，好让胶水保持稀软，不会变硬。胶水需要一定温度，在外面是做不到的，而只有在厨房的炉子的保温盒里才能暖烘烘。他们不知道该从什么样的角度来接纳汉斯，他显得那么自信，显然其他人已经占有了他，让他为了他们的目的加入组织。屋外一阵凉风夹带着阵雨嗖嗖地穿过街道，树被雨水打湿，被风吹弯了腰。这就是自然的力量。许多来自工人运动的看不见的手抓住这两位拿着糨糊桶的小伙子，推他们向前，好让他们向汉斯摆事实，讲道理。现在有些正从他们的嘴里说出。但是他不听他们的，只是聆听自己内心的声音，它在说，人们必须一直深入到存在的根源，理解自我，然后才可以理解别人。要是你们以为你们在还没有认清自己之前就可以为其他人做些事，那么你们的头脑也太简单了。这可是基本的前提。有时候需要做些事，也许第一眼看上去甚至很愚蠢，但实际却不是，因为它们对于一个人来说是非常重要的。我的新朋友叫赖纳，也比这里要纯洁[1]。客观上并非如此，维特科夫斯基家破烂不堪，但这位头脑发昏的年轻人看不见这些。谁是赖纳，母亲问，她忘了自己过去问过一次。他父亲过去在党卫队，汉斯答道，现在领退休金，还干看门的工作。他的孩子和索菲一起上高级中学，我以后也要上职工夜校。你刚刚还说要做体育教师的。我现在不想做了，人总得超越自己。

抬糨糊桶的人没有说话，他们得马上走了。外面的雨小了，但雨水还是让玻璃不停颤抖。同样的雨水肯定也在拍打着索菲的窗子，花园里的桦树在颤抖。同样的雨水会马上带去爱的祝福，传递给她。索菲肯定坐在灯光下做着作业，汉斯多么想也能这么做，但是他既没有

---

[1] 赖纳的德语发音和纯洁近似。

学校，也没有真正的作业。

你不用一起去了，两个去贴海报的人说着站起身来。你也去，母亲劝道。在这样糟糕的天气，不，谢了，就是天气好我也不去，那时该去打网球。

你的工作可是一直都让你很开心的。它让你成为工人阶级真正的一分子，就像站在你后面和站在你前面的人，一支源源不断的队伍，他们将创造新时代（母亲语）。

你发疯了？开玩笑吧。手工劳动是职业的原始阶段，赖纳说过。他、安娜和索菲说，他们学过，人类只有摆脱纯粹的手工劳动，掌握方法利用工具或其他手段来使工作变得轻松，人类文化才能得到发展。没有大脑的工作就不会有文化，这是最重要的。

母亲说，她要发疯了，两位贴海报的人也这么说。我们目前对他无能为力，这是我们的看法，泽普太太。那就再见了。我们得离开这位受到挑唆的同事。他也许以后会明白的，但是我们没有太多的信心。这种情况我们遇到的越来越多了。

母亲说，你们有时间的话再来。我们会说服他的，你们等着瞧吧。现在你们是得走了。

刚走出去,外面的狂风就展开双臂席卷了这两个人,连同他们的桶。但愿海报不会被刮走,它们都是纸做的,也不防潮。一层塑料膜不足以保护它们。反正雨已经小了,墙就会特别潮湿,沥青又会像在电影《潮湿的沥青》里那样发亮。这位同事也曾经一起参加了电影拍摄。

母亲说,但愿为我们的事业而牺牲的父亲能知道这一切。

他不是自我牺牲,是被杀害的。否则他还活着。他得到了什么?我肯定不会自我牺牲的。我读赖纳的那些关于痛苦的书,比我想起我父亲在毛特豪森走向死亡的痛苦来得更真实。

你今天还要出去,汉斯?

这种糟糕的天气?现在坐在马背上都不可能看到哪怕是只有五米远的地方。再说了,现在外面又要起雾了,让人什么也看不清。在马背上是一个不同的自由的原野,世上所有的幸福都集中在那儿,和我拜访住在农村的玛丽婶婶完全不一样。待会我也许还要去爵士酒吧。

我看着你的时候,就会觉得我白活了,你父亲也白死了。但是当我看到刚才那两位同事时，我就知道是有意义的，但是我自己的儿子没能给我任何意义。

反正死是徒劳的，而且它以生命为代价，汉斯感到很风趣，咯咯地笑了。

他根本对那些陌生人没兴趣，因为他只对自己和索菲感兴趣。

把我吃掉吧，也许恶劣的时代又要来了，受到鄙视的人造黄油面包在一旁提醒道。但是汉斯更相信美好的未来，对它的提醒充耳不闻。

赖纳失去自制，迷失于他勾勒好的上帝宠儿的轨迹里，还是不久前的事。那以前，天主教的信仰取代了他生活中很多的东西，现在他想用暴力夺回来。他的妹妹安娜最近一段时间越来越经常地变成哑巴。有时候她又重新爆发，把挡在她路上的大多数东西一起冲刷掉。他们俩今天躺在安娜的床上，互相紧紧抱着。他们让现实的风拐到被描写成农舍的厨房，而让往昔的风在这里盘旋。赖纳也许要在这里打破禁忌，乱伦的禁忌，想要看看到底会不会产生出什么，但是他没有打破，那就该打破其他的阻隔。这个未成年人要亲自把它撕裂，因为在这个堕落的家里不允许任何自由的风气蔓延。

赖纳还是个孩子时，除了搞些恶作剧外还在教堂里充当辅弥撒者，现在这是厌恶的永久源泉，对此的回忆不会结束。"现在去当辅弥撒者"，爸爸的命令刚出口，他就已拔腿而去了，因为父亲酒后的精神恍惚比受尽折磨的膝盖下冰冷的瓷砖更让人痛苦。冬天早上六点的冰冷和神甫先生打人的手掌。他从来不使用辅助工具，比如衣架或拐杖，啪，又是一记耳光，因为拉丁文的课文搞得乱七八糟，而且还给出了一个或几个放肆的回答，其实那时根本没人提问题，只有人下命令。这会儿他拖着白色的、镶着花边的长袍，上面是黑色的领子，看上去就像一个女孩子。这之上有一些肖像，大部分和上帝、圣母玛利亚有关，不同的制作方式和材料。形状主要是圆形，因为这些是巴洛克时期生产的。天主教的青年队聚在一起，发出咪咪的笑声，他们正乖乖地挤向青年之家打乒乓球，从学生的喉咙里唱出严肃的颂歌，歌声中洋溢着成长为一名天主教青年队成员的骄傲。最近也可以看电视了，大家起劲地看。教堂总是有最新的东西，也用来针对它的成员。金色的透明画和带着圣女像的旗帜，女孩子穿着深蓝色的百褶裙，一切都发生在不受欢迎的彼拉里斯腾教堂。他们常常同声说，上帝召唤青年。刚被召唤他们就已经到场了。因为青年拥护基督教，在这已经变成非基督教和没有思想的世界里是需要勇气的。赖纳也是青年的一分子，可惜是最坏的，在他身上本质的损耗可以明显察觉出来。他去上帝那，但是很不情愿，尽管正是他被召唤得最多，因为上帝知道他的弱点，也清楚他的反感，因此上帝特别大声地喊他，赖纳！赖纳！听到这他马上开始在瓷砖上呕吐。要是他上了彼拉里斯腾高级中学，上帝肯定高度评价他。但是他父母没有钱交学费。有钱的辅弥撒者从来没有挨过巴掌，这种事聪明的赖纳立刻会注意到，他总是很留意这些事，而不是不顾周围的一切拼命专心地祈祷。教堂拿走它得到的东西，保留下来，它不会把东西送到需要它们的地方。赖纳不需要伤疤，需要爱。上帝自称爱他，但是他没有感受到，感觉到的只是耳光。

但是每个星期天父亲都用他残留的那只脚把他重新踢进法衣室，好让他穿上漂亮的服装，站在生气勃勃、兴高采烈的青年唱诗班中，在婶婶和奶奶面前表现自己。上帝特别爱唱诗班；因为它听起来还没有疲惫不堪。婶婶和奶奶狂热地爱去教堂；在五月和圣斋期还要增加一班。为了这个小伙子在圣坛虔敬的侍奉已经破费了，好让他什么时候能够买双时髦的尖头鞋或是一件套头毛衣。可惜这偏偏对他是最重要的；从中可见其浅薄幼稚，他还得学习走向内心深处，走向自我。在超大的空间里传来脚的擦地声，这样的空间正符合上帝的大小，人们虽然看不见他，但是他却需要特别多的空间。左边站着男孩子，主的年轻的男仆人，右边站着女孩子，主的年轻的女仆人。首席长老站在中间说道，亲爱的上帝刚刚把这些小家伙召唤到自己身边，即使他们也许打算在这段时间做更好的事情。辅弥撒者在布道时坐着休息，大多数人都在想着淘气和乌七八糟的事，还有学校的小事，上帝无所谓他们在想什么，他也清楚这些小家伙的烦恼，他在听着。但是赖纳在想他，在想上帝本人，为了向他倾吐自己的烦恼。不久前他居然是赖纳最后的希望，因为什么都不行了。当然了，耶稣应当做出安排，但是人们不仅仅要祈祷，还要供奉，赖纳可不想投钱进去。这太靠不住了。为什么他要高高在上，不坐在下面，在生殖器坐着的地方，人们相信耶稣既不允许摩擦它，挤捏它，也不允许按压它。不管是自己的，还是陌生人的。这时赖纳知道根本就没有这个生殖器，因为他父亲有一个，要是没有的话，母亲也就不可能蒙受耻辱。这样讨厌无比的问题就迎刃而解了。

赖纳的记忆里只有一张还算和谐的画面，很久以来就留在记忆中。一个年龄稍大些的青年队女孩给一个小女孩在她的祷告书中找到要找的地方，然后一直抚摸着小女孩的头。赖纳看到这，内心变得很平静。多年以后他在浴盆里（厨房里临时摆放的浴盆）还想起这件事，当时，他已经是个大孩子了，他的母亲还给他全身打肥皂，这样他就可以全身都很干净。不仅内心是上帝的孩子，外表也得是显而易见的上帝的孩子。尽管身为上帝的孩子应该一切都很纯洁，但是他还是感到很不自在。我可是你母亲，是我把你带到这个世界上，在爸爸面前也不需要躲藏，他和你具有一样的器官；在同样的位置。在赖纳的喉咙深处发出一声低沉的吼叫，就像一只狼在嚎。

但也就是允许他自己打肥皂以后，赖纳感觉终于成了被欺骗的人。

赖纳错误地追求和谐、平易近人，还有美貌，他对他的同学们常常谈论美貌，虽然他这么做不合常理。为了让他们理解他，他谈论起和谐时，总是出现高级汽车、飞机旅游、正在亲吻的父母和熠熠发光的水晶玻璃，这些摆放在他们家里供人参观。人们是根本不可能买到这些的，这些并不在人的身上，也不是它们本身。但是同学们都不相信他的这些话。

来吧，小家伙，你应该洗洗干净。安妮也没有扭扭捏捏，自己母亲做不就像自己做的一样吗。你就继续不好意思好了，无论如何害臊都是健康的。

我们都是一样，也就是由血和肉组成的人。但是你不是，妈妈，你和亲爱的上帝一样没有肉体，只有爸爸在肉体上侮辱你，因此我说，这样的肉体是没有的，就像把性感美女的色情照片钉到箱子上之前，先得剪掉下巴以下的部位。要是杀死了肉体，然后把它放在新鲜空气中，肉体自然很快就会发臭。这个小子！快把自己擦干，这件事你可以自己做。

管风琴响起来了，赖纳擦干自己，这时不可以往自己下面看去，目光应该直视前方，人们做的一切事情都要符合一个高等生物的尊严。当你长大时，很多都会变的，有一些会彻底消失。

安娜想用音乐把大多数的东西表达出来，今天她已经弹奏了舒曼和勃拉姆斯，明天也许是肖邦和贝多芬。她嘴里不能说的，音乐来说，还有那些来源于亲爱的上帝的，就像许多作曲家（如布鲁克纳）所认为的。赖纳给她读过一些他以前日记本中的记录，其中说道，只有经过长期和充分的计划和准备，才能做出伟大的成绩。那时这句话对他而言是普遍适用的，就跟这里写的一样。接着：1.我计划做什么？我伟大的目标在哪儿？ 2.哪些可能有助于这个目标的实现？

那时赖纳还想接触一些技术方面和自然科学方面的东西，如化学。现在他只想更多地伸进别人的钱包里，以后做日耳曼学者的工作，附带写写诗。最高的原则可能是（这里写着），自然科学从来不是目的本身，不是他的思想和行动中唯一的领域，而是在一个较大的、全面的系统中占有一席之地。他要，就像日记本里写的，拥有比人类思想更高的准则。不管怎样都一定是准则。基督教信仰对我而言也许是我整个一生存在的基础。我看到了自己的任务，作为自然科学家将基督教思想渗透到我通过化学进入的这个领域，并将这两个领域进行综合（至少部分综合，正如他真诚地补充的），为了上帝更高的尊严。安妮，注意听！人们不相信它，不相信。努力的结果一定会是化学为人类的幸福服务，让人拥有人应有的尊严而存在。我在其中看到了一种可能性，投入我全部的天赋、力量和能力，用我的一生去实现基督的博爱。上帝请恩赐于我，让我实现这个计划。

安妮，你怎么看呢？！以下前提：1. 化学、数学和物理最佳配置的知识以及基督教的思想财富；2. 德语、英语、俄语、法语的最佳配置的语言知识。那样我就能够成功（你说的真是笑死人了！），始终保持谦卑和知足，但并不是说（不不，不是这样！），我要讨好那些可能会给我制造困难或可能有助于我的人，尽管他们归根结底要违背我的理想。然后我还需要：1. 自我准则（哈哈哈哈，尖叫，哈哈哈！），兄妹俩笑作一团，笑得都要吐出来。最后提到的应当是一个过程，不断地发生在对环境的反省中，你可以想象我写过这样的东西吗？不，安娜说。至少还说了一个字：不，新纪录！一分钟后安娜又重新可以像个鹦鹉一样说话，但是没有人知道安娜内心的点点滴滴。

亲爱的上帝从无数的画像和天花板的湿壁画上俯视

他的两个不成器的孩子,他惊讶于自己怎么会创造出这些东西,在宗教课上又能教给他们什么。信仰还是在赖纳心中另有一席之地,如果他诚实的话,他得承认他还没排除上帝存在的可能性,即使他和加缪用虚无替代了上帝。他还没有消失,无数的神甫甚至和他的家庭有着良好的私交。

来吃饭了,孩子们,话音刚落,大家就在饭桌边坐下,准备享用受欢迎的晚饭了。赖纳要对父亲说什么时,他一直都是对母亲讲。告诉他,我要马上夺去他的拐杖,他就会摔倒在冰冷的石头地上。我要作首诗,在这里没有发现立足点。但是,你可以选择一个舒适的农家小屋的地面,或者一个石头地面,安娜说道,以她的情况来说,她说的这席话已是相当平易近人了。父亲马上像只发火的公牛叫起来说,他要马上打断他的腰,如果他说话这么失礼的话。儿子被击垮了,在地上转来转去,而他(父亲)一直还能单脚蹦着或者跛行。他说,他随时都可以让他从高级中学里滚蛋,因为他是这个家庭的经济支柱。母亲端上土豆泥和糖煮水果,说,爸爸过后不得不向别人承认他应该让他的儿子当普通的学徒,而不是去上高级中学。奥托,对吧?!我马上也得把你打得鼻青脸肿,格蕾特,我像他这么大时就去做违法的事了。

今天我还在干，我的桌上有许多房间的钥匙，这些房间我随时都可以进入。

赖纳龇牙咧嘴，就像一条愤怒的狗。机制的农舍十字架上的耶稣基督忧虑地从晾晒的衣服中看着这一幕。荆冠压得很沉，因为气压计显示有风暴，气氛也一样。暴力将导致我们犯罪。安妮，你不这么认为吗？但是不可以激动，犯罪不是发泄，而是必须冷血地投入它，避免激动的状态。你完全是对的（安娜语），因为这样犯罪本身就成了次要的了，虽然它应是主要的。

在农村式样的大箱子里有很多儿时的破烂玩具，这个箱子大得可以装下整整一头被宰杀的猪。这些玩具和这个屋子里的一切东西都被保存并加到少年时期令人窒息的空虚里。没有人会真正感到快乐。在赖纳旧的日记本上还写着，任务（一直都是这样）很伟大，但是这不就恰好刺激我们去动手解决问题，并最终赢得力量吗？这需要自律、尊重、宽容，还有放弃。今天赖纳欺骗了每个人，每个想听的人，以及其他人，欺骗他们他本来是什么也不用放弃的，因为他家里拥有一切可以得到的。但是这里写着，他将通过放弃变得富有（难以置信！），他要达到思想的高度，什么样的高度，这里写得很清楚，刺骨、新鲜、净化空气的风可以吹到的地方。呸，见鬼吧！所有被净化的在他今天看来只是眼前一丝冰冷的穿堂风。路德教堂圣母玛利亚的风景画在救世主的脚下蜷缩，它也适合这儿，不适合放在他的头上。这是穿堂风干的好事。心形陶瓷瓶里的圣水汹涌澎湃，晃荡出来。同样也是路德教堂的十字架念珠在青春清新的风里轻轻地摇摆，这是一个女邻居施舍的。清新的风儿来自同样充满活力的生活，但愿不要早早就被中断。

母亲作为产妇和家庭主妇处于很困难的境况，在宗教中找到慰藉和帮助，父亲默默地容忍了这事，尽管上帝也是男人，就像他的名字的意思。他应该不会和母亲发生密切的关系，上帝。她一直追求着他。

赖纳从来不想那些据说存在的下流照片，尽管听说是陌生男人让他母亲干的。这已经从赖纳的意识中消失了，就像进入意识时那样快速地消失了。据说是些生殖器的特写，看不到的东西也就不存在。

糖煮水果几乎被爸爸一个人全吃完了，孩子们还在长身体，爸爸已经长好了，而且都已经残废了。母亲一口也没吃到，可这到底还是她弄出来的。

外面讨厌的云彩聚集在一起，随时都可能遮住天空，涌进了这一天的夜晚。

孪生兄妹紧紧搂抱着一起离开农舍，走进音乐的世界，这是一个唱片机发出的音乐，艺术家是家里有间陋室的农民的反面。安娜又沉默了，赖纳进入了狂躁的侃侃而谈，他试图以这种方式占有世界。诗人是他这个领域的国王，属于他的是幻想王国，这个王国占有无边无际的空间。

这家咖啡馆是典型的中学生咖啡馆，因而很多中学生喜欢待在那儿。他们讨论宗教或哲学的问题。女学生们去爵士音乐会，举办晚会，然后在一场美妙的教堂音乐会后亲吻。一个中学生在一张大理石桌旁对他对面的人说，现在也许是时候，他们的关系，从刚开始的一面之交有所转变，女中学生还称它为同学关系，而对男中学生而言，这是令人费解的矜持。他隐约感到这将赋予他们关系的坚固性，他也如实说了出来。就在上周四的晚会上他又一次意识到，这个男学生小声柔和地说，他更为象征意义感到高兴，这些象征可以非常直接地表达出人们用语言根本无法表达的。

汉斯注意听着以外语进行的对话，用余光扫视着水粉画颜色的冰激凌、压缩茶包和巧克力小壶，但是很快又像受了惊吓似的收回了目光，他发现没有人欢迎他的目光。

男学生接着对女学生说，谁在那个 3 月 27 日亲吻了谁，也许就连最狡猾的历史学家也查不出来。

汉斯对自己说，那个是什么意思，什么叫狡猾，历史学家指的又是什么。

女学生说,她为假期感到高兴,伟大的日子,这是她的第一个舞会,看来进行得很顺利,从开始到结束的最后一分钟我都在激动中度过了这个夜晚,留下了美好的记忆。我们一起跳舞,一切让我感觉如此令人陶醉和美好。这两位中学生使用过去时,尽管他们经常强烈地使用,但是在他们嘴里好像是新的。

汉斯还听到旁边的人在厄茨塔勒的阿尔卑斯山滑过雪。这位仁兄肯定没有想过一个真正的男人必须做的和能够做的事。就像他在山上时,头脑里装得最多的是身边的女学生。这种关系也许首先有些难以理解,原因在于,当我看到庄严的群山时,我总有深刻的思想,也许是友谊、爱情和忠诚,它们难道不是人的内心深处的某些东西吗?男学生问,女学生回答,她也去滑雪了,不过在其他地方。两人中间又只有一些写出来的话。还有一份电报,你从未收到过:复活节快乐,吻你千遍,布里吉特。

汉斯要了杯啤酒,又要一杯,再来一杯。索菲已经给他点了咖啡和科涅克酒,她今天穿着深色的百褶裙和深色的毛衣,陷于沉默。汉斯也沉默,但他陷在索菲哥哥昂贵的制服里。他周围纯洁的人儿在说话,说话的是儿子或女儿,说着同样纯洁无邪的事情、行为和劳作,好像他们为此会得到报酬。汉斯不是儿子也不是女儿，因为他是什么也不是的人的儿子。

晨光中斑驳的普拉特公园、湿润的小草、潮湿的树叶、一次早起的喜悦、点头的马脖子、飞扬的雪子、冰川尖角的唧唧声、一个人摔倒后有趣的尖叫声、行业协会组织的享受着潘趣酒或甜红葡萄酒的小屋夜晚、吉他和手风琴伴奏的施纳达诙谐歌、凝望撒满星光的冬夜天空的目光、第一个吻、去摘星星的某个人。

汉斯想尝一下这么厚的有奶油夹层的蛋糕，但是索菲不同意。她也不允许他酗酒，然后大声瞎唱或是朝人吐唾沫。

令人兴奋的汽车旅程，兄弟姊妹中大的那一位当司机，父亲因为毕业考试送了一辆小轿车，以后也会送一辆给你。一间饰有实木护墙板的房间里在开家庭音乐晚会，父亲拉大提琴，母亲弹钢琴，她是个医生，姐妹俩一个吹长笛一个拉小提琴。上上下下洋溢着父母的爱，塞梅林一幢房子的除夕夜，在年轻人大笑、咴咴地笑和亲吻中，这个欢庆晚会需要的食粮被拖到房子这儿，这和干活的关系就像洗车和高炉的关系。汉斯愿意、非常愿意扛更重的东西，重得能让其他人都为他称奇。旅行前的激动心情，圣灵降临节去浪漫的老教堂做祈祷练习，找到失去的自我,过后人们会说,圣灵降临节的气氛是无法描述的。他们总是说,用语言描述一种气氛是不可能的,但是却总是令人难以置信地使用很多的词来描写,人们不该认为只有一个人熟悉这些词汇,他们全都熟悉。圣灵降临节,现在已上大学的男学生说,圣灵降临节让人想到力量,圣灵——或者背后还隐藏着其他什么吗?

汉斯竖起耳朵,肯定后面还隐藏着什么。是对这位年轻姑娘的爱吗?这种经历的魅力是排他的!早饭后讨论忠诚和其他类似的话题,然后一起动手做午饭。接着又讨论义务和好感。一些弥撒曲美妙而深沉,沁人心脾。

汉斯现在还可以再吃一个冰激凌,他用勺子兴奋地在与众不同的,玫红、绿色和棕色混合的粥状物里搅来搅去,小猪猡。我不是个肮脏的东西吗,汉斯问,索菲笑了笑。我现在还要一块巧克力蛋糕。你会吃坏的(索菲语)。还从没有谁看见索菲吃东西,但是她当然会进食,因为她得保持自己,到处走动是要消耗卡路里的。

庆祝生日的晚会上,大家你爱我,我爱你,小的争吵只会加深爱意,而不是像很快冒烟的硝酸那样有腐蚀性。一个清凉的教堂,自由的话语,但没有自由过头,吉他的音乐声,一个团结小组集体,我们必须要和克莱门斯神甫告别了。真遗憾！既可笑又有趣地放着幻灯的报告。星光灿烂的夜晚，在自己地产或者在邻居私有地产上散步。某物，表示新的开始，表示就要绽放的春蕾。寂静是永恒的，喧哗是暂时的。这个要写进日记本里。太阳和互相理解的父母，参观城堡，告别，伤感，但一只眼睛却在笑，因为再见是有可能的，通过有趣的集体游戏帮助人家摆脱伤感的兄妹俩，笑着争吵的兄妹俩，钢琴，德彪西，印象主义的油画，湖，绵羊，森林里的磨坊工人，金色的云彩，背着旅行背包的漫游。计划很宏伟的小幽会，宫廷城堡的祈祷室，爵士乐俱乐部，汽水，游泳池，从镇上的阿尔卑斯山出发，可惜雪太少了，滑雪受的伤，但是又会恢复的，让人忘记病床的玩笑。察觉到的感情，生日的惊喜，聆听菲舍尔-迪斯考唱歌的夜晚。一张必须守护的病榻，已经过去的发烧，参观油画画廊，学校拉丁文作业得到的及格，理应庆祝一下。拜访奶奶。下雨，昏暗的天空，街道的灯光，汽车后座，香肠面包，笑纹，照片，丝绸的头巾，积分算式，西塞罗文章翻译，思考是不是该为了真相让其他人不幸福。什么是真相？什么是不诚实？什么是虚伪？听唱片，烛光里的讨论会。漂亮的衣裳，第一件晚礼服，花钱买下是为了去宫廷剧院，人们很喜欢那里。歌剧中深受喜爱的唐璜。那个人们认识的网球搭档，大力发球的一个男孩，突然在衣帽间把那个人的大衣脱去，他好像变了模样，后来在花园里亲吻了那个人。他跨越了从孩子到成年人的界限。一个严肃的过程，家里要庆祝。就是这个时刻，所有的一切看上去都空了，所有的脸庞都显出其空洞面具的真相，人们站在深渊的边缘，看不到出路，等等，为此痛苦，许多可以精确描述痛苦的表达方式。这个问题当然会在朋友的小圈子里广泛地进行讨论，最终达成共识，问题同样也会自动解决。爱情。只有无知的人会生气，聪明的人会理解，进一步说，人最终最亲近神圣的爱。以长吻封缄某事，和平结束。法文和英文交谈。

汉斯用上门齿在下嘴唇那儿咬来咬去，很快就形成了一个凹洞，这总比原则的堕落要好得多。但是原则上他和索菲是互相理解的。索菲正用吸管喝汽水。她的母亲今天一早在去她自己的银行办事前，又歇斯底里发作了一次。汉斯还是像往常一样摆弄他的肌肉，但不是偷偷摸摸的，而是坐在椅子上滑来滑去，好像他拉在裤子里似的，他朝索菲亲密地眨眨眼，叙述他有过的一次酩酊大醉。当时他的一两个朋友表现得非常滑稽，最后大打出手，一些东西被打碎了。他说话的声音太大了，每个人都在听，没有人听懂，但是人们对于听不懂的东西很宽容，讨论在哪里缺少了宽容。

即使在这儿一个人必须和另一个人分离,他的眼睛也会因为再见闪闪发光,马上就要重逢,再见,轰轰,一辆灰色的大众甲壳虫,打了个弯开走了,但是留下了很多:友情和人的品质。一个女孩正和她的家人吃午饭,家人开着善意的玩笑,突然她像被蜇了一下惊跳起来,迎接她的男友,她已经等了很长时间,他刚从登山活动中回来。接着一家人一起做些事。这样的共同点穿越空间就像穿透厚厚的浓雾,使得汉斯好像得了狂犬病似的。他愤怒地用他的勺子把金属杯里最后一块冰激凌捣烂,他的怒火都发泄到无辜的食品上。描绘跨越冰河,和家人告别。把好笑的恶作剧透露给了热心肠的克里丝蒂娜。去邮局的路,一个半小时的路程,在泽普叔叔酒吧度过的从容时光。一个小男孩正从山上下来,他刚才爬上山。一种特别的感觉,从我这传到你那,又从你那传到我这。奶奶亲切地点头。散步,闲聊,午饭。去落叶林那散步。某个最爱看绿草和蓝天的人。

汉斯陷进水流中,这些水流在这四周从这穿到那,又从那穿到这。那是什么在流动?相关的人都不知道它的名字,至少没有直接的,但有一个间接的,它把所有事联了起来,那就是:你!向着塞梅林的疗养院方向出发,高架桥,隧道。爬到约科尔城堡上,收拾房间,吃饭,午睡,假期懒于提笔,雾层,蓝色的天空,在笑已经根本不再需要的东西。许多可以谈论的素材。共同的理解。

汉斯要咳嗽,他把索菲又给他点的咖啡的一半吐在茶托里,掺和着口水浮泛起来。他的脑袋里有一个大洞,也可说是通常意义上的虚无。中学生们互相聊天时,他们只是为彼此而存在,正是这种外在形式的朴素表现了"内容的无限深度",他俩同声说道。观察别人通常很有趣,为了这个目的坐在树墩上。目标就在嘴边,它的名字就叫爱。

年轻人在汉斯周围消耗取之不尽的存货,目光短暂地碰到一起,暂时安定下来。坐在针叶林中的一棵被砍伐的树干上,享受着阳光,就会忘记钟点,当然不是金色的钟,是时间。

汉斯下意识地朝他的旧手表看了看,担心他是不是把它遗忘在哪儿了。

索菲没有说话,一切对她来说都是一回事。这里,或者其他什么地方,她什么也不缺。不时地和某个熟人打个招呼。要是她和其中某位说上几句,那他们之间就存在特别的共同性。汉斯觉得,在她和他之间存在爱情。爱情让他感动,因为爱情通常让爱着的人感动,但是爱情让汉斯感动得更多,因为他不知道任何他可以用来和它比较的东西。他无助地听任爱情的摆布。

另一个学生在比较两个人，他们相处得很好，像两个完全啮合的半球，一起组成了一个球。说起话来随心所欲，充满相互的信任，得到一个完美的、几何立体的形状。

告别的时候，人们考虑是否不应该表现出像欢迎时的那种感觉，只是馈赠品更丰富，因为人们事先已经从中得到了。

汉斯除了索菲（裤子和毛衣），还没有任何人送东西给他，母亲时不时给他买些实用的东西。索菲问汉斯对犯罪的评价。赖纳想去犯罪，她认为，她现在终于也要做。这里的孩子让我无聊死了，你不是吗？你本来也是习惯其他事，而不是这种学生间的轻松交流。

汉斯就想成为一名学生，他说，他撬开过自动售货机，现在他想过体面的生活，得到他爱的女人的芳心，他没有说是谁，不，不，他不敢说。

是安娜吧，索菲问。不，不，汉斯说，不是安娜，我不会说出来是谁。同时，他痴痴地望着索菲，好让她预感到就是她。索菲没能明白这个愚蠢的脸部表情，问他，他是不是认为，非法行动会让一个人失去自制力。这个词汉斯不认识。非法这个词。

要是我现在还能喝一杯科涅克酒，我就在这儿开始高歌一曲，然后不顾一切地痛打一两个学生。

不，说真的，想着我的手指能够揍一些活人，还真是挺刺激的。汉斯的手指总是只能抠潮湿的石膏像，或是安娜。汉斯说，酒精已经让他感到温暖，尽管他有喝酒的习惯，他曾经一气喝了三升啤酒，哎呀，那时我胖死了，上帝啊！

索菲打量着汉斯，好像她第一次看见他，就像一个男人和一个女人之间总有一次会发生的那样，接着是续篇。她的目光有意识地紧盯着他的脸和身体，好得出一个整体印象。跳舞的季节已经过去，再也没有像通常那样又来到。歌剧院舞会以在头上戴上人造小皇冠的形式开幕，很傻，但是妈妈非常喜欢。现在是休闲时间，可以好好评评汉斯的这张脸。这也是一张人的脸，大自然真是门类宽广啊，索菲在想。极端的左派和极端的右派，两者非常接近，甚至有些像这个汉斯，看样子并没招谁惹谁妨碍谁。自然界有形形色色的风格和形式，以及两个完全不同的性别。索菲来自一个古老的贵族家族。

几个月前，索菲挽着舞伴的手臂忘记了一切，首先是周围的环境，现在她又要在一个完全不同的行动中忘记一切。她已经拥有了别人期望的东西，她一直只是想要忘记它。你不会去干这些的，因为你来自一个不习惯这些的家庭，汉斯对她说，重要的是我让自己习惯，索菲说，我要推翻很多东西，安娜和赖纳也想。但是他们想推翻不一样的东西，因为他们占有的就是不一样的东西。

赖纳根本没有被邀请，但是通过巧妙的提问打探出来，他走进咖啡馆，懒懒地向四周示意，没有得到回应，他马上谈起犯罪行动，这也许有传染性。他不想谈他对索菲的爱，因为汉斯也在场。犯罪的经验已经成熟，赖纳解释道。在加缪的《局外人》中主人公同样进了监狱，他只和索菲一起读过。他被判死刑，听见外面柔和的声音，这是大自然的声音，他对细微的层次变化变得很敏感。这很重要，日常生活常常破坏敏感性，而不是创建。维也纳的行为主义者不久将要（人们事先预见到了）毁灭他们的身体，我们要毁灭别人的身体，这更让人满足。谁自愿毁灭自己只有一次的身体，汉斯问。一个艺术家，他也许要自残。这挺好。我也常常想把自己撕成碎片，然后把碎片扔掉。

我要整个地压在索菲身上，进入她的身体内，汉斯想。他要像与安娜做的那样做，只会好得多，因为多了爱情的存在。

索菲仔细看着汉斯。赖纳想让索菲仔细盯着自己看，而不是汉斯，他将一只刚送到的冰激凌杯子摔到地上。赖纳就要在七彩冰激凌球上踩去，他不喜欢吃，人们失去理智时考虑不到钱，这时索菲说，你发疯了。只要你想，索菲，我就对汉斯说，他该把它吃干净。你今天真是又耍小孩子脾气了（索菲语）。我要马上给你看看谁会把什么吃干净（汉斯语）。

身穿黑白相间衣服的女招待从桌子间急急忙忙跑过来，她习惯于让自己被上层社会的少年当作同类呼来唤去，黑白已经模糊成灰色，因为这样更确切。对这个区别必须要有正确的判断力。有那么些人，愿意和她平等交谈，尽管他们在希琴格高尚区有一个二十间屋子的别墅。他们带着小小的烦恼来找她，主要是些学校里的烦事，她试着给他们解决。任何职业只要认真对待，都可以令人满足。这个工作特别让人满足，因为可以和各种人打交道。在这里可以遇到不错的人力资源。

你也要注意了，汉斯，这取决于方式，而不是东西。

赖纳说，如果生存的物质基础不牢固，那么一次谋杀、一次袭击就不是荒唐的想法，而是理智的结局。

汉斯说，这就是荒唐的想法，不能故意伤害周围的人。

索菲答道，如果她理解正确的话，只是为了暴力行为而做这种事。

是这样的吧，钱当然是次要的事。谋杀只是陷入混乱的事情（赖纳语）。

索菲又说了些话，汉斯接着她的话。他同意她的意见。他说，我和索菲意见一致。

赖纳说，他该闭上他的臭嘴，因为他不清楚思想的对极，不清楚它的绝对自主性和严格的依赖性。索菲打发赖纳去做作业，好刺激他，然后他可以好好想想，他要用抢来的钱给自己买些什么好东西。赖纳大叫起来，他对钱他妈的无所谓，就像索菲对待钱无所谓一样。他和索菲完全一样，也有同样的感受。索菲继续往下说，也许自行车，有教育意义的书，积木模型……现在他该走了，她今天是和汉斯约会，不是和他，他不该跟踪她。

汉斯说，他同意索菲的意见。

赖纳定义道，做指挥的人是不干间谍活的，他手里掌握着所有的线索。他又特别为索菲新写了一首诗，他在诗中了结了基督教思想，知道它永远不再作数了。

索菲说，赖纳做国家公仆时还要作为听话的公务员写诗。汉斯说，他也这么认为，索菲！索菲清楚地感觉到赖纳怎么来，就像手淫时高潮来临之前那样。汉斯说，他同她的看法一致。他完全认同。

你个文盲，赖纳吼道，两眼通红，他的眼前还剩下什么呢，汉斯和索菲已经达成了某种一致，这是在一个深层的面上进行的,不是在他的层面上。

这是浅薄的,他和索菲相反,是深刻的。深度并不是向下,而是进入内心。他说,既不是上帝,也不是他的父母骗了他,他恨他们;是的,他也恨上帝,因此我比你们俩自由!他决定了,没有什么是重要的。但是他们必须先体验这个虚无是什么,就是什么也没有。

我必须承认索菲的观点是对的,汉斯说。现在我要打烂你的嘴,赖纳。索菲拉住了他。赖纳注意到,汉斯是索菲生活中陌生的干扰因素,但是人们却不能把它和陌生的主体混淆。汉斯事实上对索菲是个客体,其他都不是。

他妈的,我忘了我的皮夹子,索菲喊了起来。嘿,借我点钱,明天还你,我请了汉斯。赖纳知道他不可以小气,为了不表现出小气,他马上付了账,没有向汉斯明确指出,是他为他付的钱。

索菲向窗外望去,向一条寂静的别墅街道里望去。

我完全同意索菲的,汉斯说。

夜里，妈妈的嗷嗷声越来越频繁地钻进半大不小的儿子和半大不小的女儿耳里，他们的耳朵现在变得敏锐多了。他们还常听到爸爸说要开枪打死妈妈，因为她做的坏事带走了她的尊严。但赖纳看到的只是她的生命毫无意义地流走了。她从来没做什么坏事，不论是和谁，只要看看她逐渐变形的外表就知道了。妈妈的生命是由无聊的年月一环一环地串起来的，就像低等的阶层也是由一个一个无法脱离此阶层的人组成的。一般来说，他们会原地不动，再向上一个台阶的可能性几乎为零。极少数的几个特例能爬上去，那里的伸展发挥空间会多一点。但也只有这些希望暗淡的二等公民才会在爵士吧里倾听赖纳的高谈阔论，不管是关于上帝，还是关于现代时髦的爵士乐及其结构。赖纳的同学只要一看到他就走开，因为每人心里都明白，等着他们的又将是场无聊的个人演说，自己又捞不上讲一句话。这家伙无趣透顶，只有走开。虽然别人知道的比他多，但他从来不让人家发言。

如果头一天夜里响起嗷嗷声，第二天早上赖纳就会盯着他爸看,看得他爸恨不得马上对目击证人说:"您瞧瞧这目光!他不知会对他父亲干出些什么!"

早饭时安娜指责她母亲毁了她的生活。赖纳则对父亲预言道,他,赖纳,将会亲自毁了他——父亲——的生活。

赖纳有领袖的天性,这是人人一眼就能看出来的,但是却没人肯花一点工夫去领会这一点。但是如果去抢劫,那他毫无疑问是首领。每个人都将眼巴巴地听他讲有关如何实施的种种建议。索菲会最热烈地望着他,萌芽的好感就要成为爱情。下一步是不再对爱情疑神疑鬼,它已降临。

赖纳自己还知道恐怖的滋味,这是他的一个强项。恐怖常以梦的形式出现,在梦里他走在大街上,落叶飘零,将路面完全覆盖。若他作诗,不是被书本就是被天气感染。

今天是校长日,也就是算上学,却例外地不用上课,不同寻常的自由的一天,散落在不同人群匆匆的各色各样的活动里。赖纳早早地离开家去了一个锁匠铺,他想在那让人家配一把开他父亲枪盒的钥匙,为此他先做了个蜡模,虽然水平还属业余级的。他还不太清楚为什么要做这些,可能是为了把手枪藏起来,防止他的母亲被父亲打死。这样的威胁听得越来越多,以前还没有什么值得一提的后果，但谁也不能保证以后会怎样。可是有一样是肯定的，那就是如果手枪没了，枪响就没了。后来，赖纳不得不了解到，配的钥匙既打不开也锁不上，因为赖纳做的事没有一件是成功的，除非是脑力活。也就是说赖纳是思考型人，上帝是信仰型人（耶稣），而汉斯是行动型人，别人得加以指导，他总是在为时已晚时才思考。所以做的多数是蠢事。而赖纳习惯发号施令，指令又自相矛盾，没人能理解，大家执行起来就各行其是，从而和他原来想的面目全非。

半哑的安娜去练习室内乐，她想让她的手指下立起一座音乐的明亮圣堂，而从她的口中很少流出这种连续的音符。她的头脑中满是丑恶行为的阴暗，只是舌头不能听从指挥。安妮越来越瘦，双眼在她日渐模糊的小脸上幽幽地燃烧，就像汉斯在一部具有深刻说教意义的小说中读到的。有时人们也很震惊，在安娜的眼中人们看到的是这一代的了无希望。眼里没有阻挡的后墙，丑恶的外部世界就可在大脑里长驱直入，在那儿肆意糟蹋。安娜和趣味相投的人弹奏海顿的三重奏，她弹其中的钢琴部分。海顿的清晰与勃拉姆斯（或马勒）的阴晦有着天壤之别，安娜的迷乱在低低盘旋，在她的体内安营扎寨。迷乱总是在伤害、杀戮和抢掳的愿望之后出现。下身有一种紧缩的不舒服的感觉，它在说着汉斯念着汉斯。

安娜越来越不容易找到他，但愿他别在索菲那儿，但可能就在那儿。索菲从不跟人搞，哥哥赖纳也把性交看成是对男人和女人的一种降格。但如果索菲出乎意料地和人干了，他就不再认为那是一种降格，而是一种向上的提升。无论如何他还是有希望提高的，前面还有一些东西在等着他，有些东西可惜已经过去了。人们总希望好事还在前面而不是已落在身后。

安娜快速地说着话，每个字连得像日本淡水珍珠一样。小提琴手拉得不堪入耳，安娜对音乐十分敏感的耳朵呻吟着、哭诉着，要求小提琴手多下功夫。今天大家练习音乐是自娱自乐，而不是真正的干活。远处维特科夫斯基妈妈的心在安娜这里停留。她实现了她母亲少女时代的文化艺术梦，她自己无法去实现，嫁给了粗鲁的军官，军官最拿手的是杀戮，装在脑袋里最多的是杀戮的快感。母亲只学了四年钢琴，区区四年对于如此伟大的乐器算得了什么？如果没有更为伟大的管风琴，钢琴简直就是乐器之后了。对于美好的东西，四年是弹指一挥间。相反则可能长得无穷无尽。

赖纳先去了锁匠铺，然后去同学家一起为临近的高中毕业会考做准备，安娜去练习室内乐。赖纳只有同学，没有朋友。赖纳在同学家。

父母在家，快速地拍着照片。孩子不在家，得好好地利用这机会,这一天,也许就是你的最后一天。维先生:今天你就是堕落的女佣,在工作上和私生活上犯了错误,得结实地吃上一顿揍。维夫人:哎哟!(被打青了。)我为你们这样那样,我就是女佣,其他什么也不是。我觉得连裤袜的腰口不行了,我长胖了。前几次我一直装的是淋喷头下的女体操运动员。

维先生:你不能把这种严肃的工作叫作装。因为我只有一条腿,行动范围受到了限制,但如果一个人能把他做的事做好,那就得严肃对待。

维太太:我该用个道具吗,奥?

维先生:这下你又把我摄影爱好者的自我定位给搞乱了。害羞也是错的,就像你做的那个样子,你恰恰应该能做好的。要不要道具,我不能马上就决定,因为艺术家得等待灵感的出现。现在灵感没了。你刚刚用你的"装"严重地损伤了我作为摄影家的雄心。

维太太:我不想损伤你的雄心,奥。

维先生:你伤害了它,就为这我得用拐杖来打你。

接着就打了上去,不过只打到了墙,在那满是瘪印的墙上又留下了一个小洼坑,因为夫人及时地跳到旁边去了,归功于她在许多类似的情景中锻炼出来的应急反应,一个例外的正确的反应。留下的洼坑有很多的同伴,它们在以前相似的动作中应运而生。这下,本就已满是裂纹的墙在结伴的小坑的糟蹋下，更加显得不成体统。

说来稀奇，一天还有第二个部分，第一部分上午非常好，所以第二部分就叫作下午。下午在午饭后就上场了，在它进行过程中，赖纳言辞丰富地对他爸爸预言，他终将毁掉他的生活，爸爸的。

父母穿着盛装做客去了。父亲一如既往地像是从盒里走出来似的。每个礼拜买一条新领带，衬衫如刀锋一般，一件熨出来的凶器。说来说去，他还是一个善于征服女人的男人，名声远扬。老娘像是从垃圾桶捡出来的，浑身上下的衣服斑驳得很，互相之间绝对各不相投，就是在这些衣服的鼎盛期，它们也从未相投过。父母两人去看一个远房的姨妈，她对赖纳的目光总是不寒而栗，某种刺人的、阴险的东西。姨妈认为他会去干任何事。赖纳听了这些很高兴。

父母离开家到外面，心情轻松愉快。孩子们留在家，同样也很高兴。今天安娜想换换口味，拍了一会儿照。上星期赖纳在索菲那儿看到一张她在牛津的哥哥的照片，他上身穿着击剑服，手持长剑。现在赖纳手持一把定位运动用的小刀，本来它是把退休了的旅行刀，竭力摆出索菲哥哥照片上的姿势：一个弓箭步击剑，一只手拿剑，另一只手在空中优雅地微微弯着。结果可怜不堪。停一下，安妮，我知道了，可以用一样东西来改变我这种可怜模样，就是父亲的纪念品刺刀，他老爹给他的。几乎不能相信，这怪物还有父母，还曾经把他生了下来，制造了出来，但他的确有，证据是刺刀，还是一战时期的。你知道这把剑藏在我们那么多的洗衣粉盒子里的哪一个呢？安妮悲观地问道（今天声门又出声了）。她的眼珠漫无目的地滑动着，胶卷又往前拉了一张。我知道，从上往下数的第三排，从左向右的第四个盒子。如果还这样下去，我们上面就得长满了。最后消防急救队会把一个个窒息了的我们从下面挖出来，这些破东西够用上一辈子了。箱子在一排排摇摇欲坠的盒子中被打开来，他们把刺刀从它躺着的破破烂烂的刀盒里拿出来后，一切又从头开始。用这么一把凶器（刀口长二十五厘米）效果要好上一倍，本来也就是。一边说着，安娜已按下快门，赖纳凶残的表情恰到好处。他头脑里想着残暴的东西，脸部表情还不应该仅仅是残暴，还应该反映出这个人爱读加缪，出于世界的苦难而迈向杀戮。加缪是一个存在主义的虚无者，但他信奉上帝，赖纳也曾经错误为之，就是现在他还以此来抵抗世界。但如果有一个加缪也曾经如此来抵抗世界，那还算有个好的同伴。加缪是一个超级虚无者，虚无无价值，所以无意义，依附于虚无，就像依附于上帝，是同样胆小。我认为加缪意义上的荒谬可等同于虚无，加缪将痛苦作为世界的本质，痛苦和无聊，人们都会从自身体验中意识到这两者。关于这些要读一下《群魔》，最好是和索菲一起读。得和心爱的女人一起读，她和其他女人的区别在于，最终她将变成非肉体的存在。安娜和母亲被禁止在死刑时将浸满血迹的棉花或卫生棉到处乱丢，暴露在众人面前，这些东西应该被消除或消灭得毫无踪迹。安娜自己反正就会这么做，本来她就会及时消除她身体的任何痕迹。当然她从不对自己否认，喜欢汉斯在她身体里面。有时她停止说话，有时又停止进食，哪怕是一口汤也不喝。如果她喝了，接下来她就会把指头抠进喉咙里，把没对她做什么坏事的汤以高高的弧线给抠出来，抽水马桶里恶心的呕吐物立刻被冲走，接着是卫生巾，它昭示的是一个丝毫没有舒适感的生命过程，冲走，这样就好像从未存在和发生。

赖纳又练习了几遍他奇怪的劈腿跳，没人会以为他做的是这个动作，他还急速地挥舞着刺刀。安娜说，你就拿着它别动，否则照片会抖掉的，这里面已经够暗的了。赖纳本来的样子就很可怜巴巴的了，拍出来的就显得比他本来的样子更可怜。镜头对每个半吊子都是毫不留情的，赖纳就是个半吊子。

赖纳和安娜接下来去索菲家，安娜去是为了在那碰上汉斯，赖纳是为了向索菲解释，人为什么得对自己和别人毫不留情，特别是对别人。

在他的领导和指引下将实施抢劫，希望还有下一次，这一切还只是犯罪生涯的开端。

昂贵的照相机就像拿出来之前那样又被放回到盒子里。不能让爸爸觉察到，它在业余时间去干了黑活。然后，双胞胎兄妹肩并肩走进公众的视线里，一棵槭树正狠命地摇晃着它的树叶。还有许多树在那里，花也要开了，会让城市变得更美一点。

安娜拒绝修饰装扮她自己。她快步走向汉斯，他肯定在等着她。在他这里安娜不需要外貌的改进，因为对汉斯来说，更重要的是她下体壳里的东西如何。赖纳穿着一件新洗的套头毛衣，他也想和索菲干同样的事。他们用一席关于文化的谈话使他们的距离产生味道，因此距离也越来越短了。

他们不敢到酒吧里去，因为他们还属于《青少年保护法》规定的保护对象。它把人分成两个等级，一种人可以为所欲为，一种人不可以。是什么样的酒吧，人们只需看看外面停的汽车就知道了，它们免费向疑问者透露主人的社会阶层。不管有什么计划还是小心为好，否则一个受过职业培训的就会过来驱赶他们。安娜得摆出诱惑的姿势，因为索菲看起来实在是太纯洁了，做不得这事。这不是什么幼妓，但是孩子需要零花钱买唱片时，有时还是会到处当妓女的。迎着安娜诱人的衣裳走过去一个穿西装的，西装也不是裁剪得很得体，只是显示出在这个大城市里的勃发雄心，其实城市既不大也无特别之处。他掀起丝绒门帘走出大门，上路回他的酒店，一个上档次的中产阶级酒店，他却炫耀它为没落的上等阶层的酒店。从他西装的裁剪款式来看，他是一个小地方来的大叔，可他以为人家会看出完全不同的苗头，会认为他对奢华有一种见过大世面人才有的举重若轻和习以为常。

可他偏偏没有这种举重若轻和习以为常，因为他落进了安娜的陷阱。

她从旁边的大门晃悠悠地走出来。哦，天啊，我不敢回家了，因为我妈，有时候是我爸会打我，因为我已经大大地超过了该回家的时间。您帮帮我吧，我是个无助的女孩，我一个人无法解决我的大难题。

大叔审视着、嗅察着、估量着，以他独有的语言暗自说道，他多幸运啊，他能占有某种年轻的、从某种程度上讲还未被使用过的东西，这下以后就可以多多炫耀了。在这个阴暗的维也纳的小巷里，我还可能会把一个完全天真纯洁的小姑娘弄破，她甚至还有父母。她还根本不懂什么吹啊吸的，还要我来亲自把她教会。一个漂亮的小姐这么孤单，我们必须帮忙，我有一间漂亮的非常昂贵的酒店房，里面还配有一间浴室。哦，您真是太好了，否则我根本不知道该往哪去，为什么，但我现在看着您就知道了。作为一点报酬不该亲我一口吗，小宝贝？（完完全全的弱智，因为他无论如何都得出钱）我对你很好，而且很明白该怎么办，在我身上你得到的不是一个粗鲁的笨人，而是个颇懂女人心的人，小宝贝，我还会随你的愿望不让你怀孕。马上您将得到您要的吻，尽管和一个完全陌生的人做这些是不可以的。

小地方的大叔有点失望，稍稍抑制了一下他的热情，因为这句话中透出了一丝对身体的利用和使用的熟悉。这个本来看上去毫无经验的小东西不该熟悉这些的，看来最终还得在这事上为女人花钱。平常可不必花这钱，因为长期以来他总是在大县城和小集市上提供有口皆碑的质量。可是如果不是想寻找大城市的消遣和刺激，那他也不会在这，而会在根瑟恩多夫或奥腾施拉格[1]。过来，小玩意，我等不及要干我们马上要做的事，希望能在夜班门卫那儿把你带进来，那个菲舍尔先生，因为我订的是单人间。肯定是个跳蚤窝，安娜暗自恼怒地猜测。如果我愿意的话，可以随时在布里斯托停留，可是我不想这样。我出差总是带着成品衣服，说成品衣服也不对，

---

[1] 均为奥地利东北部下奥地利州的市镇。

其实是女装。城里人们都管它叫成品衣服,这样不会显得女里女气。乡下就叫女装。因为如果女人知道事后她可以挑上这么一件走,那我在床上就能更容易摆弄她们。

您随身带着您卖东西的所有的钱到处走,这在大城市的马路上可太危险了,这里到处都会出事,您真勇敢。我原则上一般不带钱在身边,这个矮人一边说着,一边手就不自觉地抓向外套心脏跳动的地方,然后又抓向安娜,目标是女人胸脯的位置,可安娜却没有胸脯。你将会佩服我的所作所为,这位服装贩子咽着口水说着,转身走到安娜身后刚长出一点屁股的地方。我最喜欢女人的优美线条和轮廓,他唾沫横飞地大谈细节,好像他要把他对女人形体的所有亲身体验都变卖给派特尔-梅森联合服装公司。现在他又在以行家的眼光开始审视,因为安娜正在系鞋带。弯腰系鞋带正是安娜他们先前约定的暗号,事实也就如此。此时从一个进口处立即冒出一些影子,无声无息地朝另一个进口飘去。地上不规则地铺着石块,石缝间长出来青草和杂草,显示着这个城市的败落。罪恶正悄悄地越走越近,就像每个罪恶的降临,之所以悄无声息,是为了不过早地被人察觉。

我忍不住了,想立即和你到大门里去,想在我的唇上感觉你结实的双唇,安娜用黏糊糊的声音贪婪地说道。你会得到它,小可爱,这个出差在外的人挤出了不清楚的几个字，头脑里一片模糊。我不会小气的，心肝，虽然我是林茨人，但关键时刻我是很大方的。这样的姑娘在多瑙河边的林茨还属于孩子一类，警察小心翼翼地保护着她们，而在发出腐臭味的大城市里却可以使用她们，完事后还可以立刻撵走。

这儿已经是入口了，进去，衣服已经被拽下来了。此刻，演变为真人的抢劫也同时开场。当林茨人还在外套下面乱摸乱抓时，头上已被一个陌生的拳头狠狠地击了一下，拳头甚至是来自一个工人：汉斯。拳头虽不能把他带进梦之国，但把他一下子从亲密行为中拉了出来，摔在了脏兮兮的地上。祸不单行，那些同来的人也好不到哪去。汉斯连续出拳，拳头落在身体上上下下不同的部位，在黑暗中也分不清了，但愿有那么几记结实的狠拳。安娜一个劲地像女人那样又咬又抓又扇耳光，所有都命中的是这位可怜的销售代表的头部。在这种情况下，女人总是爱对准头部打，每个行家都会证实这一点。她们不善于此类身体行为，否则她们应该知道，头盖骨特别坚硬，有很强的抵抗能力，它用一个保护层环抱着大脑。外乡人失望地大声呻吟起来，因为发生的不是抚爱而是挨打。他意识到这是个陷阱，可就算他意识到真相，他现在也无能为力了。叫喊是不可能的，因为索菲保持着清晰的头脑，以令人诧异的本能扑向他的嘴。这淫棍千万别咬着我，现在给我闭嘴，否则我们也有办法对付，我们可是带着刀子的，接着亮出了刀子，这个生意人只好郁闷地沉默下来。他只在他老婆那儿和厨房里见识过刀子。钱包在哪？拿走吧，在我的里袋里，我更爱我的生命，我珍惜它更甚于金钱，这根本就是最宝贵的。四比一是胆小鬼，我回家会跟我夫人和我的上司说，到时我会说，六比一。丰厚的钱包已被没收了，营养充沛的外乡人被扇了耳光。踢打、威胁、咒骂、唾弃、侮辱，什么可行的方法都用上了。姑娘也参与其中，按她们的年龄都可以做他的女儿了，但她们都是那些把她们教坏了的人的孩子，可惜了，变成了少年罪犯，见鬼去吧，只配唾弃，在林茨根本没这种事。

我该不该把他的阴茎拔出来，弄痛它？安娜情绪激动地问道。别做这事，她哥哥回答道。一般他作为头领会矜持地站在一旁，不动声色地指挥一切。相信我，我什么也不怕。我在巴塔耶的书里读到，可以用阴茎来做些什么，妹妹顽固地坚持着她的想法并开始胡乱地解裤扣。至少可以伤一伤它，让它一段时间内用不起来，那他夫人也同样尝到遥远的我们的苦头。

钱我们已经到手了，现在我们得悄悄离开，不要去冒不慎重的险，它会给我们带来后患的。

但是钱应该是最不重要的。

钱是不重要，但人有了它，就会有安慰。

但我不稀罕这种安慰，我很生气，只要一分钟，我只想把它拿出来朝上面吐一口唾沫。说干就干，甚至赖纳都参与进来，帮忙挟住，为了不让索菲认为，他只为钱才干这事。你这个臭皮囊，你不会想到这种事会栽在你头上，因为你以为只有好事等着你，你这只猪。阴茎被扯了出来，吐上了唾沫。他想给我他这个东西，千真万确，把这东西给我。这下他不能很快再给其他女人奉上他这丑陋的装置了，因为今天它给弄了。好了，现在我们走。

汉斯踢了一下这个林茨人和他的小麻雀。至少有半年时间他不能动弹它了，本来这事是另外一个样子：他能收获多于耕耘。汉斯猛烈地踢向他的脖子和在黑暗中估摸是内裤的发白的地方，以至于林茨人倒向一边，流出一点他林茨的血。他紧紧地沉默着，但肯定没受什么大伤，他自己一定也注意到这点了。

大家又快速回到黑暗中，跑到外面他们来的大街上，夜幕中城市的黑暗都无法忍受这些毫无教养的半大的孩子。我们想不想再给他身上来泡尿，汉斯问道，安娜的行为使他茅塞顿开。不，我们现在不能干了，我们得悄悄离开，安娜气喘吁吁地边说边去拉他，突然间她又急了起来。

索菲穿了一件普通的深色裙子，和院墙融在一起。她全身掠过了好几次哆嗦，下身还夹杂着一种奇怪的焦渴感。她无法解释这种感觉，但它不是那种孩童之爱或朋友之情的东西，这种感觉肯定多半不是好东西，不该听从它的召唤，因为感觉是不可靠的。索菲，赖纳在她耳边轻声呼唤，并拥她入怀。她挣扎出了他的拥抱，冲到了大街上，就像人们在光滑的桌面上快速拉出的一根黑线。

为了让他们模糊不清的生活变得明朗起来，赖纳、安娜和汉斯直奔索菲家的希琴格别墅，那里一片明朗。日子总是在那闪闪发亮，年轻人在那闪耀着青春，所以日子也就跟着闪。这个春天非常暖和，预示着一个炎夏，高中毕业考试后，炎热将把他们驱向各不相同的地方。有人希望和索菲的方向一致。不一会塑胶地上就出现晃动着的索菲的光脚板，柏油路面很暖，简直是烫。网球拍从路易威登包里探出头来，尽情远眺。妈妈像往常一样歇斯底里地把自己裹在丝巾里，以此抵抗太阳，它只给她做坏事，因为金发的妈妈皮肤非常白。她从一边的咖啡馆里指挥着一切，以职业化的紧张时不时地扑向电话，她会说和索菲约好喝茶。索菲体内的温驯就像弹簧一样，可以毫无疼痛地压紧放松，就像一只轻盈漂亮的动物，人们给它的大腿加压，却不会把它损伤弄坏。汉斯将留在维也纳，时不时地骑车去甘泽豪夫，在那儿可以对轻佻的女理发师过过嘴瘾，说上些脏话。他最近才知道，可以和这些轻浮小姐都做些什么。他并不是那种向往索菲和里维埃拉的人，他不知道还有什么里维埃拉，可惜赖纳和安娜知道。但深山老林子威胁着他们，显得越来越不讨喜。深山老林里那最暗黑和最险恶无法居住的地方，恰恰就住着他们的大姨。以健康的山野空气来做诱饵，可他们正好就是那些宁愿不健康也不要健康的人。其实还是有很多人把健康说成是最高的财富，而他们却不能来。在大学学习、同时也是一种毁灭的开始之前，得先来个身体上的更新。

首先来的是毕业考试，人们不去谈论它，因为这会显得没品位。

索菲赶在前面来了，多巧啊，刚想到带着网球拍的索菲，网球拍就和索菲顺路过来了。他们乘坐的是一辆奶白色的保时捷，开车的是一个贵族圈里的年轻后生。赖纳立刻就把他的仇恨全泄在这个贵族小子身上。赖纳已经在栅栏那等得不耐烦了，为了能把自己的愤怒倾泻出去，不管是谁坐在索菲身边都会成为他仇恨的对象。这种做法是不公平的，撇去人家的身世不谈，人家也可能出于好的愿望。每个人都不相同，多样性正源于此。索菲从漂亮的车里飞身而出，穿着网球裙的她显得很精神，浑身上下没有丝毫汗渍味，这通常是不同运动的伴生物。在索菲身上，汗珠找不到停留的表面，她是个天使，去除了肉体的生灵。赖纳的上牙胡乱地咬着下嘴唇。索菲白色的影子靠在保时捷的车窗上，和开车的小子在窃窃私语，一副很优雅的样子，别人听不见，赖纳也听不见，尽管他是个语言专家。你又和那人说了些什么？他后来马上发问。你说，你是不是在做梦啊，你以为我有责任要向你汇报？（索菲语）听了这句话赖纳神经兮兮地拍打自己大腿，大腿却不会因此而变硬，而是会受伤。安娜半心半意地去抓汉斯的大腿，比起赖纳来，他是比较牢固的依靠，但是汉斯躲开了抓过来的手，并试图用他的眼睛向索菲的眼睛表明，爱情正悄然破土。另外，他的眼睛正在享用着索菲的身体曲线，今天显露得非常清晰。赖纳和汉斯都想跃到索菲所能达到的高度，又互相把对方挤向悬崖，为了自己能第一个到达上面。安娜的手无声地向汉斯抓去，和他相比，她就是他合适的一个小高度，为什么他偏爱马上就上高山，而不考虑先适应一下情况再说呢？

花反常地提早开了，从花园里绽放出来，园丁忙着修剪，想把它定型。鹅卵石在启动的保时捷车轮下吱吱乱叫，车开出去后，它大声地飞溅开来。情敌急速地离开了。索菲将重量压到一条腿上，这样站着比两条腿同时负荷要好看。对赖纳和汉斯来说，以这种姿态站着的她就是永恒的诱惑女人。赖纳喜欢她更甚于瓦尔德区永恒歌唱的森林。也许夏天的时候她会邀请他去里维埃拉，因为相爱的人是一分钟也不能和爱人分离的，索菲也是这样感觉的。汉斯说了一些关于索菲的大腿的肤浅的话，因为他没有深度来谈索菲的思想。索菲朝自己身上看了看，说她还未注意到自己的这些。你们进来吧，里面有威士忌，你们请随意，我先去换一下衣服。赖纳和汉斯以各自的方式说，她应该就这样留下。赖纳滔滔不绝，汉斯只言片语，安娜痛苦地沉默着，监视着汉斯——她的财产。这个毫无感觉的财产却在向往一个新的主人，能更好地照顾它的主人。汉斯打量着一架铬钢台灯，可能是因为电是他的拿手戏，可能他能在这儿把电器稍微改善并以此赢得地盘。他谨慎地露出他的二头肌，用力收紧，为了让索菲看见他肌肉里的蛮力，得到她的赞许。汉斯是兽性的，他想唤醒索菲体内的兽性，它一定藏在索菲体内。

刚走进房间，赖纳就像马达一样启动他内心的音带，嗡嗡作响，一股脑儿倒出昨天打劫时的感觉。最后他以他对索菲的感情结束他的长篇大论，可这中间的两个钟头无聊透顶。我是你们的首领，我希望你们喜欢昨天的行动。但我们还有些地方要改进，这就是我们现在要谈的，首先是时间的把握问题，我要在此详细地谈一下原因。索菲打了个哈欠，汉斯说，他和索菲看法一致。

……（安娜）

你们想一下，我们抢了多少钱，用这么多钱我们想做些什么，可以购买和拥有很多漂亮的东西，赖纳嘴里不小心仓促地滑出了这些话。

索菲用她特有的闭耳技巧对付赖纳的废话，同时她用一种崭新的目光仔细地打量汉斯。他有一双坚硬的可用于打斗的手。她的眼睛穿透了汉斯身上蹩脚的运动衬衫，巡视着肌肉。昨天在她心中紧绷的东西，今天又绷了起来，不过它绷起来和肌肉绷起来不一样，因为它是一个念头，头脑里的东西。他们之中善谈的哲人这次处于劣势，虽然他有灵机妙想，但他没有擅长打斗的双手。赖纳说，穿着黑色圆领毛衣的哲人用不着死命殴打，因为他具有其他更有品质的东西。

安娜什么也不说，用情敌特有的目光盯着索菲。

一长列小瓢虫爬上了索菲的腿，钻进了她的网球裙，停在里面进行它们的挖掘工作。其他人可以走了，汉斯得留下，瓢虫这样说，索菲马上跟着这么说。在她家里她是主人，可以决定谁去谁留，她经常说这话。

各人反应不一，除了汉斯没有一个是愉快的。安娜觉得难受，但此刻她无法表达，只能写下来，纸在哪里？中学生总把纸放在他们触手可及的地方。她目前情况糟糕，迫切需要保护。教师委员会向市教育署提交了一份特别申请，请求允许她在毕业会考口试时以笔作答，因为她很聪明，不能因为冰冷的条文规定而毁了她专业研究人员的前途。一些重要的东西在安娜心中打成了结，可能永远也无法解开。而处于青春期和后青春期的孩子不应该内向，性格应该开朗，真诚坦率，水和肥皂比虚伪和化妆品更适应青少年。

这点赖纳做得要好，他总是情不自禁地向他的同学打开话匣，从里面倾泻而出的，用一句话概括就是索菲真心爱的只会是他——赖纳。就算他现在离开，她的思想也会跟他一起走，待在他身边，所以他本身可能一开始就该留下来，汉斯不应该妄想一些根本不可能的事。

好了好了，现在快走吧（索菲语）。我完全同意索菲的意见（汉斯语）。

你们再带上一块巧克力走，索菲话里有话地说。不用，我们不带巧克力，因为这是虐待，索菲，赖纳以他坚实的专业基础回答道，热情、枯燥、愤懑。之所以枯燥，是因为在欲望从它的忧郁里解放出来时，出现了虐待。让-保尔·萨特这么说的。

与此相反，汉斯解释说他本身是一个动物，不是人，所以行为方式也极端地动物化，这是他在一部破案小说里读到的。汉斯也读了一些书，一个经历了工人教育运动的工人家庭所拥有的无用书，都是他的读物。但他读的东西已能绰绰有余让他懂得哪儿是向上哪儿是向下。书的世界是唯一的出路，一个工人家庭总有这些。但没有其他的世界，只有自己的。他的父母是有觉悟的工人，但也没给他们带来好处，一个死了，一个也快了。

赖纳开始破口大骂，他比汉斯更肆无忌惮，因为他比汉斯有更多的东西可输（汉斯不拿自己去下赌注），也就是他以后可能从事的研究工作和文学事业。汉斯只会赢，他还有索菲的支持，汉斯是外界因素和索菲的玩偶，毫无知觉。赖纳不是玩偶，是自我主宰的。

尽管如此他还是得带上安娜离开这里，你们俩都走吧。兄妹俩蹒跚着步子满腔仇恨地离开索菲家的英式草坪，还故意用他们纸片一般薄的鞋底践踏了草坪上昂贵的花草。用时髦的尖头鞋去踢的话，底坏了还要重上，这样鞋就走样了。他们接着去车站。赖纳边走边和自己讲话，为什么他自愿地离开，他要比汉斯更坚强，而汉斯是不得已违心地留下来的。谢天谢地，妹妹至少没有发表什么愚蠢的反对意见或不同看法。安娜愤怒地沉默着，她把她的汉斯留在了敌人家。今天，赖纳和安娜的爱情都被无耻地拒绝了，他们心里为此留下的裂痕将很难缝合。

这次痛苦又充分地发挥了它的使命。有轨电车将他们吞进肚，里面充满了讨厌的普通人的气味。这是一个子宫，婴儿总想尽快从里面出来。真得有一辆保时捷，但却没有，就算可以在学校里胡诌有亲戚开着这种豪华车，实际上一切子虚乌有。

索菲的房间里放上了一张唱片，她要求汉斯坐到沙发椅那里去，脱去衣服，对，脱光，在她面前手淫。她要看整个过程，他应该就像在家里的沙发床上面那样做。汉斯说，他不能在她面前干。索菲说她要他在她面前干。汉斯的脸红得像煮熟的螃蟹，激动地强调为什么他不能做的原因。但他必须做，索菲说，否则他可以马上离开，再也别来。

汉斯开始笨拙地脱衣服，动作比在体育俱乐部的篮球比赛还要笨拙，但最终还是解开了衬衫。他一再申明肯定不会成功，这太尴尬了，不行就是不行。你尽管尴尬好了，索菲说道，所以我才想要看。

汉斯说，只要她想的，他都会去做，她知道这点，但不应该利用，这不公平。

我就是喜欢利用。袜子当然也得脱掉，身体光着，但还穿着袜子，这像什么呀？影响了整体感觉。汉斯把袜子脱掉，露出了脏兮兮的脚。

索菲蹲在一个角落里，打量着汉斯脚趾间的黑边，说她想让他的自由像自由一样屈服。她知道她给他带来的痛苦，但通过她对他进行折磨，她要强迫这种自由自觉地认同他弄痛的肉体，这就是自由，你懂吗？她的身体蜷成球形，指甲一个一个地被咬掉。

汉斯说他不懂。

索菲说他可以请求，请她放过他。如果我对你施加压力，你的恐惧和请求是自主的，是自己产生的。你独自决定一切，明白吗？

汉斯说他做这事是因为他暗恋她，现在说出来就不是秘密了。他兴味索然地盯着他的家伙，它肯定挺不起来。

现在你得抚摸你自己，快点，索菲说。她今天脸色看起来既非苍白也非古铜色，而是在颧骨上有些红晕，这第一次出现，显得有些生气勃勃。她说她想仔细看每个细节，他应该坐好，让她看清楚，必要的话，可以打开电灯，电灯是他拿手的东西。

我纯粹是出于爱情才这么做，汉斯说着就开始拽他的玩意儿，手法粗笨。他挤啊、捏啊、拽啊、搓啊，而那东西却因为害怕而缩成一团，像小鞭炮那么大。

一场多种力量的角斗，站在中心的是汉斯，可他现在却显得苍白无力。

就这么多吗？索菲说道。不，不是这样的，我还有几招，汉斯咬牙切齿地说，慢慢地他生起气来。他看着索菲，一会儿青年的朝气占了上风，他的自身条件也挺好，阴茎没有辜负它的使命，挺了起来。年轻和健康战胜了衰老和疾病。

索菲差点把一个指骨从肉里咬出来。

当他第五次说"是出于爱情才这么做"时,索菲说,她根本无所谓他为什么这样做,她把手掌压在他的脖子上,好让它凉快一下。

汉斯奋力地干活,好像他要从墙里拉一根电线出来,但他拉的是自己的东西。

索菲希望他射出来,她也就这么和汉斯说了。

汉斯不想让他的精液毁掉沙发上的织锦面料。索菲说,他就这样做,因为这终究是她的沙发椅。那好吧,那我就把你的沙发搞脏,汉斯喘着气惋惜地说,搞脏了。一会儿这个房间就到处洒着臭鱼味的精液,索菲想到这,赶紧起身和汉斯告辞。

汉斯今天例外地穿着工装服去领他奋斗来的工钱。大家清清楚楚地看到他胳膊下夹了一本书，以前可没谁见过他这模样。这不符合工人的做派，确实这个工人也不再是工人了。但他还不像赖纳那样已经到了自创一派的地步。他将更多地投身于经济事业而不是文化事业，他更关心经济。目前他已经是作为其中的一个小齿轮而存在。在那本安娜借给他的书中，托洛茨基对他开诚布公地说，如果在一个社会中，人们对每日缺粮少油的苦难都不再熟悉，每个孩子都营养良好，愉快地接受科学和艺术的教育，甚至自私自利的巨大能量是被用来改善世界，那么文化的作用就和以前完全不同了。这番话并没有让汉斯情绪高涨，倒是索菲的皮沙发让他从凳子上跌下来，他也要买一张一模一样的皮沙发。

像往常一样，今天他刚看到科赫街，它就又要以甩卖价抛售给他乐观主义。不久，对体育运动的热爱将顶替这不太合适的乐观主义，汉斯可以一展身手。前不久索菲还观看过，没有一句粗声大气的话，彬彬有礼的。他觉得索菲像一束鬼火，一会儿在这一会又在那，她对她看好的球队高呼加油。他应给她带花、贵重的香水还是精美的糖果盒呢？最好还是问一下女人，她们更懂女人心，那么就问安娜吧。以后还得念个大学，好把索菲给娶过来，沙发椅也买回来。索菲是复杂的，原因是她独特的天性。如果一个人想复杂，那他就得尽可能地了解熟悉人的许多不同种类。

每当索菲说汉斯留下时，赖纳，这个爱吹牛皮、软弱的人就得走开，他气得像可乐一样咝咝地冒泡。每逢这位自封的首领在汉斯面前撤退，汉斯心里都非常高兴。赖纳曾说过，他每次都是故意走开，因为他想从容耐心地在他自己和索菲身上试用他的"幻想"工具，就像锁匠试钥匙，真是大言不惭的谎言专家。赖纳说过，他想创造一件由他和索菲的血肉做成的工具。

满身肌肉的汉斯雄赳赳地穿过民族博物馆后面的励堡公园，今天他就像恣意快乐的化身，把公文包连同里面的热水杯和小饭盒甩来甩去。此时他身上没有压力，因为索菲从来不会到这儿来。如果这女孩哪一次抚摸他一下或以其他的方式和他亲密，那该是多美妙啊。可是她不会这样，因为她有强烈的自豪感，而拥有较少自豪感的女人汉斯又不愿意去吻。他在安娜身上的兴趣随着他对索菲爱意的加深成比例地减少，已经差不多完全消失了。他只是很肤浅地吻她，感谢她和他性交，因为索菲还不想做这事。汉斯的思想不够清晰，就像他其他同事的生活观、价值观不够清晰一样，他们在他之前、之后和左右为他们的家奋斗。三棵梧桐树在风中有节奏地鞠躬，咔咔作响。它们都上年纪了，处于受保护的行列。汉斯想保护索菲的余生，尽量多在新鲜空气里停留。一会儿冷饮店就要开门了，放四处等着的少年进去。汉斯很高兴能尝到一大杯覆盆子冰激凌，并请索菲也吃上一杯。不久夏天就要来了，人们可能，不，肯定能仔细观察穿着二件套紧身泳衣的索菲。前面是水之氤氲，后面是露水中森林之氤氲，之间是两个身体交缠之氤氲。汉斯有些神不守舍，因为他心怀未来的希望，下次他可能就能将索菲完全启用了。当他想象着他插在索菲大腿间时，下面立即就站了起来，使他不能自如地走动跳跃。她的身体肯定比安娜的还要白皙柔软，安娜的要黑些、硬些。他以后不会看不起安娜，而是对她充满理解。如果有一天他上了大学，他将严肃地研究她的问题，这样他就能出出主意提供帮助了。有时他和索菲还会捎上安娜一起开车去郊游，费些心思教她一项体育运动，这样她会有更多的生活乐趣，基本的生活态度也会变得更积极一点。不久栗子树要开花了，老人的欣喜更多于年轻人，因为年轻人还将经常看到栗子树开花，而老人不久就看不到了。小伙子的欣喜多于姑娘，因为他们将在栗子树下吻女孩的唇，而女孩得推搡反抗。

这城市闻起来像城市，要比荒野好，人们对荒野唯恐躲避不及。城市的空气中飘着艳遇、爵士乐、咖啡馆和汽车尾气的味道。汉斯晃悠着他的包打着圈，晚上他晃悠着索菲的腿跳舞。保温杯的命运岌岌可危，生活是美好的。可这好心情抗不过他的母亲，只要她谈起政治，他的心情就糟糕透顶。她正把她的苦闷注入簌簌作响的信封堆里。下个月她可能会得到一份薪水好点的办公室的工作，固定的，一个会计助理的活。

妈妈坐在那敲着打字机，嘴里说着小市民的坏话。他们向希特勒欢呼得最厉害，她的儿子不应该和他们有交往。以别人为代价，这些没有觉悟的人实现了他们自私的利润追求。

汉斯不分青红皂白把一切都扔在厨房桌上，把鞋子摔到一旁。去世了的父亲的照片看起来还透出一种乐观，一种对工人创造历史的力量的信任，这已不合时宜了。如果还有人想起他，他也已被放逐，不再能进行阶级斗争。他，一个多病的无私的人现在变成灰烬是对的，人们都不知道他的坟墓在哪儿。有一点人们相信，成千上万的人和他一起变成了灰，从世界上消失，无影无踪。不断有新人涌现，他们又将消失，他们的存在是无足轻重的。汉斯不会消失，他要上夜校，充分发挥他的潜质。

空闲时经常打打网球，做运动时他能特别明显地感到他的活力，死去的爸爸感觉不到了，他已不存在了。可能他爸爸会直接让他去上中学，只要他有这能力。汉斯以后可能会成为索菲父亲王国里的大经理，因为汉斯娶了他的女儿。他将完全兑现婚前诺言，让索菲的父亲不后悔挑他做女婿。他先得努力工作，然后才能被接受，事先的怀疑将最终随着第一个孩子的诞生而烟消云散。

不要与千百万被革去生命的人为伍，和他们一起在地下受冻，而应该依偎着体育热情之火，让浑身充满暖意。

汉斯胡乱地脱下他的衣服，这时他的母亲又在给他做报告，谈战争，谈党卫军如何通过美国华尔街企业来支撑自己。他告诉他母亲，那些牛仔服还有所有动感的音乐都是从美国过来的，他要做出一番美国式经理人的事业，但他不会置感情于不顾，不会成为冷漠的成功人士。

炉子上廉价的什么东西嘟嘟地烧开了，发出难闻的味道。打字机惊愕地停下来，然后完全歇了下来。

汉斯对他母亲说，人必须自我解放，要反抗，然后才会有没有制约的生活，就像赖纳说的那样。他说得对的地方我们该承认。人年纪大了点以后，就会受商业生活的牵制，人得引导大众，而且不能让人察觉。人是不一样的，颜色、形状、尺寸大相径庭。

母亲说，这个自由的概念是含糊不清的，人并不生活在真空中，而是要受社会的制约。她舀出一团说不出来是什么的面糊放在盘子里，有点像米糊，随后开始谴责几个社会党人的背叛行为。首当其冲的是臭名昭著的社会党内政部长赫尔姆，他在五十年代下令逮捕企业职工委员会人员，他身上还有其他污点。他阴暗的历史上蒙着一层厚厚的纱，就连安全局的人都无法搞清楚。还有社会党干部瓦尔特布伦纳（能源部长，告密者）、查德克（司法部长，起诉工人的原告）以及许多其他的工会领导人员，他们给他们的党脸上抹灰，污辱党的光辉历史，这些人经常受到母亲的咒骂，不管他们的地位等级，更不用说秘密情报人员欧拉了。

汉斯说，他站在普通人的真空之上，在真空中人很容易窒息。

母亲切着面包，一片片像瓦片那么厚，她要思想不对头的儿子好好想想，他恰恰由此才能成为市民。当你看起来立足于他们的价值体系之上时，你才能认清它。它使你对苦难视而不见，你谈论"人类"时，就是在犯罪，因为普通意义上的人是没有的，从来没有，永远没有。

有的只是工人，工人的剥削者，剥削者的帮手的帮手。

汉斯说，赖纳说过，自己是整体的一分子这个念头，让人不寒而栗。因为人总是个体的，完全的独立，同样又是不可混淆的，这才振奋人心。

妈妈咆哮起来，不是因为她被抢白了，而是因为她的儿子走上了歪路。回头！你破坏了你的阶级的需求，汉斯。没有普遍意义上的东西。团结和团结起来的力量你不要，偏要把他们拆成单独的个体，使每个人和每个人分离。母亲有马蜂的特性，她把米糊搞得乱七八糟。然后她第五万次地扯到他被打死的爸爸，他做得比大家好，现在可以看出他今天从中得到了什么。

先前他受了不可想象的苦，可是这一切对汉斯来讲什么用也没有，他只想和索菲一起不可想象地幸福。

母亲说，她没有教给他儿子这种自私自利，他的父亲若还在的话，也不会教他自私自利。母亲的手指又指向了那张被人爱戴的脸，可这张脸的特征人们已几乎遗忘。汉斯说，尽可以让爸爸听见。他通过爱情，而且是对索菲的爱情，能够更好地冲破羁绊，无论是何种的羁绊，爱情的力量比斗争的力量更强大，因为他的爱情是超越一切羁绊的。

母亲说她想知道，为什么这个爱情总能越过羁绊而不会被挡住跌落。他是否还要一杯果味酸奶作甜点，还有一份留在那,孤单地站在窗口上,为了保持一个冷静的头脑。不,汉斯不想要以前的果味酸奶,而想要杯威士忌或科涅克酒。他仿佛已听见冰块清脆的声音,看到一只白色的女人的手,不是什么鬼怪的手,而是完全明确地属于他的索菲的手。明确,但不是真的,就像剥削,如果人有决心就能随时从受剥削中把自己解放出来。这就要看个人了。

母亲想念着她死去的男人,他的言行和著作。她有时很想在床上摸到他,希望他还在身边,能引导她帮助她教育他们唯一的儿子。现在做人真难,汉斯(他的名字)。你这把可怜的老骨头不知道,除了肉体之痛外还有其他的痛,它肯定比死还让你难受。可怜的人。我常常想念我们的自行车旅行,让我们拥有许多共同的经历。这是你生前最后一次开怀大笑。茅草屋里刺骨的寒冷,我们紧紧相依。农民家的新鲜牛奶和黄油,井边的洗漱。小酒店的后屋,烟雾缭绕中的讨论会。那些继续指引大家前进的人,我们的儿子什么也带领不了,但其他人在哪?他们已不在我们过去的党内了。还有那场一定很可怕的打击。当生命被挤出身体时,人还没有做好准备。但也可能准备好了。因为经受了可怕的疼痛,人们宁愿死也不要活着去承受它。

安息,汉斯。

小汉斯，如今已长成了大汉斯，尽管他仍然不知道少小的他应该知道什么。他第二次从床上拿起一沓已写好了地址的信封，在母亲背后把它们塞进了厨房的小炉子。信封一下子就烧光了。

　　过一会儿母亲肯定得苦苦寻找失踪的信封，她根本想不到，它们会在什么地方消失。

盘山公路蜿蜒穿过铺满树叶的山丘朝多瑙河延伸开去。在快到克罗斯特瑙堡[1]的地方，盘山公路变窄了。维特科夫斯基家的旧车也在顺着盘山公路蜿蜒而上。里面坐着赖纳，他在痛苦万分地讲述着他内心的艺术家的紧张，他以加缪为例证实这点。赖纳没有驾照，但他取得了他残疾父亲的许可开车出来，父亲今天待在家里，将所有的行动都付之于那条独腿。索菲坐在赖纳的旁边，她郊游是为了呼吸新鲜空气，其实她不出来也一直能呼吸到。安娜坐在后座，散发出涩涩的汗味，像一种受了惊吓的动物发出的味道。她没有感到丝毫的难为情。即使如此，她仍然在文化上属于上品，因为她会弹钢琴。那些无法通过嘴吐出的东西，仿佛都从毛孔里渗了出来。她期待能去美国，那个宽广的有着无限可能性的国度。她在争取明年的奖学金。她的英语成绩很好，是个我行我素倔强的学生，沉默寡言。她在家从不看课本，但成绩一向很好。像约好了似的，一个动物出现了，受

---

[1] 维也纳郊区北部一小镇，以历史悠久的修道院闻名。

惊吓的样子很像安娜。它在一辆马车上，里面肯定坐着种葡萄的农民，它是一条狗。它脖子上拴着一根绳，高高地系在农民的拖车上，脚趾绝望地紧紧地扒住，摇摇晃晃的，就好像它不是狗，而是只猫。这条狗似乎预感到，如果它失去平衡，从马车上跌下来，它就会被处死。它眼中尽是对粗暴主人的恐惧，还有对整个世界的畏惧。尽管这世界有时也会很好玩，比如在它撒丫子追赶一个小动物的时候，它感觉到了生命的乐趣。现在还是春天，到处都在孕育着生命，到处都隐藏着卵，麋鹿也怀孕了。但一般看不出来，因为孕育着的生命都会躲藏起来，好避免过早地死亡。一刹那，狗过去了，对动物没有爱心的农民也过去了，载着三人的小车也开过去了。这个上午，他们三人逃了课到这里来，汉斯在干活，他无精打采地把电钻钻进了劳作的白天，等待傍晚的到来。学生钻研起来兴致颇浓，因为他们在高一层次的学校里接种了研究探索的强心针。

舍腾霍夫[1]已落在身后，公路像一条银色的带子，就像书里写的一样。支路通向萨尔曼朵夫的葡萄园和瑙依施蒂夫特，他们没开进去，因为他们想去格林琴的葡萄园。道路缓缓地向上盘旋，可以获得更好的景色，这景

---

1 舍腾霍夫及以下几行中的地名均位于维也纳北部郊区。

色从科本茨、诺安附近的豪泽和卡伦贝格看过去已经非常有名了。他们把车停下，开始散步。左边是隆起的葡萄园，右边是多瑙河，它也是一条银带，只是更宽一点。空气清冽而澄明，他们把自己裹在了时髦的长围巾里。天上云打着圈，风夹杂着灰。葡萄还没开花，如果按一首维也纳民歌的说法，得等到晚一些的时候，而且葡萄就紧挨在多瑙河岸边开花。那时将有千把小提琴共同奏起音乐，歌词里这么说，却对自己的无聊绝口不提。他们三人终于走进了葡萄园，脚下是适合葡萄生长的黄土。村里的教堂塔顶还没上班，因为今天才礼拜五。远处传来鸡鸣狗吠，附近没人住。人终究是想从散步中享受一份孤独，如果它不主动来到人的身旁，那人就得主动去找它。如今的年轻人内心都有一份孤独，而且从他们外在的行为来看，他们也是一个个地坠入其中。一条为游人专辟的小路一直通到格林琴的农家小酒馆，那里有自酿的葡萄酒出售。今天他们要进去看一下，然后下山去喝咖啡。藏在山谷中的老别墅其实完全可以露露面。封闭回廊的玻璃上爬满了葡萄藤，远处它们的兄弟正辛勤地为别墅主人劳动，增加产量。令人眼花缭乱的美景毫无顾忌地冲进人的眼眶，使得赖纳都差点想闭上嘴，但他还是立刻用言语赞扬四周的景色。空气完全透明，就像面包上的肉皮冻，而肉皮冻又反过来声称是它像葡萄山上的空气。

　　他们离开小径，横穿农田开始爬山。安娜跌跌撞撞地跟在这对不对等的恋人后面，在赖纳眼里他们是对等的，也只有他这么认为，他艰难地与索菲保持步伐。但安娜更困难，她没有这样锻炼过。以后到美国得多参加锻炼，不过现在还没时间。索菲也就是索菲。安娜收紧腹部，两手向前伸，为了找一个支撑点，但没找到，反而差点掉进深渊，因为有一块裂石下的悬崖她没看见。头顶上盘旋着三只秃鹫，也可能是老鹰，它们发出尖厉的叫声。面对着这已受人工改造的自然景色，赖纳有感而发，他把他的感受详细地说了出来，安娜嘶哑着嗓子问，他们该不该休息一会儿。索菲说，你完全不行了吗。话虽这么说，她还是坐了下来。安娜想让自己完全地融入美国，去认识一种不同于她所熟悉的生活，去开始一种新的生活。这样她和父母之间就有了一个大水塘，中间还夹杂着陆地，她知道这是她唯一的机会，为此她取得了好成绩。她想趁大家这么悠闲地坐着休息的机会，来详细谈一谈她的美国计划。她计划通过打工来挣钱，然后去美国各大城市玩，她已经有了一个详细的旅行计划，现在就只等她的计划得到批准和确认。今天在赖纳心中突然升起一种手足之情，他仔细地打量着她的妹妹，发现她在明亮的索菲面前散发着一种少有的热情，就像一个动物面对着它的猎物一样。一瞬间他觉得他和安娜共同组成了一道索菲无法渗透的墙，但这念头也只存在了一瞬间。索菲用鞋尖踢着长满葡萄的山坡，因为她根本无所谓她的鞋子会落得什么下场。突然她说，最近班主任给她的妈妈打过电话，问她，索菲，想不想去美国待一年，因为有一个奖学金名额要分配。她不想去，而且觉得有点不公平，因为安娜的成绩更好。但据说人在外国要特别注意行为举止，因为在那没人认识你，所以也不知道你从哪里来，那他们就会根据你的出身来判断。这在美国这样的国家显得很荒谬，因为在美国，阶级之间的差距已经填平了，那里的人们推崇自由。索菲只能如此跟自己解释，为什么是她而不是安娜能去美国。

安娜惊愕得说不出话来，不过这本来就是她的老习惯。可这时就连赖纳也放慢了说话的速度，问道，如果索菲放弃，安娜是否能得到这份奖学金。索菲说，不行，她已经问过了，他们会让今年空缺，因为没有人有资格。赖纳说，真可惜了这份宝贵的奖学金。实际上他想的是，谢天谢地，索菲没有离开，我们仍然是一对，可以一起上大学。

死神笼罩着安娜白色的眼睛，它变得完全透明，一股寒意从眼底升起，就像液态的氧气，她任凭自己瘫了下去。任何美丽的风光都无法再进入她的眼睛，这条消息将安娜一棍打死,充满诱惑的外国——她唯一的出路永远地消失了。安娜用她的拳头击打额头,但没有任何东西被敲进去或打出来。

维也纳的恋人们没有在意他们的脚下有潺潺的小溪,头顶上是被小提琴簇拥的上帝。他们根本没有看出,爱情只是从赖纳走向索菲,却没有走回来。赖纳又想做场有关爱情的短报告,并把手搭到索菲身上。他站在她旁边,紧靠一个悬崖,悬崖上均匀地爬满了葡萄藤,集艺术和自然于一体,自然是葡萄,艺术是种植方法。索菲说,人必须要忘形,因为人总是陷于自身中。然后她伸展了她两只穿着羊毛衫的胳膊。

你还在我心中,赖纳嗡嗡地说。

安娜看见一只忙碌的瓢虫,一脚踩死了它。

不要杀死动物,现在听我说,索菲警告说,因为我想尝试打破纪录,想尽快突破我的极限。比如说,自制一个炸弹。我已经知道了配方,我是从我那从事科学研究的母亲那儿问出来的,她是搞化学的。

安娜远远走开,赖纳在他心爱的人身旁,他觉得惊恐把他的裤子都撑满了。他说,索菲,马上就要毕业考试了,我们是不是在考完后再干,这样就不会被学校开除,要么我们根本就不去做这事?

索菲问他是不是害怕了。

赖纳说，不，我想知道我的极限，但它完全是另一个方向，在艺术上。

安娜什么也不说。她还踩死了三只蚂蚁（一只正在孵卵，还有一条毛毛虫什么的被安娜的鞋底压成了肉饼），就像她自己流血的心，尽管它属于汉斯。一段时间以来，被她损害的陌生人的财产已足够多了，还包括陌生人本身。

赖纳说，嗨，老实说我不害怕，但我认为在中学生生涯快结束前来干这事不好。马上就要毕业考试了，通过以后我们就可以上任意的大学了。

索菲说，你现在不要作声，只管听。我们当然得在外面搞，好让它不是把我们灭了，而是陌生人，不是吗？这点清楚了吧。取一宽颈烧瓶，大尺寸，容积500毫升。再拿两根试管，一瓶装上冒烟的硝酸，另一瓶装上氯化钙和糖各为1∶1的溶液。明白吗？

赖纳说，明白是明白了，但他可能不会这样做，因为他眼中最美好的年代——大学年代就要开始了，我不想让它在炸药堆里毁灭。我没有发疯，你只是想开个玩笑而已，这不是你的天性，倒更多是我的天性，但在慎重考虑后我不做这事，从今以后我也要为了你慎重起来。而且对身体而言，爱情会比炸弹有更大的爆炸力。它是耀目的闪电，直接来自自然，就像你一直知道的，你爱我已经很久了，就算你自己不承认。

安娜弄坏了一样东西，是一节葡萄藤，她把茎的皮给剥了。

然后，索菲接着说，把乙醚倒进烧瓶后，再把两支试管插入烧瓶，让它们的底各自对着烧瓶的底，然后用软木塞塞住试管，再把烧瓶用蜡封好。

维也纳可爱的郊区就像一个白炽的钻孔机旋进了安娜体内，没任何阻挡，就光滑地穿过安娜后背又旋了出来。安娜找不到可以杀死的东西，于是就开始自己的死亡，一个痛苦而缓慢的过程。她更喜欢杀死其他动物，但是季节还没到来。

赖纳又说，不，他不干，而且索菲忘记了，本来是他当首领的，他可能以后会干，不是不可能，但得等到他有稳定的生活，收入丰厚而且不在乎一切的时候，之前不行。以后可能会有更大的勇气，因为那时我有更多可以输掉的东西。现在他肯定不做，索菲也不做。索菲根本不可能去爱一个干这种事的男人，它会伤及无辜的。

索菲说，要的就是这点，现在没人是无辜的，当然扔炸弹时得把它扔到和地面接触，否则什么也不会发生。如果扔得正确，它只要轻松地那么一撞，就会立刻爆炸。

赖纳像婴儿般地眨眨眼睛，啰里啰唆地解释他为什么还是不行，第一、第二、第三、第四、第五，根本不行。索菲对赖纳的理由丝毫不感兴趣,这种情况在他俩之间也是很典型的。真是无聊透顶的人,我今天跟着跑到这么远的地方(他的请求),就为了这事,什么结果也没有,只换来一顿滔滔不绝的说教。我要和汉斯说,他肯定会干。

赖纳精确地算到小数点后五位数,得出的结果是,汉斯没什么可输的,但他自己有很多,就是说他的前途,透着明朗、闪亮的光,包含着一个博士头衔,还有几个文学奖项。

安娜大声地呕吐,很难听。你不会又要吐了吧,我刚刚才把你及时地拉到车外让你吐。哥哥不高兴了,愤愤地说,他此刻最不需要这些恶心的东西。现在索菲认为他胆小,而他认为是谨慎。说到底是谁计划了这么多抢劫并付诸实施?是索菲还是他?当然是他。

可惜安娜还是吐了,索菲扭着头递给她一张纸巾。然后他们从呕吐物旁挪开。索菲不说话,赖纳终于可以安静地对一切解释一遍,他讲来讲去就像屎壳郎滚着它的屎疙瘩。如果他将来顺利地成为某人时,索菲将会明白同意他的理由。接下来两人一起变老,再以后,人们会对这个可笑的计划哈哈大笑,而且和孙子一起。

索菲说,她最终想要达到一种迷醉的感觉,可惜大部分人都不能走出自我。

赖纳说，不是走出自我，人需要伴侣，一个"你"。伴侣是他，这个"你"就是索菲。他说，不，没有伴侣的人是孤单的。

一只虎纹猫悄然爬上山，找它的老鼠洞。安娜在头脑里急促地考虑了一下，是否该把它杀死，但她没去做，因为吐过后她更虚弱了。她把牙齿咬进腕骨里，差点血都流出来了。

赖纳当着索菲的面哀号起来，索菲觉得这样很无味。赖纳说，就算汉斯去做这事，随便吧，但她永远也不该认为汉斯比他更有勇气，因为愚蠢和勇气往往是一回事，特别是如果汉斯去干这事。我为自己找到一个很好的大学学习，等着瞧，索菲，到那时候你才会喜欢。

索菲轻蔑地沉默着，朝地坑里面踢石子。那好吧，我们走吧，我今天还有些事。

你终于变得理智了，明白我的理由了，赖纳喋喋不休地说。他一上来就知道，她会让步的，因为他是女人的宠儿，没人能抵抗住他的魅力。和你在一起真好，你从这个念头和你的理由中走了出来，而且你先提出反对意见，然后你的抵抗又在我的手下温柔地化为瓦砾，像一个小动物，人们可以安慰它，然后它会放弃与自己和别人无望的斗争，安静地躺下来。

索菲直视天空，安娜也如此。

风景一点一点地从安娜身边溜走,谁也忍受不了在她身边久留。空气的清澈与年轻人思想的混乱形成对峙,互相制约着。赖纳紧张地抽了一支烟,烟雾将先前的空气搞得浑浊起来,不过也就一会儿。

在体操馆的更衣室，一枚触发式炸弹爆炸了。战后一代的许多新颖时髦的梦想被完全消灭了。康尼裙、灰色的法兰绒长裤、牛仔衣、袜子、及膝袜、毛衣外套、衬衫、便西服和彩色方格短裙顷刻间化为灰烬。爆炸的时间是经过精确计算的，没有发生人员伤亡，因为如果有人伤着的话，那扔炸弹的人就会被看到。没有人出来承担这次学校恶作剧的责任，这实际上已经超出了学校恶作剧的范畴，而是一桩刑事案件了。

一张报纸写道：这种行为是不负责任的。不奇怪，没有对此负责的人。

索菲用她的网球包运输了炸弹。校长还看见了她，和她打了招呼，但没人拦住索菲·帕赫霍芬，没有人认为她有能力做这些事情。

衣服被炸坏了的学生为他们遇难的衣服伤心掉泪，他们得花上很多时间才能说服父母给他们买上一件时髦裤子或裙子。索菲已经为这群不合适的人做出了努力，她这次是为自己干这事的。更衣室里弥漫着汗味和地板油的味道，臭气熏人，应该翻新一次了，但毕业生再也无法享用，因为要等到假期才开始翻修。

维特科夫斯基先生想把他的孩子从学校里领走，因为发生了这种事情，但兄妹俩此起彼伏地哀求让他们留下，像唱二重唱似的。他们可以留下，因为不久中学学业就结束了，这以后将要给他们上更紧的弦；维特科夫斯基描述着这弦会是什么样。

汉斯毫不困难地从店里买到了做炸弹的材料，他很骄傲。众所周知，在他和索菲之间已经擦出了火花。他去的那个店一般只有技术学校的大学生光顾，他在里面转了很长时间，以至于人们都注意上他了。他非常骄傲。从此，他有了和索菲心灵之间的纽带，不久就会有身体上的。目前他才刚刚让索菲信服，一个人没有爱情就等同于一粒无情的尘埃。

赖纳内心的某个东西碎了。因为如果自己所爱的人不忠，那我们身上总有什么会碎掉（大部分是心）。赖纳由于害怕现实存在的可能性，他的许多牵涉到索菲的决定都陷于停滞。安娜在爆炸后对一切毫无知觉，只有汉斯能以他的爱情打破这种麻木。但可惜的是，汉斯现在打破的只是他对安娜的忠贞誓言。

维也纳十九区的葡萄园丘陵消失了，而恐惧之岭高高耸立。

父母为得购置新东西而几乎要发疯。

有些人不具备伙伴精神，因为他们怀疑伙伴。告密和审问都会发生。到处都有悲鸣的学生，哀求的女孩，尖叫的男孩，走廊上、厕所里和自然实验室里。

毫无结果。

扇耳光。

索菲下楼走到外面上了一辆出租车,好像她整天没其他事可做似的。

安娜·维特科夫斯基有一次在课堂上一言不发地尖叫起来,她被准许提前回家。

老师说话的样子好像他们非常理解。当事人应该自己来说,不会对他怎么样的,他们只是想知道是谁。当他们发现这样根本无济于事时,终于咆哮起来。

赖纳·维特科夫斯基写了一篇关于加缪《局外人》的文章,全文温和得令人奇怪。但他内心所想的,却是不羁而自由的,就像思想本来的样子。

女孩更想穿高跟鞋而不是坏了的维也纳森林平底鞋,为此得到了父母耳光的赏赐。

索菲穿着阿德勒米勒的午后裙,明亮的阳光停留在她的头发上。跟裙子比起来,太阳的颜色就显得逊色多了。

安娜·维特科夫斯基丧失了理智,但没人看出来,因为这件可怕而无意义的事件也是在毫无理智的情况下做出来的。对这件事的反应也是毫无理智的。

谁花钱买了车，谁就有开车的独占权。维特科夫斯基为车花了钱，车由赖纳来开。只在极偶然的情况下，赖纳可以单独开车出去。不管去哪，这位伤残人士总占据着副驾驶的位置，指手画脚，发号施令。

假期时，忠诚的老车也会上路去瓦尔德区，否则伤残人士就什么地方也去不了，但他和其他人一样，需要氧气。

今天，维特科夫斯基夫妇说他们要到城里去看看橱窗，那里是通向世界的大门。当他们到达凯特纳街时，通向世界的大门敞开了。这里高级商店云集，住城外的人一年最多能来上个两次。著名的糕饼甜点店里人头攒动，人得贴着墙走才不会被挤烂。之所以他们来这里，是因为对维先生来说，最好的东西才能满足他的要求。他对他夫人说，他从不嫌好东西贵，因为质量是有代价的。看，这里的冰箱，我们什么东西不能让它冻啊？那里的洗衣机，我们什么东西不能让它洗啊？不过这里最多的还是时装店。新时代给城市带来了异常的丰富，不久前她刚刚摆脱了占领军的控制，恢复了自治，回到了市民的怀抱。如今，丰富的程度让工人都吃不消了。如果工人哪天买不起什么东西了，他们就会造反。最近的一次危机发生在 1950 年。

赖纳无精打采地跟在父母身后，告诉每个愿意听的人，他和这两个老朽是不搭界的。索菲前不久还嘲笑过他，说他总是用抢来的钱去买好东西，如果不是为了这个目的，他不会去打劫的。这儿遍地的奢华和美丽，但他什么也不想要。他要告诉索菲他什么也不想要。

这队行动困难的人马一边赞叹，一边向安娜巷巷口的阿德勒米勒专营店走去。这位时装大师在这儿开了他的品牌店和工作室。哦，不，太巧了，赖纳凑巧通过水晶玻璃门往里看了一眼，但这一眼他恰好看到了索菲，和她妈妈一起，在镜子前转来转去。她在挑她生平第一件定做的礼服，作为她的毕业礼物。爸，妈，我的一个同学在里面，她很富，赖纳下意识地冒出了这句话，可惜话一出口就无法收回。他刚说完就后悔了，因为他父母正准备破除横在索菲和他们之间的透明玻璃的阻挡，他们就要冲进去了。

虽然里面是隔开的水晶般的世界，可是外界还是想生硬地闯进去。残废军人夹着拐杖就往前冲，母亲倾着头紧随其后。他们要去和赖纳的同学及她的母亲打招呼，告诉她们，他们很高兴他们双方的孩子能保持同学关系，互相帮助，而且在业余时间也保持联络。赖纳从后面抱住他父亲的腰，不让他冲动地闯进大门。他又给他母亲一个扫堂腿，好让她待在外面，这儿才是她该待着的地方。

里面，帕赫霍芬母女无声地在镜子前滑动。无声，是因为没有街上的喧闹打搅她们在这里挑衣服。她们用人造的东西来修饰自己，外面的人是看不到其中的细节的。

你为你的父母害臊是吗？你这个野种。父亲破口大骂，想把儿子踢到旁边，然后他就可以优雅地去吻帕赫霍芬夫人的手，大家都是家长委员会的，说不定他还能作为男人在她面前有所作为。

母亲小心翼翼地说，我们快走吧，人都朝我们这儿涌过来了。父亲嘴里发出咝咝的声音说，你这个蠢货，贱种，直到今天我们还得供养你，你早就该工作挣钱养活你自己了，你还在这儿为你的家庭害臊。我到底在领导岗位上经历了整个战争，但现在一切都完了。你们让我受够了，该结束了，你们这些王八羔子。

赖纳脸色发灰，在围观的人群中退缩到一边去了。马上索菲妈妈就会看过来，甚至是索菲也会注意到外面。但是幸运的是，厚厚的玻璃挡住了外面没有分寸的目光的探究，还挡住了外面的嘈杂。

一身黑衣的经理一会儿跳到左，一会儿跳到右，尽心尽意地侍弄着母女俩，设计大师亲自在旁权衡。他说，这条裙子的优点是这个那个，而那条又以那个这个取胜；这条裙子对她来说可能有这样的不足，那条又有那样的缺点。

外面的父亲对儿子说，如果他给他脸上来上一记老拳的话，他马上就会鼻子流血，就像往常一样。

求你了，儿子不顾就要降临的痛苦还在乞求，请不要进去，求你了。

那我们就不要进去了，噢，我还想去看看衣服，然后回到我们舒适的家。要不然这两位女士会跟我们聊天，白白地耽误我们。你知道的，我们下面还要干什么，母亲絮絮叨叨地劝着，用无法讲出口的许诺把父亲给拉走了。他一边大步地瘸行，一边愤愤地骂着，不行，我们不想被两个花哨的女士耽误了时间，我们今天还有许多事要做。树上有一只大鸟在枝头翻飞。

这样他们又看了一些橱窗、商店。赖纳心怀感激，眼前一片模糊。体育用品店有一辆新颖的变速运动车，但它属于另外的一个世界。它闪闪发亮，不过不是为赖纳而闪。刚才的苦难已经过去了，就像他从上帝身边走过一样。

给我吻过后你才能去睡，否则这样也不礼貌，父亲从牙缝里挤出这句话。在附近博物馆咖啡店吃过喝过后，他感到了一丝安慰。赖纳浑身瘫软，跌坐成一团，像死人一样堆在那里。以后他和索菲将会对这事哈哈大笑！

职业演员打下基础。年轻人很年轻,享受着他们的青春。

一帮对歌剧在行的人在讨论正上演的一两部歌剧,像比波·第·斯特法诺、艾托洛·巴斯蒂安尼尼这些赖纳不知道的名字时时响起。但安娜知道弗里德里希·古尔达和他的专业学习班。

赖纳的残疾父亲和拐杖母亲到了,赖纳的女同学小心地给他们沏茶(为了不给这位残疾人更多的尴尬)。父亲说他从不吃别人碗里的东西,他自己还有足够的东西。多古怪的人,女学生对她的女友说。但他肯定有喜欢的东西,你不信吗?接着这女孩就问他,是否她该帮他端一张椅子放到舞池边,这样他就能更好地观看学生的舞姿。他说他可以就这么站着,在上帝和维特科夫斯基身上没什么是不可能的,这是第二句他最喜欢说的话。这个人根本不对头,神情不正常,刚才的那个女学生说。

赖纳此时蜷缩在一个小角落里。他曾对大家说过,他父亲和他堂哥轮换开着一辆保时捷车。为什么人不能化得只剩下一团温暖的气体?真该去自杀。

可是一会儿索菲来了,赖纳马上向她就"为什么爱情不是厄洛斯(性爱)"进行了冗长的解释。真正的幸福是那种感觉,想拥有生命中最好东西的愿望。索菲不动声色地给别人递上奶酪面包。如果为别人提供服务不是迫不得已,那服务别人还是挺让人愉快的。安娜却宁愿让别人砍去自己的手，也不愿为别人递上什么奶酪面包。

格哈德想在众人面前和他的偶像安娜成双入对，兴高采烈，但安娜把他推到一边，因为她想把汉斯从两个老妈之间解救出来。汉斯又义无反顾地奋力穿过人群，他要把索菲从她同学手中拉出来。一个从未挣过一分钱的酒囊饭袋正搂着她跳舞，一曲古老而优美的华尔兹。去年冬天的爱乐者舞会就是以他俩的领舞开场的。但他以后不会成为交响乐团的乐手，而会是一位高级法学家。平静、客观是他未来职业的基本原则。他的手指以同样的态度握住索菲，而另一只放在索菲背后的手则抓得紧一点，不过力度正好，多一分则嫌重，少一分则嫌轻。

女孩可不能这么握着，而是该毫不犹豫地抓牢，这个我在行，因为我的方式就是果断有力。过来，你像羽毛一样轻，汉斯想把索菲用力地抛向天空，一边还大叫"哟嗬"。他今天很高兴，他融进了他未来同事的圈子，他们都有高等学校的文凭。他是行动型的人。走开，索菲说。

真是扫兴，汉斯装着好像他要扣上裤子前面纽扣一样。

一些学生反复说今天的晚会真愉快，还互相交换了电话号码。羞涩的"你"隐隐出现在谈话里，这可是第一次羞涩的"你"。他们还计划出游，在夏天的时候去避暑胜地。

面包涂上了黄油。

大蛋糕被切成了小块，盛在纸盘里。

赖纳从他隐藏的地方蹿出来，朝索菲跑去。他说现在他们的友谊终于应该开始一个新的阶段，它与所有以往的都不同，他甚至想说是本质上的不同。他们终于应该和对方找一个直接的交流方式。傍晚的时候他们一起散步时，人家都能找到他。他向她保证，每一次深刻的交谈都会让他们发现一片新大陆。自然界的美妙之处就在于它拥有异议的自由。

索菲提出异议说，让我出去，你弄皱了我的裙子，这是雪纺绸的。你一步一步地在退化，赖纳，这是真的。

晚会甚至还为成年人准备了潘趣酒，好让他们打发多余的时间。不过潘趣酒很淡。孩子咯咯地笑，因为大人例外地允许他们喝上一口。汉斯也想排队去拿酒，但人家以为他还不是成年人想把他打发走，他们一再地跟他强调这理由。汉斯叫嚷道，他自己挣钱已经有很长时间了。对面的女孩，一个医生家的孩子，对他的叫嚷摆出一副毫不理解的模样。

甚至都不让抽一支烟。

维特科夫斯基夫人在人群中隐藏着自己和她身上流着的老师的血（她曾经当过老师！），帮着她隐藏自己的还有她身上的裙子，这裙子还是战前买的，上面点缀着一个丝绒蝴蝶结和一朵同色的绢花，一个比一个待得不是地方。爸爸穿得很讲究，他的领带在大声疾呼：我在这里！人家不可能对它视而不见。大家可以故意对那条瘸腿视而不见，但领带是万万不能的。

安娜轻轻地在汉斯的毛衣后面抓来抓去，想把他的注意力吸引过来。汉斯像拍一匹马那样拍拍她，问她是不是哪儿又痒了，如果痒的话，她应该自己挠，哈哈哈哈。他狂笑起来，奔向索菲，举起她，在空中转了几圈，接着他像抛球那样把她往上抛，然后又接住她，对她说，宝贝儿，乖乖，我的小索菲。他体内有很多力量，现在得到了释放。他的这些力量如果不留给索菲，还能留给谁呢？

索菲笑了一下说，让我下来，汉斯。他还没来得及执行这个命令，赖纳就从后面上来，把索菲从他的臂弯里拽了出来，并对他说，他要踢碎他的蛋。汉斯回答说，他倒要看一看，现在你来踢吧。

校长大声说，毕业会考意味着人生一个阶段的结束，将会让他们各奔东西，他们应该在学校留下一个纪念。中学生涯结束了，生活才刚刚开始，生活是完全不同的，但学校为他们的生活做了准备。

赖纳和安娜恐惧万分，他们最害怕的就是变化，以后再也不会像在这里那么容易当首领，因为以后谁也不知道他，也不知道他的成绩，他得一切重来。赖纳和安娜害怕未知的东西。

安娜表示她还有话要说。

两个年轻的男人体内积聚了太多的汁液和力量，他们想立刻打上一架。一位深思熟虑的老师走到他们中间，用纪律和上帝来提醒他们，是他们的宗教老师。

安娜为她能发表点什么意见而激动得又蹦又跳。她想说，汉斯是她的，不是其他任何人的，即使看起来不像。赖纳挨着索菲告诉她他对她的感觉，现在依然还在的感觉。因为骄傲，他从未承认过。但现在感觉更强烈了，无法阻挡。他觉得她尽可以知道一切。感觉更强烈一步时，可能是这样：森林中一小块有阳光的地面，雨开始缓慢无声无息地坠落，四周充溢着树脂的味道，索菲裹着一件旧雨衣，气喘吁吁地抚摸他的头发，温情脉脉。总有一天也该好好照顾一下哲人的身体需要。格子桌布上放着乡村食物，严肃而深刻地交谈，上帝似乎也抽象地在场。这是每个中学生的梦想，也是他的梦想。饭后躺在床上继续读一直读着的加缪，那一段，主人公开始不再在乎世界，他想着他的母亲，而赖纳他会想着索菲。然后他们就走进森林，从镜头面前消失。

索菲说，假期后她母亲要把她送到洛桑去，好让她有另外一种环境。已经肯定了吗，赖纳带着哭腔问。是的，完全肯定，是一个寄宿学校，她现在就已经为这完全陌生的环境和语言感到高兴了。

赖纳问为什么她要漂到那么远的地方去，好东西近在咫尺，就在这。你要陌生的环境干什么？你更应该来驯服我体内陌生未知的野兽。我现在想来一次性交，但这会将女性降级。因此我需要驯服。

我在体操馆干的事要比求爱刺激得多（索菲语），一件引起爆炸的事。赖纳说，她肯定不想离开他，现在只是这么瞎说说，理由是，他完全信任她，他只对她和盘托出了他如何诠释加缪《鼠疫》的一些想法，因为下一次他们想一起读这本书。她不可以跟人家说的。

索菲用她的指尖把他冷却到旁边，向她舞伴的父母表示欢迎。他们认识她并问起她未来的打算，得到的回答同样是洛桑计划。他们认为不错，还有那儿的运动机会也不错。

安娜朝索菲金发覆盖的脖子里吹着气，她想这次好好就她的性格谈一下，很长时间以来她都没这么说话了。安娜说，她的性格就是对世界盲目的仇恨，汉斯应该像刚才举索菲那样也举她一次。汉斯说安妮得帮他去买一个香肠面包。她马上就像箭一样冲了过去。

此间，赖纳和汉斯左右夹着索菲，跟她讲为什么现在要离开这无聊的晚会而去参加一个讨论会。赖纳还快速地解释了一下录音机里传出的现代音乐。索菲不应该去讲法语的瑞士，汉斯现在才磕磕巴巴地说出瑞士，因为人家才告诉他，洛桑在瑞士。

索菲从他们两人的胳膊中挣脱出来，他们是好意，但抓得不对。她像一个肉食植物一样从他们之中长了出来，用它的黏液杀死虫子，排除了任何的干扰。她将离开这里，这样她就不需要再见他们两人了。

……

索菲，这是您的小小仰慕者吗？舞伴的母亲微笑地问道，那就祝您玩得愉快，亲爱的索菲。

安娜拿着香肠面包回来了，汉斯神经紧张地吞下色拉米，扯掉小黄瓜，安娜可以接着吃剩下的面包。他把钱付给了她。安娜吃完，目标明确地朝厕所走去，好让自己吐出来，希望那儿还有空位。

赖纳说，他可能会自杀，这样索菲就会注意他了，否则他就会从缝里漏掉。加缪说过，世界有一种温柔的冷淡。如果一个人的希望被夺走，那他手中就只有现在，他自己就是现实，其他人只是配角，根本无关紧要。他们就是这样。

你说的话从来没有一句是别人没讲过的，索菲轻声说道。

因为我本来就知道所有的句子。生命熄灭的地方，夜晚就像那忧郁的停战，加缪向我们证实了这一点。

汉斯用拳头狠命地敲脑袋，敲得它嗡嗡作响。没什么特别的东西被敲了出来，只是些习以为常的师傅的话，他把电极装错了，为此得挨上一腿。

残疾父亲架着拐杖走过来。他对索菲说，显而易见她就是他儿子的小女朋友，很好，因为她是个活泼漂亮的小娘们，就像他以前经常拥有的女人一样，现在只能偶尔为之，因为得上班，时间太少了。在这个方面他还是有些东西可以传授给儿子的。

安娜和赖纳的母亲用眼睛吞噬着索菲的裙子。她的缝纫机是不是也能踩出这样的杰作？这是雪纺绸还是蝉翼纱？反正不是人造丝。

安娜抓住她妈妈的胳膊，像钳子一样紧。几个月来她都没抓过这胳膊了。一瞬间，这两个女人像圣母玛利亚和圣女玛尔塔，尽管有点勉强，因为玛利亚那时只有个儿子，没有女儿。

汉斯往下咽着他的喉结。又没喝啤酒，哪来这么多的口水？

索菲留下了两个洞，一个在汉斯心里，一个在赖纳心里。而她自己对此一无所知。

避暑地的女孩经常会对她又得回城的男朋友说，你人走了，但很多东西留下了。很多他留在那儿的东西。

这儿没留下很多让人受益的东西，什么也没有。

维特科夫斯基夫人用两只手（多了也没有）捂住裸露着蝴蝶结和胸花的地方，但它们还是从手指缝里肆无忌惮地向外张望，给人留下了坏印象。维特科夫斯基先生也一样。

安娜也走了，不为所有人察觉，真的是没人察觉。她从来没有在地板上留下丝毫的印痕。什么也没有。

汉斯从厂门口出来的时候，安娜朝他迎了上去。她想做出理智的样子，好让他知道她也可以是另外一副样子。她想说，我不能去美国也挺好，因为我们夏天还要一起为你的夜校学习。但她什么也没说出来，就像往常发生的那样，只是号啕大哭。安娜在所有她不认识的人面前大哭，他们白天工作，晚上就有权上夜校。她把她几乎已完全撕裂的心放在这哭声中，最终露出了这颗心的内核，它是好的。只有谁还没完全变硬才会哭。嘴和脸被扭曲得很难看。女人从来不会受益于这样的表情，它只会让她输得更惨。但是汉斯还是被一种同情所攫住，他确定这是对一贯自主的安娜的同情。也许不是同情，而是男性那种保护弱者的本能。当男人看见女人哭时，他们就会有这种反应。他的胳膊拥住眼前流泪的女人，准备带她离开这里，这样他的同事就不会看出什么名堂。他说，怎么啦，安妮？为什么哭？好了，我们走吧。安娜说，她很绝望，她要把内心混乱的东西发泄出来，主要是害怕、仇恨，还夹杂着一点对索菲的嫉妒。汉斯说，嫉妒一个无辜的人是不好的，他又无法选择他的家庭。你不喜欢索菲吗？安娜的哭声又高了八度。来，我陪你回家，事实上我们住得还是挺近的。她应该安静下来，她也会慢慢安静下来的。突然，她用一种全新的眼光看着汉斯，爱情的眼睛，它觉得它是真的。汉斯也用全新的眼睛看着安娜，一种男性保护者的眼睛，他更强大。可能这也是一种友谊，它觉得它同样也是真的。它意味着要和朋友同甘共苦，走过艰难的时光。

汉斯和安娜同甘共苦地走回家。路上，他一遍一遍地说，我们的安娜怎么啦？他不知道其他还可以说些什么。没什么，已经好了，她说。过来一起吃晚饭吗？不，汉斯马上说。因为他受不了安娜的父母，但他说，马上就快星期天了，我们可以一起出去干点什么。

担忧和烦恼一下子从安娜的身上跌落，一种少有的喜悦在她的内心荡漾开来，这种喜悦甚至让她对难吃的晚饭都产生了兴趣。很快就会和汉斯一起骑自行车郊游，郊游将成为一个崭新基础上的新起点。不一定非要是物质的东西才能成为基础，因为金钱有时也会流失，而感情是独立于它的。

维特科夫斯基家的晚餐摆上了桌，父亲一如既往地发着牢骚，人们对此已经置若罔闻了，因为大家已习以为常。他又对母亲进行威胁，要用不同的手段来折磨她。母亲在翻一本邮购目录，她发现了一条裙子，它是那么地夺目，刺着她的眼睛。之所以如此，是因为她昨天在学校里穿得丢尽了脸面，直到今天她还能感到内心的伤痕。

父亲问赖纳晚饭后是否可以和他下盘棋。赖纳说，好，他会和他下棋。晚饭有面包、特制香肠、康德肠，还有上面浇着难吃的酱汁的土豆。晚饭后他们下棋，身残的父亲不断就赖纳和赖纳的精神状态发出警示。赖纳输了，因为他思想不集中。父亲高兴得有点得意忘形。一段时间以来，他很少能赢这位水平比他高、有点自以为是的中学生少爷。尽管如此，他对赖纳说，如果他和父亲下棋不用心的话，他会被赏到一个耳光。赖纳说，输赢是无意义的，应声地他就得到了一记耳光。

安娜的脸上有某种早晨还未出现的柔和的东西，是从哪儿来的呢？她甚至帮忙把餐具抹干。

母亲逃避她作为母亲的失败，扮起了受难者的角色。她哀求父亲晚上不要用工具，太疼了。父亲随口说道，他会考虑，但他还是想揍得更狠一点，然后大家上床了。

安娜在上床前吃了一个苹果。

赖纳同样也在上床前吃了一个苹果，还读了加缪对荒诞和癫狂的论述。

灯灭了，睡觉。

早晨六点半，赖纳突然醒来，两手一反常态地全是汗水。他什么也没想，听之任之。他听到母亲在浴室里，这时他起身走到前厅，从挂在门背后的父亲的钥匙圈里拿上了开他手枪盒的钥匙，铁盒高八厘米，长三十厘米，宽十五厘米，上面还有一个钱包得先拿开。房间里面很安静，除了总是全家第一个起床的母亲在浴室里发出的难听的声音。赖纳打开手枪盒，拿出了施泰尔左轮手枪，口径6.36毫米，手枪下面是一些照片，上面是他母亲的生殖器，赖纳看到这些照片没有什么感觉，尽管他以前是从这里钻出来才来到这个世界的。

他拿着手枪向他妹妹走去。其实她一夜都紧靠他睡的，只是中间有一面薄薄的人造的隔板。她现在还满怀信赖地安睡着。赖纳以最短的距离朝她的头部开枪，她的额骨被打烂了，瞬间她就失去了知觉。勋伯格作品33a的片段和刚学了一半的贝尔格奏鸣曲在安娜的脑袋里惊恐地颤抖着，迟缓而心有不甘地永久消失了。再也没有歌声和乐声。

打完这枪后，赖纳走到前厅去，他一言不发、一声不响地朝他的母亲走去，他知道他现在必须把他全家都杀了，否则就会有把他出卖给警察的知情者。赖纳同样快速地把子弹射进母亲的头部，使得她马上就无声地倒下。她的上颌骨被完全打碎了，但死亡还未降临。母亲躺在前厅的地毯上，艰难地发出临死前的呼噜声，不知道她的头脑是否还在工作，也许不工作了。赖纳把打光了子弹的手枪放在一边，从厕所里取出一把锋利的、重达1.095公斤的斧头，刃口有11.2厘米长。奇怪的是在整个谋杀的过程中，父亲都安静地坐在客厅，睡衣外披了一件毛衣外套。赖纳拿着斧头走向他诧异的父亲，然后举起斧头就砍了下去。赖纳的脑袋一片空白地砍着，目标是父亲的头部。在狠命的砍击下，这位赖纳的制造者完全崩溃了，血流成河。皮开骨碎，筋腱和血脉断裂，再也无法缝补。赖纳命中的几乎都是头部和脖子，这足以致命。直到他父亲完全被砍碎，他才停手。然后他又拿着斧子跑到前屋，朝躺在地上的、吐着白沫的母亲砍了下去，他脑袋里什么也没想，一片空白，他只想击中要害，他也击中了要害。在他打完最后一枪时，他就知道他必须要用斧头来完成这事。没有一个人说话，或者喊叫。母亲头朝下趴着，直到被打死。她死了。赖纳在砍死他母亲前后，脚没挪动过哪怕一毫米。她母亲倒下去是什么样，死了后还是什么样地躺着。等她断气后，赖纳又走到被他先前开枪打死的妹妹那儿去，射击的部位是头部，因为被子外面露出的只有头。他拿起斧头又朝妹妹砍了下去，就像砍他父母那样。安娜的头变成了一团肉酱，里面混合着骨头、血液、筋腱和脑浆，几个牙齿在里面闪闪发光，还有一只几乎脱露出来的眼睛。

不知什么时候，很快，安娜也断了气。这样三个人全都死了。

他们被砍的部位全部集中在头部和颈子。赖纳走到纸箱那儿，把刺刀从乱七八糟的玩具和幻灯机等一堆破烂中取出来，用刺刀在三具尸体上乱戳，一具一具地戳，其实这已经完全没有必要了。首先用刺刀刺了父亲的脖子、胸脯和肚脐，接着是母亲，他狠命地戳她的下身，最后他用尽全身的力量来戳已经死去的妹妹。终于结束了。这一堆血淋淋的人肉再也发不出任何声音了，再也无法辨认，人们知道，死亡消除了一切差别。只有性别还能勉强看出，其他什么都认不出来了。如果要辨认尸体的身份，人们只能依据这个。

赖纳想通过做无意义的事来挽救他的自恋，做不同寻常的事。

现在他要把父亲的尸体藏起来，这样人家不会一进来就发现。他吭哧吭哧地把这团血肉模糊的东西扛进大木箱，他事先把箱子里的很多破烂清理出来，好让它装得下父亲的尸体。血流得太多，他没法再继续藏剩下的尸体。他的神经在这项工作前崩溃了。赖纳无法完成这个任务。

他脱下浸满鲜血的睡衣，站到了淋喷头下冲澡。然后他把武器放进公文包，及时离开家，想为自己找不在现场的证据。他开车去同学家，和同学一起为毕业会考复习了一会，又向同学借了买汽油的钱。他准备把凶器从桥上扔到多瑙河里去，后来又不敢扔，因为这么早就有许多行人在河边逗留。凶器和血衣最后塞在行李箱里的后备轮胎下。

复习结束后，赖纳拿着从他同学香烟盒里借出的五百先令，开车和他同学一起到下奥地利州的凯特拉斯布隆，去拜访一位曾给学校讲过基督教教义的神甫。

他们到达凯特拉斯布隆时，神甫既高兴又感到意外。他请两位大学预科生到饭店用午餐，点了香烤猪肉加土豆团子。接着他们参加了由一位维也纳教授主持的《作为宇宙的人》[1]和《罪与罚》的主题研讨会。赖纳一如既往地以提问题的方式突出自己。告别时，神甫又和他们握了手，还送了一些糕点给他们。然后他送同学回家，说今天的活动真丰富。最后他回到家，家里弥漫着香草汁的味道。

晚上七点钟，赖纳又来到多瑙河河边，在贝尔格鱼馆附近把凶器沉到了河里。带血的睡衣他还留在车里。

然后赖纳在电话亭给一个女孩打电话，他们有几个月没见面了。那女孩在城里的一个医生家帮忙照顾孩子，

---

[1] 可能指法国古生物学家德日进神父的《人的现象》。

赖纳的父母和她的父母在家乡时就认识了。女孩叫蕾娜特，赖纳邀请她去毕加索酒吧跳舞。他们在毕加索酒吧跳了舞，赖纳喝了两杯康巴利苏打水，蕾娜特喝了一杯马提尼和一杯芬达。赖纳非常详细地解释了从喇叭里传出的现代音乐的构筑方式。一会儿结束后他送蕾娜特回家。

接着他开车回到他父母的家。他的母亲一直就躺在那里，身上有四十处重伤和不计其数的中等伤口。还有他的妹妹，二十六处致命伤，小伤口未计算在内。他的父亲完全成了肉酱，躺在箱子里独自腐烂。这三个人一共有八十多处砍伤，还不包括刺伤，他们的头部毁坏得特别厉害。赖纳砍击时是两手并用，这样力量就足。他无法在这些打烂了的腐尸旁过夜，害怕得汗毛直竖。

他走进已经不是家的家门，打开了一会儿前厅的灯，想给人家造成一种假象，以为他被眼前这恐怖的一幕惊呆了。他马上关上灯去警察局，声称，我的母亲躺在前厅的地上，被打死了，请你们来一趟，帮助我找到凶手。一位警察立刻跟他过去，谁也无法描绘当他发现两具尸体时的惊讶。他一上来还把这两具尸体搞混了，因为尸体被严重毁坏，无人能知道谁是母亲，谁是女儿。

警察目瞪口呆。赖纳脸色苍白、半昏迷状地躺在担架上，医生用药物让他镇定，但他们发现，虽然有如此的惊吓，赖纳的脉搏却平稳得让人吃惊。

您的睡衣在哪里？您的父亲在哪里？负责侦查的警官问道。我的睡衣肯定在那儿，早晨我脱下后就离开了。我不知道我父亲在什么地方。

这些尸体被施以暴力，已变得完全无法辨认，忍不住泛着恶心的警察说，尽管他在工作中已经习惯了一些场面。母女两人的尸体没被移动过，但她们的惨象让人感到震惊。

不久问题又上来了，赖纳的睡衣在哪里？维特科夫斯基先生在哪里？这里的两具尸体都是女性。

是不是父亲干了这事？最后，满是血迹的父亲的尸体被从箱子里翻了出来。他头部的残余物躺在箱子旁边，没能被弄进箱子里去。

现在就只剩下一个疑问：睡衣。问题又被提了出来，因为怀疑而变得强硬。

您的睡衣在哪里？它应该在的，维特科夫斯基先生。当警官问到第一百次时，赖纳终于开口：睡衣上沾满血渍，压在行李箱的后备轮胎下。

现在您一切都知道了，我静候您的处置。